엄마가 좋아,
아빠가 좋아?

마루별 장편소설

fio
ret

엄마가 좋아, 아빠가 좋아? 1

초판 1쇄 인쇄 2022년 10월 7일
초판 1쇄 발행 2022년 10월 31일

지은이 마루벌
발행인 오광백
편집 편집부
표지·내지디자인 디자인그룹 헌드레드
내지편집 오정인
제작 조하늬

펴낸곳 (주)삼양출판사 · 피오렛
주소 서울시 강북구 도봉로 173
대표 전화 02-980-2112 / **팩스** 02-983-0660
편집부 전화 02-987-9393 / **팩스** 02-980-2115
블로그 blog.naver.com/dan_gul
출판등록 1999년 3월 11일 제9-00046호

ISBN 979-11-283-7181-3 (04810) / 979-11-283-7180-6 (세트)

fioret 은 (주)삼양출판사의 로맨스 판타지 문학 브랜드입니다.

엄마가 좋아,
아빠가 좋아?

마루별 장편소설

1

fio
ret

Contents

Chapter 1.

오늘도 고단한 하루였다. 다리를 통통 두드리던 디아나는 길게 하품을 했다. 잠깐만 엎드릴 생각이었다.

불현듯 귓가를 끈질기게 괴롭히는 소리에 베개 아래로 머리를 파묻었다. 귀를 막으며 고개를 젓던 디아나는 어느 순간 정신이 번쩍 들었다.

아가씨가 자신을 찾는 종소리였다.

"왜 이렇게 늦어!"

디아나는 허겁지겁 달렸다. 그녀가 문을 열자마자 무언가 날아왔다. 그녀의 얼굴을 퍽 때리고 떨어진 것은 원단 조각을 모아 놓은 샘플이었다.

"죄……죄송해요."

얼굴을 감싼 디아나가 고개 숙여 사죄했다.

"은방울꽃 의상실 가서 네 번째 원단으로 바꿀 거라고 말하고
와."

"네."

"지금 당장."

디아나는 깜짝 놀라 고개를 들었다.

"지금……이요?"

아가씨의 뒤편 창문으로 노을이 지는 하늘이 보였다. 아직 해가
길다지만 금세 밤이 될 건 분명했다.

"하, 하지만 아가씨. 은방울꽃 의상실은 옆 도시에……"

"누가 그걸 몰라?"

디아나는 입술을 깨물었다. 그녀에게 소리치고 있는 소녀는 보
르도 남작가의 작은 아가씨였다.

보르도 영지는 작은 규모로 시골이었지만, 중부 지방 도시 중 규
모가 큰 편인 아헨 옆에 붙어 그나마 생활이 편했다. 그리고 디아나
는 그 보르도 영지의 남작가 저택에서 일하고 있는 가장 어린 하녀
였다.

디아나가 처음부터 하녀는 아니었다.

디아나의 어머니는 보르도 남작가의 가정 교사로 일했다. 아버
지는 누군지 몰랐다. 디아나가 태어났을 때부터 세상엔 어머니 혼
자였다. 그 사실이 아쉽지는 않았다.

일곱 살에 어머니가 갑작스러운 사고로 돌아가실 때까지는.

"그…… 아가씨, 내일 아침 일찍 가면……"

"아니, 지금 당장 가."

디아나는 울상을 지었다.

"네가 지금 가서 주문을 고쳐 놓아야 내일 내가 일어났을 때 바로 볼 수 있을 거 아니야?"

아가씨의 머리를 빗겨 주던 다른 하녀가 키득키득 웃으며 디아나에게 들리도록 속삭였다.

"어머, 아가씨 저 겁먹은 표정 좀 보세요. 무서운가 봐요―"

"그깟 게 뭐가 어렵다고 울상이야? 누가 봐줄 줄 알아?"

은방울꽃은 아헨 중심가에 있는 의상실이었다. 바로 옆 도심지라 하더라도 마차를 타고 두어 시간은 걸렸다. 가는 동안은 괜찮더라도 돌아올 땐 밤이 될 것이다.

해가 없는 것만이 문제가 아니었다. 늦은 시각엔 보르도 영지로 가는 마차가 없을지도 몰랐다. 잘못하면 밤새 걸어와야 했다.

"······네."

하지만 디아나는 아가씨의 말을 거역할 수 없었다.

그리고 불행한 예감은 틀리지 않았다.

의상실에서 용건을 끝마쳤을 때는 이미 해가 다 떨어져 있었다. 보르도 영지로 가는 마차는 하나도 없었다. 디아나는 어둠이 내린 밤, 달빛에 의지해 으스스한 길을 홀로 걸어갔다.

'무, 무서워.'

눈가에 고인 눈물을 닦아 내고 걸음을 재촉했다. 울어 봤자 도와주는 사람은 아무도 없었다.

디아나는 가슴팍의 펜던트를 꼭 쥐었다. 작지만 세밀한 초상화가 그려져 있는 이 펜던트는 어머니의 유일한 유품이었다. 쥐고 있으니 조금 안심되었다.

아가씨, 아티시아 보르도가 처음부터 그녀를 괴롭힌 건 아니었다.

디아나는 어머니가 살아 있을 적에는 아티시아 아가씨의 놀이 친구였다. 그녀와 같이 뛰어놀며 공부하던 기억이 선명했다.

하지만 디아나가 일곱 살 때 어머니가 죽고 말았다. 보르도 남작가는 어린 그녀를 거두었다.

디아나는 어머니를 잃은 충격에서 빠르게 벗어났다. 아니, 벗어날 수밖에 없었다.

처치 곤란한 아이.

이대로라면 고아원으로 보내졌다. 그건 무서웠다. 고아원은 무시무시한 소문이 많았다. 또한, 어머니와 지냈던 추억이 남은 곳을 떠나고 싶지 않았다. 이곳은 디아나의 세상이었다.

디아나는 눈치 빠르게 하녀들을 돕기 시작했다. 그렇게 디아나는 아티시아의 친구와 하녀, 그 애매한 경계선에 있게 되었다.

삐쩍 마른 꼬마에 불과했던 디아나는 커 갈수록 어여쁜 소녀가 되어 갔다.

탁한 잿빛에 불과했던 머리는 반짝이는 은발이 되었고, 갈색 눈동자는 화사하고 선명한 주홍빛이 되었다.

그러자 디아나를 바라보는 시선들이 슬금슬금 변했다.

그러던 어느 날, 아티시아의 열한 번째 생일 파티 날이었다. 아티시아의 약혼자가 보르도 남작가에 방문했다.

아티시아는 아름답게 꾸미고 약혼자의 에스코트를 기다렸지만, 정작 그의 시선은 디아나에게서 떨어지지 않았다.

「저 하녀의 이름이 뭐지요?」

제 약혼녀는 뒷전으로 둔 채.

그날부터 아티시아의 괴롭힘이 시작됐다.

그때였다. 어두운 길목 한구석에서 둔탁한 타격음이 연거푸 들려왔다.

검은 그림자 여럿이 뭉쳐 마치 하나의 덩어리처럼 보였는데, 가까이 다가갈수록 거친 욕설도 조금씩 섞여 들렸다. 어쩐지 더 가까이 가서는 안 될 것 같은 느낌이었다.

하지만 저택으로 돌아가려면 이 길밖에 없는데…….

디아나가 차마 발을 더 내딛지도 못한 채 멈춰 있을 때였다.

"이 자식 붙잡고 있어 봐. 주변 좀 보고 올 테니까. 아마 이 정도로 손봐 줬으면 정신 못 차릴걸."

무리 중 한 남자가 옷에 묻은 먼지를 털어 내며 뒤를 돌았다.

그리고―

"뭐야."

눈이 마주쳤다.

달빛에 비친 남자의 눈동자와 마주하는 순간 온몸이 차게 굳는 것 같았다.

"여기 누가 있잖아. 테드, 망 안 보고 뭐 했어?"

사내는 시큰둥하게 말을 뱉더니 그녀에게로 다가오기 시작했다.

"거기 너, 지금 뭘 본 건지나 알아?"

"아니…… 저, 저는……."

디아나가 어떻게든 입을 떼어 보려고 안간힘을 쓸 때였다.

"어쨌든 목격자는 없는 게 좋겠지. 빨리 끝내자고."

사내가 하는 말이 소름 끼쳤다. 디아나가 본능적으로 뒷걸음질을 치자 사내들은 위협적으로 그녀를 에워싸기 시작했다. 테드라던 남자가 디아나의 어깨를 강하게 움켜잡았다.

늘 보고 싶지만, 이 순간은 정말 절실하게 생각났다.

'엄마!'

그때, 갑자기 칼날처럼 거센 바람이 불어왔다.

"악! 뭐야!"

눈을 뜰 수 없는 바람에 사내가 얼굴을 숙였다. 그 순간 아귀힘이 느슨해졌다. 디아나가 재빨리 손을 뿌리쳤다.

"어어!"

다급히 뻗은 사내의 손에 무언가 투툭 끊어지는 소리가 들렸지만 무시했다.

반짝이던 펜던트가 빛을 잃고 바닥으로 떨어졌다.

"저년 도망친다!"

"잡아!"

디아나는 정신없이 달렸다.

'도망, 도망쳐야 해!'

사내들이 뒤쫓아 오는 소리가 들렸다.

'하지만 어디로?'

마을은 한참을 더 가야 했다. 디아나는 수풀 속을 뛰어들었다. 숲속을 구르듯 달렸다. 잠시 따돌리나 싶었으나, 그녀의 희망일 뿐이었다. 따라잡힌 디아나가 소리쳤다.

"사, 살려 주세요! 살려 주—!"

정신없이 도망치던 그녀가 나무뿌리에 걸려 나뒹굴었다.

사내가 때를 놓치지 않고 디아나의 손목을 움켜잡았다.

이렇게 정말 죽는구나 싶을 때였다.

"……이건 뭐야?"

숲속에서는 들릴 리 없는 다른 사람의 목소리. 사내들의 움직임이 멈췄다.

"넌 뭐야?!"

수염이 덥수룩한 사내가 위협적으로 소리쳤다.

"말하면 알아?"

"뭐야? 저 샌님 같은 자식이—"

"야, 야. 그쪽은 봐줄 테니 살려 줄 때 갈 길 가쇼!"

당장이라도 싸울 듯한 사내를 다른 사내가 말리며 침을 탁 뱉었다.

"나도 그러고는 싶은데. 잠자리가 사나운 건 질색이라."

"후회하지 마쇼."

사내들이 서로 눈을 마주쳤다. 사내 하나가 슬금슬금 상대에게 다가가는 순간—

"끄아악!"

비명과 함께 풀썩 쓰러지는 소리가 들렸다.

"뭐, 뭐야? 무슨 일이야!"

"아악! 이, 이 새끼 마, 마법, 마법사야!"

"마, 마법사가 여긴 왜?!"

디아나를 끝까지 붙잡고 있던 사내가 당황해 그녀를 놓쳤다. 디아나가 허겁지겁 몸을 일으키려 할 때 또다시 찢어지는 비명이 숲을 뒤흔들었다.

대체 무슨 상황이 벌어지고 있는지 알 수 없었다.

"살려, 사, 살려— 끄아아아악!"

비릿한 철 냄새에 구역질이 치밀었다. 고개를 숙인 디아나가 자신의 입을 틀어막았다.

끝나지 않던 비명과 신음이 어느 순간 뚝 사라졌다.

바스락, 바스락 누군가 자신에게 다가왔다. 디아나는 도망칠 생각도 하지 못한 채 바들바들 떨었다.

"괜찮아?"

"……."

달빛이 구름에 가려진 숲이었다. 보이는 건 거의 없었다. 길쭉한 키에 로브를 뒤집어쓴 남자였다. 얼굴은 보이지 않았다.

디아나는 일어나려 했다. 그러나 벌벌 떨리는 몸은 마음대로 움직여지지 않았다.

"못 일어나겠어? 도와줘?"

"흡!"

남자가 그녀에게 손을 뻗었다. 순간 디아나가 경기를 일으키듯 기겁했다. 남자가 놀라며 손을 뗐다.

"그……아니, 저, 살려……."

"이봐!"

"살려 주세요. 살려, 살려……."

주저앉은 디아나가 마구 빌었다. 무슨 말을 해야 할지 머리가 돌아가지 않았다. 눈물이 왈칵 터져 나왔다.

"완전 겁에 질렸군."

"흑, 흐흑. 살려 주, 주세요."

"내가 널 왜 죽여? 집이 어디야?"

남자가 다시 손을 내밀었다.

구름 아래로 모습을 감췄던 달이 비죽 모습을 드러냈다. 어둠 속에서도 선명한 빛이 나무 사이를 파고들었다. 그 달빛이 디아나의 얼굴을 비추었다.

"혼자 가기는 힘들 테니 데려다……."

순간 남자의 말이 멈췄다. 남자는 완전 얼이 빠진 목소리로 말했다.

"……필리파?"

*　　*　　*

'내가 지금 뭘 하는 건지.'

헤르만은 짜증스러운 한숨을 내쉬며 말고삐를 틀어쥐었다.

'아니야, 그래도 흔적을 발견했으니까. 조금 오래되기는 했지만⋯⋯.'

이제는 얼굴도 잘 기억나지 않을 친우를 떠올렸다.

필리파 오흐리드.

모든 돈이 모이는 곳이라고 불리는 오흐리 은행의 주인. 대륙 제일 부호이자 황금의 주인이라고도 불리는 오흐리드 백작가.

그 백작가의 금지옥엽 외동딸. 필리파 오흐리드가 사라진 지 벌써 13년째였다.

그리고 필리파 오흐리드와 연인 관계였던 테세비츠 베일 노히바덴 대공이 미친 듯이 그녀의 행방을 찾아 헤맨 지도 13년째였다.

테세비츠와 필리파, 그리고 헤르만. 이 셋은 친우였다. 그들은 학술원을 함께 다니며 우정을 쌓고 졸업했다.

테세비츠와 필리파 둘이 사랑에 빠진 건 자연스러운 일이었다. 귀족인 둘은 각자 가문으로 돌아갔고, 헤르만은 세계탑에 들어갔다. 둘이 어련히 잘 지내리라 생각했다.

그런데 돌연 필리파가 종적을 감췄다. 연인이던 테세비츠가 대륙을 쥐 잡듯이 뒤집으며 찾아다닌 건 당연했다.

필리파의 부모이자 제국 제일의 대부호인 오흐리드 백작 또한 어마어마한 돈을 쏟으며 딸을 찾았다.

그러나 흔적조차 찾을 수 없었다.

헤르만이 드디어 세계탑을 나왔을 때, 테세비츠는 눈만이 형형하게 빛나는 반미치광이 상태였다.

그런 테세비츠에게 헤르만은 차마 말할 수 없었다. 필리파가 사라지기 전 마지막으로 자신을 찾아왔다고.

　「필리파? 네가 세계탑까지 웬일이야.」
　「부탁할 게 있어. 너 말고는 떠오르는 사람이 없더라고.」
　「무슨 일이길래? 오흐리드 백작가 외동딸이 부탁할 사람이 없을
리가?」

장난스러운 그의 말에 웃어야 할 필리파는 수심에 잠겨 보였다.

　「그리고 겸사겸사 얼굴이나 볼까 하고.」
　「테세비츠한텐 말하고 왔지? 그 새끼 안 그런 척하는데 질투 엄청
심해. 나는 오래 살고 싶다.」

테세비츠를 언급하자 필리파의 얼굴은 더 굳었다. 헤르만은 그
녀에게서 느껴지는 이상한 분위기에 싸웠나? 하는 의문을 가졌다
가 곧 지웠다.
　그럴 리가 없었다. 테세비츠가 얼마나 필리파를 사랑하는지 옆
에서 낱낱이 지켜봤다.
　필리파 앞에서 그는 대륙에 떨치는 악명과는 아주 완벽히 동떨
어진 인간이었다. 짝사랑만 오래 앓던 덜떨어진 사랑꾼일 뿐이었
다. 그의 오랜 짝사랑을 들어 주느라 지겨워 죽던 사람이 헤르만이
였다.

「테세비츠는 몰라. 그에게는 내가 널 만나러 왔다는 건 비밀로 해줘.」

「그거야 어렵지 않지만…… 너 좀 이상하다?」

그때의 얼굴이 어땠는지 기억나질 않았다.

「오랜만에 얼굴 봐서 좋았어. 그럼…… 잘 지내.」

왠지 영원한 작별을 고하는 느낌의 인사.

헤르만은 대수롭지 않게 여겼다. 그러나 그 인사를 마지막으로 필리파는 대륙에서 종적을 감췄다.

"대체 어디 있는 거야. 필리파. 노히바덴 대공이 미쳐간다고."

그때였다. 헤르만의 그림자에서 늑대의 형상이 불쑥 튀어나왔다. 필리파의 흔적을 찾도록 명령한 소환수였다. 정확히는 테세비츠가 필리파에게 준 정령의 흔적을 추적하도록 명령했다.

소환수는 순식간에 달려갔다. 헤르만은 말의 배를 걷어찼다. 마지막 흔적 주변을 맴돌고 있길 잘했다. 아주 가까웠다.

'제발 이번에는!'

그러나 소환수는 아무도 없는 길에 덩그러니 서서 바닥에 코를 박고 있었다. 말에서 내린 헤르만은 바닥에 떨어져 있는 걸 주었다.

펜던트였다.

"젠장!"

테세비츠가 바람의 정령을 담아 준 그 펜던트였다. 이를 악문 헤르만이 펜던트를 열었다.

"뭐야?"

원래 있던 다른 초상화가 아닌 필리파의 초상화가 보였다.

"초상화를 왜 바꾼……."

헤르만이 고개를 흔들었다. 중요한 건 그게 아니었다.

또 놓쳤다.

아니야. 헤르만이 손에 자국이 남도록 펜던트를 움켜쥐었다.

정령 반응이 오래되지 않은 걸 보아 아직 이 근처를 벗어나진 못했을 것이었다. 헤르만이 소환수에게 주변에 있을 사람을 찾아보라 명했을 때였다.

어디선가 작은 외침이 들렸다.

"……살려 주세요! 살려 주……!"

무시해야 했다. 지금은 주변에 있을—

씨근덕거리던 헤르만이 욕설을 내뱉었다. 그리고 소환수에게 다시 명령했다.

비명을 지른 소녀를 찾으라고.

사실 헤르만은 이제는 제 친우의 얼굴도 잘 기억나지 않는다고 생각했다.

그러나 구름 아래로 사라졌던 달이 다시 비죽 고개를 내밀고, 어둠 속에서도 선명한 빛이 나무 사이를 뚫고 소녀의 얼굴을 비추는 순간, 전혀 아니었다는 것을 깨달았다.

"필리파?"

"……."

"아냐, 아냐. 아니야. 너무 어려. 닮긴 했는데. 아니 근데 너무 똑같아. 말이 돼?"

남자가 정신없이 혼잣말했다.

디아나는 조금씩 정신을 차렸다. 그녀를 위협하던 사내들은 사라졌고, 남자는 자신을 구해 줬을 뿐이란 걸 깨달았다.

"구, 구해 주셔서 감사, 감사해요."

"……."

남자는 말없이 그녀를 바라보았다.

디아나가 다시 겁에 질리기 시작할 때, 남자가 입을 열었다.

"너 혹시……."

남자가 잠시 말을 멈췄다. 얼굴을 쓸어내린 남자가 다시 말을 이었다.

"필리파라는 사람 아니?"

필리파가 누구야? 모른다고 말하면 주, 죽이나? 디아나의 겁에 질린 눈동자가 이리저리 흔들렸다.

"사실대로만 말해 주면 돼."

눈치를 보던 디아나가 고개를 설레설레 저었다.

"모른다고?"

이번에는 고개를 끄덕였다.

"그럼 혹시, 네 어머니 성함을 알 수 있을까?"

"……제 어머니의 성함이요?"

"그래."

뜬금없는 질문이었다. 의문도 잠시, 디아나가 남자의 심기에 거슬릴까 재빨리 답했다.

"애프릴이요."

남자의 표정에 실망이 번졌다.

"아냐, 하지만 그래도……. 우연이란 거야……? 그럴 리가?"

고뇌하며 홀로 중얼거리는 남자를 두고, 디아나는 무의식적으로 가슴팍을 더듬었다. 그녀를 안심하게 만드는 어머니의 유품이…….

"……!"

없었다. 디아나가 다급히 목덜미를 더듬었다. 아무것도 만져지질 않았다.

"어, 어떻게 해! 세상에."

"……왜 그래? 무슨 일이야?"

디아나는 조금 전까지 떨던 모습이 거짓인 것처럼 납작 엎드렸다. 바닥을 샅샅이 살피며 더듬었지만 어두워 아무것도 보이지 않았다.

"갑자기 뭐 하는 거야?"

"잠시, 제, 제가 지금 찾아야, 찾아야 할 게 있어서요."

"뭘 찾는 거야? 아! 설마……? 하지만 애프릴이라고 했잖아."

정신없는 디아나의 귀에는 아무 소리도 들리지 않았다.

'어디서 떨어트린 거지?'

기억을 더듬었지만 알 수 없었다.

'오면서 만졌던 것 같은데……. 제발, 제발.'

길에 떨어트렸으면 그나마 다행이지만 만약 숲속을 달리던 도중 떨어졌다면 찾을 길이 요원했다. 정신없이 뛰었기에 그녀는 자신이 어느 방향으로 달려왔는지도 알 수 없었다. 그때였다.

"이거 찾아?"

남자가 품속에서 펜던트를 꺼내 들었다.

"……!"

디아나가 눈을 크게 떴다.

"마, 맞아요!"

남자의 얼굴이 굳었다. 그러나 정신없던 디아나는 눈치채지 못했다. 찾았다는 사실이 중요했다.

"아, 다행이다. 다행이야. 제가 잃어버린 물건이에요. 감사합니다."

감사의 인사를 한 디아나가 손을 뻗었다.

그러나 남자는 디아나의 손을 피하며 펜던트를 다시 가져갔다.

"이게 네 거라고?"

"네?"

"이건 내가 아는 다른 사람 거야. 정말 네 거 맞아?"

남자가 정색하고 말했다. 그 위협적인 목소리에 디아나의 안색이 하얗게 질렸다.

"……."

"왜 대답을 안 해? 정말 네 거야?"

"……."

겁에 질린 디아나가 다시 헐떡이기 시작했다.

"저, 저는, 그, 그러니까 제, 제⋯⋯."

남자가 깊은 한숨을 내쉬었다. 마른 얼굴을 쓸어내리다가 그대로 후드를 벗어젖혔다.

선이 가는 지적인 외모의 남자였다. 얼굴이 뭐라고, 우습게도 조금 안심이 되었다.

"겁먹지 말고. 이게 정말 네 거야?"

흡, 숨을 들이쉰 디아나가 조여 들어가는 목소리로 말했다.

"⋯⋯네, 제 거예요."

"⋯⋯."

그녀의 답에 이번엔 남자가 침묵했다.

"무, 무슨 문제 있나요?"

한참을 기다리던 디아나가 입술을 바르르 떨며 물었다.

남자는 펜던트와 디아나를 번갈아 보았다. 남자가 익숙한 손놀림으로 펜던트를 열었다. 그 안에 자리 잡은 인물 사진을 디아나에게 보여 주었다. 그녀의 어머니였다. 엄마의 얼굴을 본 순간 눈물이 터지려 했다.

"이 여자랑 무슨 관계지?"

"⋯⋯네?"

"무슨 관계냐니까?"

영문을 알 수 없었다.

'내가 왜 이런 추궁을 받아야 하지?'

억울하고 서러웠다. 방금 겪은 일만 해도 힘든데 왜 그녀를 괴롭히는지 알 수 없었다. 디아나가 눈물을 꾹꾹 눌러 참으며 말했다.

"대답하면…… 돌려주시는 건가요?"

남자가 느리게 고개를 끄덕였다.

디아나는 어서 펜던트를 되찾고 돌아가고 싶었다. 오늘 하루가 너무 고단했다. 지치고 피곤했다.

"제 엄마, 어머니예요."

남자는 탄식했다.

"설마 아버지가 따로 있는…… 아, 아니 그게 중요한 게 아니지. 어머니는 어디 계시지?"

"……."

"정말 펜던트 속 여인이 본인인지 물어보고 돌려주지."

"……."

디아나는 말문이 막혔다.

남자가 어머니를 언급하는 순간 감정의 둑이 터졌다. 서러움이 파도처럼 밀려와 눈물샘을 비집고 나왔다.

"으흑, 흑."

"뭐야. 왜, 왜 울어?"

"저, 저한테, 왜, 흐윽, 흑, 왜 이러세요."

"아니. 뭘, 왜? 왜 울어? 잠깐만 울지 말아 봐."

"어, 엄마는…… 어머니는 그러니까……."

디아나는 입술을 몇 번이나 깨물며 눈물을 멈추려 했다. 그러나 한 번 터진 감정을 추스르기 고됐다.

"설마, 아니지?"

그런 디아나의 모습에 무언가 알아챈 듯 남자가 주춤 물러났다.

남자는 고개를 거세게 저었다. 매우 겁먹은 모습이었다.

"아니야. 내가 생각한 게 아니지? 아니어야 해. 말도 안 돼. 제 발."

디아나는 몇 번의 도전 끝에 혀끝에 걸려 있던 말을 완성했다.

"······돌아가셨어요."

"······."

"제, 제 게 맞아요. 엄마 유품인데······. 진짜, 진짜로 내 건데. 진짜로."

디아나는 더는 말을 잇지 못하고 엉엉 울었다.

남자는 그런 디아나를 멍하니 바라보았다.

"······미안하다."

남자는 느리게 손을 뻗었다. 누군지 모르는 사람의 품이었다. 하지만 디아나는 누구의 품이든 울고 싶었다. 디아나는 로브에 얼굴을 묻었다.

"미안해."

디아나는 그렇게 한참을 안겨 울었다.

다독이는 손에 울고, 또 울다가 어느 순간 정신이 들었다.

남자가 그녀를 다독이던 손을 떼고 물었다.

"······목마르지?"

디아나가 고개를 끄덕였다.

남자는 허리춤에 매여 있던 물병을 건넸다. 디아나가 뚜껑을 열려 했으나 힘이 빠진 손에 뚜껑이 자꾸만 미끄러졌다.

"다시 줘 봐."

남자가 디아나 손에서 다시 물병을 가져가 뚜껑을 열어 주었다.

"가, 감사합니다."

목소리가 완전히 갈라져 나왔다.

물을 마시자 따끔한 통증과 함께 입에서 피 맛이 났다. 남자는 그녀가 물을 마시도록 기다려 주고 펜던트를 꺼냈다.

"이건 돌려주마."

목에 걸어 주려던 남자가 멈칫했다. 펜던트 줄이 끊어져 있었다.

"흑, 흐윽."

그쳐 가던 눈물이 다시 나오려 할 때였다. 남자의 손에서 빛이 나왔다. 끊어진 줄이 순식간에 고쳐졌다.

마법이었다. 디아나가 동그랗게 뜬 눈으로 남자를 보았다. 눈물이 그대로 말랐다.

"마법사세요?"

"그래."

남자가 가라앉은 목소리로 답했다.

"와, 저 마법사는 처음 봐요. 세상에 신기해. 와…… 와, 진짜 대단하네요!"

"……내가 좀 대단하긴 하지."

디아나는 멀쩡해진 줄을 몇 번이나 쓰다듬었다. 마법사는 그녀의 목에 펜던트를 다시 걸어 주었다. 안심한 디아나가 웃었다.

"돌아 버리겠군."

디아나의 웃음을 본 마법사가 중얼거렸다. 그 말에 놀란 디아나가 마법사의 눈치를 보았다.

"너한테 한 게 아니라……."

마법사는 고개를 숙인 채 얼굴을 손으로 감쌌다.

"아, 젠장. 아, 아! 빌어먹을……. 필리파. 필리파, 네가 이런 식으로 가면 테세비츠는……."

손가락 사이로 마법사의 고통 어린 신음이 흘러나왔다.

"……."

이번에는 디아나가 마법사가 진정하기를 기다렸다. 이윽고 진정한 마법사가 고개를 들었다. 메마른 얼굴을 쓸어내리고 로브를 풀어냈다.

"일단, 이걸 입어라."

"네? 아, 저는 괜, 괜찮아요."

뒤로 물러나던 디아나는 따끔한 통증에 아래를 내려다보았다. 한쪽 발에 신발이 없었다. 벗겨졌는지도 모르고 도망쳤었던 모양이었다.

'신발이……. 찾을 수 있을까? 새로 달라고 하면 하녀장님이 혼내실 텐데.'

그녀가 지금 알아챘듯 마법사도 디아나의 몰골을 이제야 깨달았다. 마법사가 손을 쥐었다가 펴자 그 안에서 동그란 빛이 나왔다.

"와!"

디아나가 반짝이는 빛을 홀린 듯 보았다.

작은 구체에서 나온 빛이 디아나의 얼굴을 아주 잘, 보여 주었다.

낙엽과 나뭇가지들이 얽혀 산발이 된 머리. 어딘가에 걸려 찢어진 치맛자락. 신발은 한 짝이 없었고 팔, 다리, 얼굴엔 생채기가 가득했다.

"제기랄!"

"죄, 죄송해요."

디아나가 반사적으로 사과했다.

"아니, 너한테 한 게……!"

무심코 소리치던 마법사가 씩씩거렸다. 숨을 크게 내쉰 마법사가 손을 뻗어 디아나의 손목을 잡았다.

부드러운 손길이었다. 하지만 이미 벌건 자국이 남은 손목은 시큰거려 왔다. 한 번 아픔을 자각하자 여기저기서 통증이 느껴졌다.

"……아파."

디아나가 저도 모르게 중얼거렸다.

"잠깐만 가만히."

일그러진 표정의 마법사가 디아나의 상처에 손을 올리고는 중얼거렸다. 마법사의 손에서 나온 따뜻한 기운이 그녀의 손목에 스며들었다.

"……!"

붉게 남아 있던 자국이 순식간에 사라졌다. 다른 상처들도 마찬가지였다. 놀란 디아나가 이곳저곳을 만지고 눌러 보았다.

"손대지 마. 겉으로는 나았어도 제대로 회복하는 데 시간 걸려."

"정말, 정말 감사해요."

"……뭘 이런 걸 가지고."

마법사가 로브 자락을 디아나에게 둘렀다.

"답답해도 조금 참아. 네 아버지는 어디 계시지? 위험하니 집에 데려다주마."

로브는 디아나의 옷보다 훨씬 부드러웠다. 로브를 만지작거리던 디아나가 작게 중얼거렸다.

"없어요."

"뭐?"

"……아버지 없어요."

디아나가 마법사를 흘끔 보았다. 그나마 조금 온화해졌던 마법사의 기색이 다시 굳었다.

"너……."

마법사가 마른 입술을 적시더니 심각한 낯빛으로 물었다.

"올해로 몇 살이니?"

디아나는 고개를 갸웃했지만, 순순히 답했다.

"열셋이요."

"열셋? 열셋이라고?"

마법사가 믿을 수 없다는 듯 되물었다. 커다란 키를 숙인 마법사가 디아나의 어깨를 짚었다.

"네. 열셋인데요……."

디아나가 말끝을 흐리며 답했다. 마법사가 조급하게 물었다.

"생일, 생일은 언제야?"

또 시작이었다. 영문 모를 질문들. 몇 가지 질문을 하던 마법사가 탄식했다.

"하!"

그리고는 실성한 것처럼 웃어 댔다.

'어, 어디 아프신 분인가……'

디아나의 걱정은 전혀 모르는 채, 그는 홀로 중얼거렸다. 그 모습이 더 걱정을 부추겼다.

"……세상에. 필리파. 네가 사라졌을 때 이미…… 그래서, 그래서였어? 테세비츠, 이 개자식. 뭐? 필리파가 사라진 이유를 모르겠어?"

웃고, 울고, 씨근덕거리던 마법사가 로브로 그녀를 꽁꽁 감쌌다. 주문 같은 걸 중얼거리더니 그녀를 훌쩍 들어 올렸다.

"엄마야!"

예고 없이 공중에 뜬 디아나가 작게 비명을 질렀다.

"내려 주세요!"

"신발이 없으니 조금만 참아. 맨발로 걸어갈 순 없잖아."

"……."

"뭐가 이렇게 가벼워? 밥은 먹고 다니는 거야? 이러니까 열 살로 착각……."

마법사가 한숨을 쉬더니 고개를 저었다. 그리고 성큼 걸음을 옮겼다.

발버둥 치던 디아나가 놀라 목을 껴안았다.

"그래, 꽉 붙잡아."

디아나는 기어들어 가는 목소리로 말했다.

"……감사해요. 마법사님."

"헤르만 레체프."

헤르만 레체프.

디아나는 생명의 은인이자 생전 처음 본 마법사의 이름을 기억하기 위해 입 안에 몇 번 이름을 굴려 보았다.

오묘한 얼굴로 디아나를 내려다보던 헤르만이 말을 이었다.

"네 어머니의 친우다."

디아나가 입을 크게 벌렸다. 찬바람을 들이키고 콜록콜록 기침했다.

"아프면 말해라."

"괘, 괜찮아요. 놀라서, 놀라서 그래요. 제 엄마 친구를 어떻게 여기서…… 정말 엄마 친구분이세요?"

"그래. 그 펜던트에 마법을 걸어 준 게 나다. 그래서 물어봤다."

디아나가 다시 입을 벌렸다.

"와, 이거 마법 걸린 펜던트였어요?"

디아나는 품속에서 펜던트를 다시 꺼냈다. 그러나 다른 물건들과의 차이점을 느낄 수 없었다.

"……몰랐구나."

헤르만은 천진하게 웃는 디아나를 힐끔 보곤 이를 악물었다. 대체 펜던트에 마법이 걸려 있는 사실조차 딸에게 알려 주지 못했다니.

필리파.

아이의 상처를 헤집는 거란 걸 알았지만 물어보지 않을 수 없었다.

"어머니는 언제, 어떻게 돌아가신 건지 말해 줄 수 있겠니?"

아이의 움직임이 딱 멈췄다. 헤르만이 황급히 말을 덧붙였다.

"내가 마지막으로 봤을 때는 정말 건강하기 그지없었는데 대체 무슨 일이 있었던 건지……."

아이는 오래 침묵하지 않았다.

"제가 일곱 살 때 마차 사고로 돌아가셨어요."

"마차 사고라고?"

헤르만은 믿을 수 없는 듯 되물었다. 디아나는 살짝 어깨를 움츠린 채 말했다.

"네, 빗길에 마차가 미끄러져서……."

"하. 말도 안 돼. 이게 무슨……."

그녀에게 어머니의 죽음은 엄청난 슬픔이었지만 그래도 오래전이었다. 슬프고 괴롭고 힘들지만, 결국 체념하고 받아들이게 될 정도의 시간이 지났다.

죽은 사람을 떠나보내지 않으면 살아갈 수 없으니까.

하지만 어머니의 친구에게는 청천벽력일 터. 그가 애도할 수 있도록 두었다.

한참 동안 바람에 스치는 나뭇잎 소리와 풀벌레 울음소리만 들렸다. 긴 침묵 끝에 헤르만이 잠긴 목소리로 말했다.

"……내일 네 어머니의 묘에 같이 가자."

"좋아요."

＊　　＊　　＊

부드러운 베개에 얼굴을 묻었다. 마치 깃털 속에 파묻혀 있는 기분이었다. 어린 날 잠자리처럼 따뜻하고 포근했다. 돌아눕던 디아나는 왠지 주변이 밝은 느낌에 눈을 떴다.

격자무늬의 커다란 유리창에서 들어오는 볕이 방을 환하게 비췄다.

'뭐지?'

디아나가 머무는 하녀 방에는 저렇게 큰 유리창 따위 없었다. 조그마한 나무 덧창이었고, 그마저 겨울에는 찬바람이 엄청나게 들어왔다. 차라리 창이 없었으면 좋겠다고 생각했었다. 번뜩 정신이 들었다.

"어떡해!"

디아나가 침대에서 벌떡 일어났다.

"세상에 지금 몇 시야? 아가씨가 엄청 뭐라고 할 텐데. 아니, 미쳤나 봐. 내가 언제 잠들었지?"

기억나지 않았다.

헤르만 님에게 안겨 돌아오던 기억이 마지막이었다. 엄마 친구 품에서 잠든 거야?!

"미쳤어! 디아나, 미쳤어!"

비명을 지르던 디아나가 고개를 저었다. 지금 이러고 있을 시간 따위 없었다.

말도 없이 외박이라니!

하녀장님이 얼마나 화를 내실지 벌써 무서웠다.

'신발! 신발 어디 있어?!'

신발을 찾던 디아나는 심지어 옷도 갈아 입혀져 있는 걸 깨달았다.

'누, 누가 갈아입혀 준 거지?'

부들부들한 재질의 분홍색 옷이었다.

'아니, 그보다 여긴 어디고 헤르만 님은 어디 계신 거지? 빨리 돌아가야 하는데.'

마음이 조급해진 디아나는 방을 뒤졌다.

깃펜과 잉크, 종이를 찾은 디아나가 서둘러 글을 써 내렸다.

**[구해 주셔서 감사해요. 저는 보르도 저택에서 하녀로 일해요. 다음
에 또 뵐 수 있으면 좋겠어요. —디아나가—]**

글씨가 무척 삐뚤빼뚤했다. 글을 처음 배운 아이가 썼다고 볼 만
한 악필.

'엄마는 정말 똑똑하고 글씨도 예뻤는데. 마법사님이 딸은 왜 이
러냐고 하면 어쩌지?'

아, 모르겠다. 일단 가자. 서둘러 문을 연 디아나가 우뚝 멈췄다.

"방에서 뭘 그렇게 중얼대는 거야? 몸은 괜찮아?"

헤르만이 소파에 앉아 있었다. 밤새 한숨도 잠들지 못한 듯 눈가
가 거뭇했다.

"헤, 헤르만 님?"

헤르만이 미간을 찌푸렸다.

"뭐라고? 헤르만 님?"

"……죄, 죄송해요. 제가 잘 몰라서요. 어떻게 불러야 할까요?"

디아나가 우물쭈물 눈치 보며 물었다. 헤르만이 머리 아프다는

듯 미간을 문질렀다.

"죄송할 일은 아니고…… 그냥 헤르만이라고 불러."

"그래도 되나요?"

고개를 까딱한 헤르만이 물었다.

"몸은 괜찮아?"

"네. 하나도 안 아파요."

"다행이네. 뭐, 내가 마법을 걸었으니 당연하지만."

"정말 감사해요."

마법으로 치료라니. 귀족도 아닌 그녀에게는 정말로 호사스러운 일이었다.

헤르만이 소파에서 몸을 일으키며 물었다.

"밥 먹어야지. 뭐 먹고 싶은 거 있어? 여기로 시켜도 되고 나가서 먹어도 되고. 아, 먼저 세수부터 해야 하나. 여기 고용인을 부르도록 하지."

그 말에 정신이 번쩍 들었다. 지금 이렇게 얘기하고 있을 때가 아니었다.

"헤르만 님! 아니, 헤르만! 제 옷 혹시 못 보셨나요? 원래 입고 있던 옷을 찾을 수가 없어서요."

"옷? 아아……."

하품한 헤르만이 피로감 짙은 얼굴을 문질렀다. 여유로운 모습에 속이 타들어 갔다.

"찢어지고 더러워서 버렸어."

"네에? 아, 아니, 그걸 버리셨다고요?"

"응. 아, 옷은 여기 직원한테 부탁해서 갈아입혔으니까 걱정 안 해도 돼."

차마 묻지 못하던 걸 알게 된 것은 다행이었다. 하지만 옷을 버렸다니!

어떡하지.

고민하던 디아나가 조심스럽게 물었다. 이렇게 있을 시간이 없었다.

"그럼, 헤르만 님. 지금 입고 있는 옷을 잠시 빌릴 수 있을까요? 저택으로 돌아갈 때까지만요. 제가 나중에 세탁해서 돌려드릴게요."

"헤르만이라고 부르라니까. 그거 가져. 나한테 여자애 옷을 돌려줘서 뭐하게."

"아⋯⋯."

그도 그런가. 디아나가 머쓱하게 고개 숙였다.

"감사해요."

헤르만이 건성으로 손을 내저었다. 그녀가 입던 옷보다 훨씬 좋은 옷이었다.

'비싸 보이는데 괜찮나?'

헤르만이 의아한 듯 물었다.

"그런데 그거 잠옷인데? 그거 입고 나가게?"

"잠옷이요?"

그제야 제대로 옷을 살폈다. 그러고 보니 아티시아 아가씨가 잘 때 입는 옷과 비슷해 보였다.

"갈아입을 옷 가져다 놨으니까. 저걸로 갈아입어."

헤르만이 디아나가 나온 방문 옆에 있던 선반 위를 가리켰다. 바구니 안에 곱게 개어진 옷이 보였다.

손에 잡히는 상의는 지금 입고 있는 옷만큼 보드라웠다. 하얀 상의와 짙푸른 치마였다. 반들반들한 촉감이 무척 좋았다.

'세탁 어려워 보인다.'

감탄하던 디아나가 헤르만을 보았다.

"헤르만. 저 그럼 이 옷 좀 빌릴……."

"하아아아."

헤르만이 깊게 한숨 쉬었다.

"그것도 가져. 난 필요 없다."

헤르만이 저벅저벅 다가오더니 선반에 물 잔을 탕 내려놨다.

"마시고 좀 진정해. 세수도 안 하고 대체 어딜 나가겠다고 그러는 거야?"

디아나가 울상을 지었다.

"죄송해요. 그런데 더 늦으면 아가씨한테 혼나요. 아니, 그렇지 않아도 혼나겠지만 그래도……."

"아가씨?"

헤르만이 디아나의 말을 잘랐다.

"웬 아가씨?"

"아티시아 아가씨요. 보르도 남작님의 영애세요. 제가 모시는 분이에요."

"뭘…… 모신다고?"

헤르만의 목소리가 낮아졌다. 영문을 모르겠는 디아나가 어깨를 움츠렸다.

"제가 거기 하녀로 일하고 있어서요."

"······하!"

*　　*　　*

디아나는 땀에 찬 손을 옷자락에 문질렀다. 보르도 저택 뒷문이 눈에 보였다.

손바닥에 치맛자락이 부드럽게 감겼다. 숨을 크게 들이쉰 디아나가 저택으로 걸어 들어갔다.

하녀장님이 계신 방까지 가는 동안 몇몇 고용인들을 마주쳤으나, 그들은 마치 그녀를 유령 취급했다. 익숙했다.

디아나는 하녀장이 있는 방문에 노크했다.

"누구시죠."

문 안쪽에서 딱딱한 목소리가 들렸다. 잠깐 숨을 멈췄던 디아나가 답했다.

"디아나예요."

"······들어와."

방 안에는 하녀장님만 있지 않았다. 아티시아 아가씨의 측근 하녀인 로라도 함께였다. 로라가 그녀를 보자마자 쏘아붙였다.

"밤새 뭐하다가 온 거야?"

목소리에는 짜증이 가득했다.

"아가씨가 얼마나 찾았는지 알아? 은방울꽃에는 어제저녁에 도착했다던데!"

"걱정시켜서 미안……."

"너 같은 걸 누가 걱정해?"

"로라."

하녀장이 말리듯 로라를 불렀다.

"차라리 돌아오지 말지 그랬니? 오늘 아가씨 약혼자님도 오셨는데. 일부러 꾀려고 온 거 아냐?"

"로라!"

하녀장이 소리쳤다.

"하우젠 경에 대해 함부로 말하지 말아라."

디아나가 입술을 깨물었다. 자신은 아가씨의 약혼자에게 관심을 가진 적 없었다. 오히려 피해 다니기 바빴다. 그런데 모두 그녀를 탓했다.

약혼녀의 집에서 한눈을 파는 약혼자의 부덕함을 탓해야 않나?

"흥, 너 같은 거 왜 거둬 주고 있는지 몰라. 당장 쫓아내면 아가씨도 편할 텐데."

"로라, 너는 이만 아가씨께 가 보거라. 그리고 디아나 너는……."

로라를 볼 때와 달리 하녀장의 표정이 싸늘했다.

"무단 외박은 벌점인 걸 알지? 네 급료에서 깎으마."

"아, 그, 하녀장님. 사고가 있었……."

하녀장은 아랑곳하지 않고 디아나의 말을 잘랐다.

"별로는…… 그래, 하우젠 경이 돌아가면 2층 별관을 청소해라. 일주일 내로."

"네?"

"그 반응은 뭐지? 불만이니?"

평소에 청소하지 않는 곳이었다. 그곳을 홀로 청소하려면 일주일 동안 밥 먹는 시간, 자는 시간도 줄여야 했다.

"그게 아니라 하녀장님. 제가 어제 돌아오는 길에 사고가……."

"변명하지 마."

"아니, 하녀장님 제 말을 조금만……."

"입, 안 다물어?!"

하녀장이 날카롭게 디아나의 말을 잘라 냈다.

"누가 말대꾸하래? 어디서 배운 버르장머리야?"

말문이 막힌 디아나가 억울한 얼굴을 했다.

새삼스레 그녀의 위치가 느껴졌다.

만약 그녀가 돌아오지 않았더라면 이들이 그녀를 찾았을까?

'걱정해 주는 건 바라지도 않아.'

하지만 무슨 일이 있었느냐, 왜 늦었느냐 물어볼 수는 있지 않나? 아니. 들어 주기라도 할 수 있지 않나?

"그 표정은 뭐지? 불만이니?"

"……."

"하기 싫으면 그만두든지. 너 같은 거 없어도 일 할 사람 많다."

하녀장은 그녀에게 시간을 쓰는 것마저 아깝다는 듯 말했다.

디아나는 입술이 새하얗게 되도록 깨물었다. 그런 디아나를 하녀장이 조소하며 보았다.

"알겠어요."

"쯧, 멍청해서는. 빨리 가서 청소해!"

양손을 굳게 쥔 디아나가 크게 숨을 들이쉬고 말했다.

"그만둘게요."

"……."

"……."

로라와 하녀장, 둘 다 나란히 침묵했다.

"뭐, 뭐라고? 그만둔다고?"

하녀장이 약간 더듬거리며 되물었다.

"네. 그만둘게요."

디아나는 헤르만과의 대화를 떠올렸다.

「왜 못 그만둔다는 거야? 대체 뭐가 문제야?」

「안 돼요! 전 거기서 나오면 머물 곳도 없고, 보호자도 없어
서…….」

「무슨 소리를 하는 거야?」

어처구니없다는 어조, 한숨. 그리고 그 말.

하지만 디아나에겐 한 줄기 빛이었다.

「당연히 내가 이제 네 보호자지.」

그녀는 더는 혼자가 아니었다.

'그래. 차라리 잘됐어.'

디아나는 애써 마음을 다독였다.

"네가 아주 제정신이 아니구나? 네가 그만두면 어디 갈 데라도 있어?!"

잠깐 당황하던 로라가 소리쳤다.

"로라, 그만하고 가거라."

"하지만 하녀장님! 저게—"

"그만해."

하녀장의 경고에 로라가 입을 삐죽였다. 하녀장의 으름장에 방을 나가던 로라가 디아나의 어깨를 퍽 밀쳤다. 디아나가 얼얼한 어깨를 문질렀다. 널찍한 방 한쪽에 서 있었기에 명백한 고의였다.

"고아 주제에 먹여 주고 재워 준 걸 감사히 여겨야지. 주제도 모르고 정말. 며칠이나 버틸지 두고 보자."

로라가 문을 벌컥 열어젖혔다.

"나중에 다시 받아 달라고 무릎 꿇고 빌지나 마라?"

그리고 쾅 소리를 내며 문을 닫았다. 혀를 찬 하녀장이 의자에서 일어났다.

"그래. 그만둔다고."

선반에 다가간 하녀장이 두꺼운 종이 뭉텅이를 가져왔다.

"그렇지 않아도 하우젠 경을 유혹할 때부터 너 때문에 골치가 아프던 참이었다."

어처구니없는 소리에 절로 물음이 나왔다.

"그게 대체 무슨 말씀이세요? 제가 유혹했다니요?"

"왜. 내 말이 틀려?"

"하녀장님도 아시잖아요."

하녀장이 고개를 들었다. 디아나를 바라보는 눈빛은 싸늘하기 그지없었다. 버러지보다 못한 걸 보는 것 같은 눈빛. 저 눈빛만 보면 자신이 너무 보잘것없게 느껴졌다.

디아나가 맞잡은 손에 힘을 주었다. 괜찮아, 진정해 디아나.

"전 아무 짓도 하지 않았어요. 억울하다는 걸, 아시잖아요."

"그래서? 나더러 어쩌란 거니?"

"······."

"어쩌겠어, 그렇게 태어난걸. 뭐 너도 얼굴은 반반하니 노력하면 괜찮은 남자를 만날 수 있을 거란다. 네 엄마만 닮지 않는다면 말이지."

"하녀장님!"

디아나가 소리쳤다.

"쓸데없이 소리지르지 마라. 내 말이 틀려? 네 어머니가 남편도 없이 널 낳은 건 사실이잖니?"

"······."

디아나가 하얗게 질리도록 입술을 깨물었다.

"미혼모가 뭐 그리 자랑이라고 당당히 얼굴을 들고 다녔는지. 어디서 굴러먹다 왔는지 알 수 없던 주제에, 넌 그렇게 살지 말아라."

손끝이 하얗게 되도록 맞잡은 손에 힘을 주었다. 일부러 고개를 들지 않았다. 얼굴을 보면 화를 참을 수 없을 것 같았다.

한쪽 선반 앞에 간 하녀장이 금고를 열었다. 돈을 세어 가죽 주머니에 넣은 하녀장이 돌아와 디아나 방향으로 던지듯 밀어냈다.

"여기 어제까지 일한 이번 달 급여와 네 퇴직금이다. 최대한 빨리 나가 줬으면 좋겠는데. 언제 나갈 생각이니?"

"오늘 바로 정리할게요."

"그래. 네 일은……. 내가 알아서 할 테니 그냥 가거라."

"네."

"조용하게, 소란피우지 말고 쥐죽은 듯이 나가. 알았어?"

가죽 주머니를 받아 든 디아나가 인사했다.

"그동안 감사했어요."

달칵 등 뒤로 문이 닫히는 소리가 작게 울렸다. 복도는 텅 비어 있었다.

"하아."

디아나는 깊은 한숨을 내쉬며 눈두덩이를 문질렀다.

'이렇게 그만둔다고 말하게 될 줄이야.'

어떻게 말해야 할지 고민하고, 또 고민하며 오던 길이 허무할 지경이었다.

'됐어. 차라리 잘됐어.'

디아나는 주머니를 열어 금액을 확인했다.

하녀의 급여는 직급에 따라 다르지만 보통 한 달에 200,000소르나 정도. 은화 10개였다.

하지만 그녀의 급여는 그에 비하면 턱도 없었다. 고작해야 20,000소르나.

하녀장은 그녀가 어려서 적게 줄 수밖에 없다 했다. 숙식을 제공해 주는 곳에서 급여를 주는 거로도 감사해야 한다 했다.

'하는 일은 똑같았는데.'

아니, 오히려 아가씨에게 구박받기 시작한 이후로는 다른 이들보다 더 많은 일을 해야 했었다.

디아나가 손등의 흉터를 문질렀다. 한겨울에 빨래하다 터진 상처였다.

얼음을 깨고 뜬 물로 빨래를 하는 건 고통스러웠다. 곱은 손으로 빨래를 겨우 끝내고 들어갔을 때, 로라가 아가씨의 치마를 던지며 다시 나가 이것도 빨고 돌아오라고 할 때는 정말 암담했다.

심지어 누가 봐도 고의로 잉크를 흘린 치마였다. 배어든 잉크는 잘 지워지지도 않았다.

겨우 끝내고 방에 돌아가니 가죽 신발은 물이 튀어 꽁꽁 얼어 있었다. 꿍꿍거리며 벗자 발은 퉁퉁 불어 빨갛게 변해 있었고, 동상이었다.

짐은 단출했다. 몇 없는 옷가지를 개어 넣고, 노끈으로 묶은 편지 뭉텅이를 마지막으로 넣고 가방을 닫았다.

마지막으로 방을 살폈다. 낡은 침대와 작은 협탁, 옷장뿐인 이 방도 이제 마지막이었다.

'여길 이렇게 떠날 줄 몰랐는데.'

지긋지긋했지만 아쉽기도 했다. 아무리 힘들었어도 그녀가 5년을 넘게 산 곳이었다. 한숨을 쉰 디아나가 짐 가방을 들었다.

* * *

"나중에 정착하면 편지할게요."

"편지하면 뭐해? 난 글 모르는걸."

마틴 부인이 콧방귀를 꼈다. 보르도 저택에서 그녀를 살뜰히 챙겨 주던 부인이었다. 어제 그녀가 돌아오지 않았을 때 사람들에게 물어보고 다닌 유일한 사람이었다.

적어도 부인께는 인사를 하고 싶었다. 사정을 들은 부인은 자기일처럼 분개하고, 떠나는 그녀를 데려다주겠다 했다.

디아나가 웃으며 걸음을 멈췄다.

"마틴 부인, 저 정말 괜찮아요. 이제 들어가셔도 돼요."

"안 간다니까? 대체 어떤 놈팡이가 네 보호자라고 나섰는지 한번 확인해 봐야겠어."

흥, 하고 팔짱을 낀 마틴 부인은 그녀가 보호자가 생겨 저택을 나간다는 사실이 못 미더운 듯했다.

쫓겨나는 거라면 다시 들어오는 게 어떠냐, 자신이 하녀장에게 말하겠다 나설 정도였다.

"불안해서 그냥은 못 보낸다. 세상이 얼마나 위험한데."

그때 저편 숲 안쪽에서 마차의 모습이 드러났다.

"저기 마차가 하나 보이는데. 설마 저 마차야?"

디아나가 마틴 부인의 말에 고개를 돌렸다.

"아, 맞는 것 같아요."

마틴 부인이 눈을 가늘게 뜨며 중얼거렸다.

"마차는 좋네……."

빠르게 달려온 마차가 언덕에 멈췄다. 문이 열리고 모자를 깊게 눌러쓴 헤르만이 내렸다.

"허업."

입을 틀어막은 마틴 부인이 기묘한 탄성을 질렀다. 디아나도 커다래진 눈으로 헤르만을 보았다.

헤르만은 아침에 보았던 흔한 여행자 복장이 아니었다. 도시 사람들처럼 세련된 정장에 윤기 흐르는 검은 망토, 값비싸 보이는 지팡이를 들고 있었다. 특히 망토가 엄청나게 값나가 보였다.

'영주님 것보다 좋아 보이는데?'

기묘한 탄성을 한 마틴 부인이 디아나에게 속삭였다.

"……혹시 저분 귀족이셔?"

답은 다른 쪽에서 나왔다.

"아닙니다. 디아나, 누구니?"

디아나가 서둘러 마틴 부인을 소개했다.

"절 마중 나와 주셨어요. 보르도 저택의 주방장이신 마틴 부인이세요."

"……."

모자를 벗은 헤르만이 말없이 살짝 고개 숙여 인사했다. 잠시 멍하니 바라보던 마틴 부인이 뒤늦게 마주 인사했다.

"디, 디아나를 잘 부탁드릴게요."

"걱정하지 마시길."

정중하게 말한 헤르만이 디아나에게 손을 내밀었다.

"그럼 이만 가자."

고개를 끄덕인 디아나가 마틴 부인에게 인사했다.

"마틴 부인, 이제 가 볼게요. 마중 나와 주셔서 감사해요."

"그, 그래. 조심하고. 건강하렴."

마틴 부인은 정신없는 와중에도 디아나를 꽉 안아 주었다.

"짐은 이게 다야?"

"네."

"그래, 쓰레기는 다 버리는 게 좋지."

헤르만이 디아나의 짐 가방을 들었다.

"앗? 제가 들어도 되는……."

그러나 헤르만은 디아나의 말을 무시하고 마차 안에 가방을 집어넣었다. 그러곤 디아나의 허리를 잡고 그대로 벌떡 들어 올렸다.

"……!"

놀라 비명을 지를 겨를도 없이 그대로 마차 안에 태워졌다.

'바, 방금 무슨 일이?'

뒤따라 올라탄 헤르만이 아무렇지도 않게 디아나의 머리를 쓰다듬었다. 그러곤 태연하게 맞은편에 앉았다. 디아나만 어리둥절하게 헤르만이 쓰다듬은 곳을 만졌다.

마차가 천천히 출발했다. 디아나가 황급히 창문에 붙었다. 창밖으로 보이는 마틴 부인에게 손을 흔들었다.

마틴 부인이 보이지 않을 때까지 손을 흔들다 앉은 디아나를 물끄러미 보던 헤르만이 물었다.

"그건 뭐야?"

헤르만이 턱 끝으로 가리켰다. 디아나가 들고 있던 들꽃 다발이었다.

"아."

디아나가 서둘러 꽃다발을 살폈다. 올라탈 때 꽉 쥐어버렸지만 줄기 부분이라 꽃은 멀쩡했다. 안도의 한숨을 내쉬었다.

"엄마 보러 가서요."

꽃을 사려면 도시까지 나가야 했다. 심지어 값도 매우 비쌌다. 그런 호사는 1년에 한 번 어머니의 기일에만 부렸다.

헤르만이 허를 찔린 얼굴을 했다. 그리고 표정을 가리듯 창밖을 향해 고개를 돌렸다. 한참 뒤에 다시 입을 열었다.

"……필리파는 꽃 안 좋아했어."

"필리파가…… 아, 어머니 성함이랬지."

헤르만이 어제 어머니의 본명을 알려 준 걸 뒤늦게 떠올렸다. 아직 어색한 이름이었다.

"남자애들이 매번 선물이라고 꽃을 보내와서 처리하는 거 지겹다고 했었지."

"정말요? 몰랐어요."

처음 듣는 이야기였다.

꽃을 싫어하셨구나.

디아나는 버릇처럼 가슴팍의 펜던트를 만지작거렸다. 헤르만이 그 모습을 보다가 툭 던지듯 말했다.

"그 펜던트에 관해서는 누구에게도 말하지 말고, 보여 주지도 마라."

"네? 아, 네."

"그게 어머니 유품이란 사실을 아는 사람이 많나?"

손가락으로 셈하며 고민하던 디아나가 고개를 저었다. 마틴 부인, 아티시아 아가씨와 학술원에 있는 친구. 그 정도밖에 없었다. 디아나가 접은 손가락 개수를 보곤 헤르만이 고개를 끄덕였다.

"세 명 정도면 그나마 다행이군. 뭐, 유품이란 사실이 중요한 게 아니니까. 거기에는 정령이 담겨 있어."

"정령이요?"

"그래."

"저번에는 마법이 걸려 있다 하셨잖아요."

"마법으로 정령을 담았지."

그 정령은 네 친부로 추정되는 테세비츠가 넣었지.

헤르만은 뒷말을 삼켰다.

아직 확실한 건 아니니 함부로 재단해선 안 됐다. 시기상, 심증상 거의 백 퍼센트라고 여겼지만.

그래도 저 펜던트가 있어 정말로 다행이었다. 정령의 흔적이 없었다면 제아무리 헤르만이라고 하더라도 필리파를, 아니 디아나를 찾지 못했을 수 있었다.

문제는 오랜 시간 동안 펜던트 안에 잠들어 있던 정령이었다.

'갑자기 움직이기 시작했어.'

헤르만은 디아나가 잠들었을 때 펜던트를 살폈지만, 정령은 자신의 전공이 아니었다.

"그, 그럼 엄청 귀한 건가요?"

겁에 질린 듯, 디아나의 안색이 창백해졌다. 아차 싶은 헤르만이 적당히 말했다.

"흔하지 않은 정도지, 엄청 귀한 건 아니야."

성 한 채 값 정도는 되고, 네 아버지가 노히바덴 대공일 테니 귀하지 않은 거지만.

헤르만이 뒷말을 삼켰다. 다행히 헤르만의 말에 디아나는 다소 안도한 듯 보였다.

"필리파의 딸이 이래서야 앞으로 어쩌나……."

헤르만이 디아나를 걱정스럽게 보았다.

마부가 도착했다며 마차 벽을 두드렸다. 잠시 풀어졌던 헤르만의 표정이 다시 딱딱하게 변했다. 굳은 목소리로 헤르만이 말했다.

"도착했나 보군. 내리자."

그들이 도착한 곳은 아헨 공동묘지였다. 연고 없는 이들이 묻히는 곳. 그래서 찾아오는 이가 거의 없는 조용한 장소였다. 지금도 사람이라고는 그들밖에 없었다.

허술한 나무 비석과 그래도 모양을 갖춘 돌 비석들이 섞여 쓸쓸한 풍광을 보였다.

디아나가 그사이를 익숙하게 걸어갔다. 디아나 뒤를 헤르만이 따라갔다. 한참을 걸어가던 디아나는 개중 가장 잘 관리된 비석 앞에 꽃다발을 내려놓았다.

[애프릴]

작게 새겨져 있는 이름 하나밖에 없는 투박한 비석이었다.

"잠시, 잠깐……."

헤르만은 긴 손가락 사이에 얼굴을 묻었다. 크게 숨을 들이쉰 헤르만이 손에 묻은 얼굴을 들지 않고 말했다.

"디아나. 잠시, 하…… 잠시 혼자 있게 해 주겠니."

헤르만은 담담한 척하려 했으나 말끝이 떨리고 말았다. 디아나는 어머니의 묘와 헤르만을 번갈아 보았다. 헤르만이 자신의 슬픔을 그녀에게 보이고 싶지 않은 걸 알았다.

"마차에 가 있을게요."

디아나는 걱정스레 뒤를 몇 번이나 돌아보며 마차로 향했다.

헤르만은 한참 동안 돌아오지 않았다. 마부는 어느새 잠들었는지 코 고는 소리가 요란했다.

마차 안에만 앉아 있으니 괜스레 울적해졌다. 이유 없이 자꾸만 찡해지려는 콧등을 문지르곤 마차 문을 열고 나왔다.

어머니의 장례식은 조촐했다. 아무것도 모르던 디아나는 아렌 신관의 도움으로 간신히 장례를 치렀다. 만약 그때 헤르만이 있었다면 달랐을까?

헤르만은 한참 뒤에야 돌아왔다. 붉어진 눈가의 헤르만은 수심에 잠긴 얼굴이었다.

"오셨어요."

헤르만은 디아나를 보자 다시 터져 나오는 감정을 참아 내듯 이를 악물었다.

"그래. 그래도 딸이라도 있어……."

다행인 걸까?

잇새로 중얼거리는 헤르만의 말은 끝까지 들리지 않았다. 다행이었으면 좋겠다고 디아나는 작게 소망했다. 헤르만이 디아나에게 손을 내밀었다.

"……가자."

*   *   *

마차가 흙길에 크게 덜컹거렸다.

"이제 어디 가요?"

"아헨."

"거기 살고 계셨어요?"

"아니, 대부분 세계탑에 살았지."

"세계탑……."

그녀도 들어 본 곳이었다. 열두 현자가 대표로 의결권을 지니는 마법사들의 탑.

"나중에 한번 놀러 와. 처음에는 볼만해."

"저, 정말요? 저도 들어가 볼 수 있어요? 가 봐도 돼요?"

"당연하지."

"와……."

세계탑이라니, 동화 속에서나 보던 곳 아닌가.

"세계탑 별거 없어. 그렇게 기대할 건 아냐."

"그래도요."

디아나의 반짝이는 눈에 헤르만이 민망한 듯 말을 돌렸다.

"일단, 오늘은 오흐리 은행에 방문할 거야."

"은행이요?"

"그래. 가 본 적 있어?"

디아나는 고개를 저었다.

은행은 부자들이나 가는 곳이었다. 디아나의 전 재산은 작은 가죽 주머니 하나면 되었다.

"오흐리 은행은 오흐리드 백작가 소유의 은행이야."

얼굴을 쓸어내린 헤르만이 말을 계속했다.

"오흐리드 백작가는 하임바르덴이 세워지기 전부터 황금의 주인이라고 불렸어."

헤르만이 창문의 커튼을 살짝 들춰 보았다.

"금화를 리드라고 부르는 건 알지?"

"네, 알아요."

금화를 실제로 본 적은 없지만…….

"오흐리드 백작가에서 이름을 따와 부르는 거야."

"와. 금화도요?"

"그래. 오흐리드 은행에서 제작하는 리드라는 금화를 중심으로 다른 화폐가 만들어지고 물품의 가격이 책정돼."

오흐리, 리드. 전부 오흐리드에서 이름을 따왔구나. 왠지 재밌는 말장난 같아 웃었다. 멈칫했던 헤르만이 말을 이었다.

"세상에 돈으로 할 수 있는 일은 모두 가능하고, 돈으로 할 수 없는 일도 가능하게 하는 가문이 오흐리드야. 백작가긴 하지만 다른 백작가와는 수준이 다르지."

다시 커튼을 내린 헤르만이 디아나를 보았다. 무언가 고민이라도 있는 듯 헤르만이 깊게 한숨을 쉬었다.

"네가 만약…… 그러니까 만약에, 이건 그냥 예시야. 알았지?"

무슨 말을 하려고 이렇게 조심스러운지 알 수 없었다.

"네, 말씀하세요."

"오흐리드 백작가 사람이 된다면 어떨 것 같아?"

디아나는 눈을 깜빡였다.

'……복권에 당첨되면 어떠냐는 비유인 건가?'

무척 이상한 질문이었다. 그 의도를 알 수 없었다. 고민하던 디아나에게 헤르만이 손을 내저었다.

"아니, 아냐. 내 질문은 잊어버려."

헤르만이 홀로 고개를 내저었다.

"은행에 들렀다가 네가 머물 집을 구할 거야."

"네? 집을 구하다니요?"

헤르만 집에 들어가는 거 아니었어? 아, 그러고 보니 세계탑에 사신다고 하셨지. 순간 눈앞이 캄캄해졌다.

"난 네 친부—우가 아니라 친구, 내 친구를 찾으러 가야 해. 그 사람이 지금 다른 대륙에 있어서 내가 직접 가야 가장 빨라. 거기에 널 데려갈 수는 없어."

"그럼 저는 어떻게……."

"길어야 3개월이야. 그때까지만 혼자 지내."

"혼자요?"

"내가 아는 사람에게 살펴보라 할 테니 걱정할 필요는 없어."

"아……."

디아나의 낯이 흐려졌다.

얼마 지나지 않아 마차가 멈췄다. 디아나는 로브에 달린 모자를 쓰고 마차에서 내렸다. 로브는 헤르만이 입으라고 준 선물이었다.

상앗빛 건물에는 수많은 사람이 들락날락했다. 문 앞에 제복을 차려입은 경비처럼 보이는 이들도 몇 보였다.

디아나는 몸을 젖혀 간판을 읽었다.

[오흐리 은행, 아헨 지점]

금속 간판 위에는 나뭇가지를 문 새가 날아가는 조각이 보였다.

"들어가자."

헤르만도 모자를 깊게 눌러쓰고는 앞서 들어갔다. 디아나는 헤르만을 놓칠세라 종종걸음으로 쫓아갔다.

안에는 순번을 부르는 직원들과 창구에 앉아 조용조용 대화를 하는 사람들, 기다리는 이들이 섞여 북적였다.

헤르만은 소란스러운 홀을 그대로 지나쳤다. 한쪽 구석으로 가자 무거워 보이는 고동색 문을 열고 들어갔다.

문 안쪽은 밖과 전혀 다른 광경이었다. 복도의 붉은 카펫이 발걸음 소리를 흡수했다. 나선형 계단을 올라가 2층 복도를 걸어간 헤르만이 간판을 살피더니 한 문 앞에 섰다. 노크하자 "들어오십시오."라는 소리가 안에서 들렸다.

"무슨 일로 오셔······."

마호가니 책상에 앉아 있던 사람이 말하다 말고 벌떡 일어났다.

"······헤르만 레체프 님? 정말 헤르만 레체프 님이십니까?"

디아나가 놀라 헤르만을 바라보았다. 헤르만은 혀를 차며 말했다.

"소란 떨지 말지."

"······죄송합니다. 들어오십시오."

남자는 더없이 정중한 태도로 안내했다. 방에 딸린 응접실로 보였다. 헤르만과 디아나는 남자가 안내한 가죽 소파에 앉았다.

"함께 계신 분은 누구시죠?"

남자가 공손히 물었다.

'분?'

극진한 호칭에 어찌할 바를 모르고 눈을 빠르게 깜빡였다.

헤르만은 탁자에 모자를 내려놓으며 말했다.

"그쪽이 신경 쓸 필요 없네."

헤르만의 싸늘한 목소리에 남자는 재빠르게 시선을 거뒀다.

"레체프 님께서 아헨에 있는 걸 시장님도 아십니까?"

"아네. 하지만 조용히 해 달라 부탁했네."

시장님? 엄청 높은 분 아닌가?

"그렇군요. 저희 아헨 지부엔 무슨 일로 찾아오신 겁니까?"

"내가 대리로 맡고 있던 재산에 관련해 조용히 할 얘기가 있네."

헤르만이 디아나를 힐끗 보았다. 남자는 알겠다는 듯이 자리에서 일어났다. 헤르만은 망토를 벗었고 디아나가 받으려 하자 인상을 와락 찌푸렸다.

"아…… 죄송해요."

"……죄송할 건 아니지. 하지만 앞으로 그런 행동은 고치도록 해. 얕잡아 보일 테니."

헤르만이 딱딱하게 말했다. 헤르만은 소파에 망토를 대충 걸어 놓곤 남자를 따라 응접실을 나갔다.

'상냥한 사람인지 무서운 사람인지 모르겠어…….'

디아나는 응접실에 홀로 남았다. 다리를 흔들며 시간을 죽이던 디아나는 헤르만이 돌아올 기미가 없자 조심스레 일어났다.

'구경 정도는 상관없겠지?'

응접실의 한쪽 벽엔 양장본으로 가득 찬 책장이, 다른 한쪽은 고급스러운 장식품이 들어가 있는 찬장이 있었다.

다른 방향의 선반에는 나뭇잎 모양의 장식이 달린 화려한 촛대가, 그 옆에는 무게를 가늠하는 청동 저울과 추가 놓여 있었다.

디아나가 저울의 한쪽을 살짝 눌러 보았다.

'오, 움직인다.'

몇 번 눌러 보던 디아나가 다른 장식품들을 살폈다. 벽에 걸린 커다란 그림에는 남색 머리의 여인이 날아오는 새를 맞이하듯 손을 들고 있었다.

하단을 보자 글자가 작게 쓰여 있었다.

[엘파사 오흐리드]

'주홍색 눈동자네?'

그녀의 눈동자도 주홍색이고 어머니도 주홍색이었지만 흔한 색은 아니었다.

'엄마도 너무 눈에 띈다고 숨겼으니까.'

그녀가 응접실을 구경하는 새 용건이 끝났는지 헤르만의 목소리가 점차 가까워졌다.

"……알겠네. 그럼 괜찮은 부동산 업자가 있으면 소개 좀 부탁하지."

응접실에 들어온 헤르만이 디아나를 보고 망토를 들었다.

"그럼 가자. 이제 집 보러 가야지."

"네? 진짜로 집을 사는 거예요?"

"그럼 진짜지. 가짜로 집을 보나?"

"아, 아니 그게."

디아나가 힐끗 주변의 눈치를 보았다.

"뭐가 문제야?"

"그게……."

디아나가 머뭇거렸다.

돈이 없어 힘들었지만 부끄러웠던 적은 없었다. 하지만 이런 값비싼 물건이 넘쳐 나는 공간에서, 엄마의 친구이자 부자로 보이는 헤르만에게 그녀의 가난을 설명하기는 너무…… 비참했다.

"뭐기에 그래? 빨리 말해."

헤르만에 재촉에 디아나가 치맛자락을 움켜쥐었다. 창피함에 얼굴이 달아올랐다.

"제가요. 그게 돈이…… 없어서요. 집을 구하기에는 조금 힘들어서……."

"뭐라고?"

"……제가 돈이 없어요."

자신은 이 자리에 어울리지 않았다.

헤르만은 디아나의 말이 이해되지 않는다는 듯 눈가를 찌푸렸다가, 깊은 한숨을 쉬더니 이마를 문질렀다.

"무슨 소리를 하나 했더니."

어처구니없다는 표정의 그가 들고 있던 종이를 탁자에 내려놓았다. 서류 묶음이었다.

"읽어 봐."

탁자의 서류를 당겨 든 디아나가 읽어 나가기 시작했다.

'헤르만이 누구 재산을 대신 맡아 주고 있었던 건가?'

어려운 용어로 쓰여 있어 모르는 단어가 많았다. 문맥으로 적당히 내용을 파악해 갔다.

"이걸 왜 저한테 읽어 보라고……."

쭉 읽어 나가던 디아나의 눈동자가 그대로 멈췄다.

   [……하여 후견인 헤르만 레체프는 디아나에게 칠억일백육십만 소르
   나를 상속한다.]

"……?"

디아나가 눈을 비볐다.

[칠억일백육십만(701,600,000)소르나를 상속한다.]

헛것이 아니었다. 디아나가 서류를 보다 헤르만을 보다가, 다시 서류를 보다 헤르만을 보았다.

"이……이게, 뭐, 뭐, 뭐, 뭐예요?"

"네 유산."

유산이라니?

"네 엄마가 나한테 맡긴 거다."

"이게 말이, 말이 안 되는, 대체 얼만지……."

헤르만이 디아나의 손에서 서류를 가져가 읽었다.

"7억 소르나면…… 1,750리드 정도네. 이게 다가 아니야. 각종 토지와 건물들까지 합치면 더 많을 거다."

헤르만이 말하는 소리가 멍한 머리를 그저 스쳐 지나갔다.

"금화가 아닌 건 소유권을 양도하기가 여러모로 복잡하니 그런 건 나중에 네가 성년이 되면 처리하고, 금화 상속세는 변호사 통해 알아서 처리하기로 했다."

"네?"

"금화도 내가 후견인이라 겨우 양도 가능했어. 미리 아헨 시장을 만나서 후견인 신청을 바로 통과시키길 잘했지. 아직은 네가 미성 년자라 나도 그 재산을 사용할 수 있지만, 건들 생각 없으니 걱정하지 말고 써."

"네?"

"일단 여기 100리드."

헤르만이 한쪽에 놓아둔 상사를 들었다. 영롱하게 반짝이는 금화 100개. 헉 소리와 함께 숨을 들이켰다. 흔들리는 눈동자가 상자 안에 고정되었다.

그 뒤로 어떻게 걸어왔는지 기억나질 않았다. 둥실둥실 떠다니다 정신을 차리니 마차 안이었다.

디아나가 손에 든 금화를 보았다.

동그랗고 납작한 금화에는 새가 잎사귀가 달린 나뭇가지를 물고 날아가는 모습이 주조돼 있었다.

흔들리는 눈동자로 금화를 보던 디아나가 그대로 금화를 깨물었다.

"너 뭐 해……?"

헤르만이 있는 대로 미간을 구겼다.

"그걸 왜 깨물어? 더러우니까 빨리 뱉어!"

헤르만이 금화를 뺏어 갔다. 디아나는 울상을 짓자 품속에서 뭔갈 꺼낸 헤르만이 그녀의 입에 쏙 집어넣었다.

"배고프면 이거나 먹어."

디아나가 입에 들어온 걸 우물우물했다.

"서땅!"

발음이 이상했다. 침을 꿀꺽 삼키고 사탕을 볼이 불룩 나오도록 한쪽으로 밀어낸 디아나가 다시 입을 말했다.

"레몬 사탕이네요?"

"사탕 좋아해?"

"네."

"여기 많아. 자. 다 가져."

품 안을 뒤적인 헤르만이 디아나 손에 한 움큼 쥐여 주었다.

"헤르만도 하나 드세요."

"난 단 거 싫어해."

헤르만이 딱 잘라 거절했다. 그럼 이 사탕은 왜 가지고 있는 거지?

눈치 보던 디아나가 조심스레 물었다.

"저 때문에 사 오신 거예요?"

"아니!"

"아…… 네."

역시, 그럴 리가 없었다.

조용히 사탕을 하나 더 까먹던 그녀를 바라보던 헤르만이 품속을 뒤적거렸다.

설마 또 사탕이 나오는 건 아니겠지?

그러나 나온 건 금화였다. 금화 두 닢을 꺼낸 헤르만이 디아나에게 보여 주었다.

"응? 서로 모양이 다르네요?"

"그래. 이 새가 그려진 금화는 리드. 여기 새가 물고 있는 잎사귀 보이지? 이 개수랑 모양으로 언제 발급된 건지 알아. 그리고 각도를 이렇게 틀어서 비춰 보면…… 보여?"

잎사귀가 있는 부분만 무언가 빛이 바스러지듯 반짝거렸다. 디아나가 고개를 끄덕였다.

"오흐리 은행만의 마법 처리를 해 놓아서 반짝이는 거야. 저 부분만 확인해 보면 돼. 저건 어디에서도 따라 할 수 없으니까. 그리고 이건 제국에서 발급한 데르크 금화야."

디아나의 작은 손에 헤르만이 리드 금화와 데르크 금화를 올려놓았다.

"데르크 금화는 리드보다 지름은 작고 두께는 두꺼워."

확실히 크기가 달랐다. 문양도 데르크 금화에는 떠오르는 태양이 찍혀 있었다.

"하지만 이 두 개의 무게를 비교해 보면 똑같아. 만약 둘이 추를 달아 무게를 재 봤는데 다르면 문제가 있단 뜻이지."

헤르만이 리드를 손가락으로 튕기고 받아 냈다. 디아나의 눈동자가 그 손장난에 튕기는 금화를 따라다녔다.

"리드가 아닌 금화는 순도에 장난질을 쳐 놓기도 한다지만, 네가 받은 돈은 다 리드야. 리드에 장난질 치는 놈은 없어. 바로 걸리니까."

"아."

"그러니까 확인해 보려고 깨물어 볼 필요 없어."

"그렇구나."

"그래. 아직도 깨물어 보라는 그런 멍청한 소리를 하고 다니는 사람이 있다니. 누구야, 대체?"

눈을 깜빡이던 디아나가 조심스럽게 말했다.

"마틴 부인이……."

짜증을 내던 헤르만이 멈칫했다.

"……뭐, 사람이 모를 수도 있지."

"……."

"……."

"……푸핫!"

결국, 웃음이 터져 버렸다. 물고 있던 사탕이 튀어나갈 뻔했다.

그사이 마차가 목적지에 도착했다. 두 사람이 마차에서 내리자 한 여인이 그들을 기다리고 있었다.

"오실 거라 미리 전달받았습니다."

머리를 틀어 올린 여인은 그들을 안내하며 물었다.

"원하시는 집이 있으신가요?"

오늘 오전만 해도 집을 살 거란 생각을 해 본 적 없었다. 디아나는 꿀 먹은 벙어리처럼 입을 다물었다. 그러나 헤르만은 달랐다.

"당장 내일 들어갈 수 있는 집으로 담장이 높고 다른 집들과 적당한 거리가 있으며 정원이 있었으면 좋겠는데. 주인 하나에 하녀까지 셋 이상이 함께 살 테니 방은 다섯 개 이상으로 거리가 깔끔하고 치안대가 가깝고, 조용했으면 좋겠군."

막힘없이 술술 내뱉는 헤르만의 말은 마치 주문처럼 들렸다.

"고객님이 말씀하신 모든 걸 합치면 가격이 꽤 나갈 텐데 상관없으신지요?"

"물론."

헤르만이 디아나를 힐끗 보더니 고개를 치켜들었다.

"가격은 얼마든지 상관없네."

세상에 저런 말이 실제로 가능한 말이구나…….

약간 새로운 세상을 본 느낌이었다.

여성의 만면에 희색이 돌았다.

"그럼 여기서 잠시만 기다려 주십시오."

헤르만이 고개를 까딱했다. 응접실 같은 곳에 들어간 그들이 자리에 앉자 안쪽에서 하인이 나왔다.

디아나가 주춤 일어났다.

"편히 앉아 계시면 됩니다."

"아, 음…… 네에."

엄청나게 불편했다. 하인은 전혀 신경 쓰지 않고 쟁반을 내려놓았다. 디아나가 어색하게 소파 끄트머리에 걸터앉았다.

하인이 찻잔과 과자가 담긴 접시를 내려놓고 물러갔다.

헤르만이 자신 앞의 찻잔을 거침없이 집어 들었다.

'내 앞에 놓인 건 내가 마셔도 되는 거겠지? 저 과자도 먹어도 되나?'

접시에는 동그란 모양의 과자도 있었다. 눈치 보던 디아나가 하나 집어 들었다.

과자의 겉면은 딱딱했으나 베어 물자 부드러운 크림이 느껴졌다. 바삭하면서도 촉촉한 감촉에 눈을 크게 떴다.

'맛있어!'

감탄한 디아나는 차와 과자를 정신없이 먹어 치웠다. 접시에 담겨 나온 과자가 순식간에 사라졌다.

"더 달라고 해?"

헤르만이 놀란 얼굴로 그녀를 보고 있었다. 디아나가 퍼뜩 정신을 차렸다.

"헉, 아니요. 괘, 괜찮아요……."

디아나가 황급히 입가를 털어 냈다. 그때 여인이 다시 응접실로 들어왔다.

"그럼 이제 집을 보러 가죠."

헤르만이 접시를 가리키며 말했다.

"저거 좀 더 있나?"

"아!"

디아나가 놀라 헤르만을 보았다. 여인은 부드럽게 웃으며 물었다.

"어머, 입에 맞으세요? 더 가져다드릴까요?"

"몇 개만 조금 더 줘."

"알겠습니다."

디아나의 귓가가 붉게 달아올랐다.

"가, 감사해요."

*　　　*　　　*

첫 집은 아헨의 중심가였다. 마차에서 내린 여인이 열쇠로 문을 열었다. 안으로 들어가자 어디선가 갓 구운 맛있는 빵 냄새가 솔솔 풍겨 왔다. 디아나가 킁킁거렸다.

"배고파?"

헤르만이 디아나를 보곤 물었다.

"아니요. 맛있는 냄새가 나서요. 과자 많이 먹어서 배불러요."

"그래."

디아나가 헤헤 웃었다.

자신을 신경 쓰고 챙겨 주는 사람이 있다는 것이 몽글몽글한 기분이었다.

'너무 좋아.'

디아나가 날아갈 것 같은 기분을 숨기지 못한 발걸음으로 저택을 돌아다녔다.

"흔들의자네?"

벽난로 앞에 선 디아나가 의자의 등받이를 손으로 밀어 보았다. 기우뚱, 앞뒤로 흔들거렸다.

"앉아 보시겠어요?"

"아니요. 괜찮아요."

"앉아 봐."

어느새 나타난 헤르만이 말을 보탰다.

"그, 그럼 잠시……."

디아나가 의자에 조심스럽게 앉았다. 의자가 미약하게 앞뒤로 흔들렸다.

"우와."

"마음에 드시나요?"

"네."

상기된 얼굴의 디아나에게 헤르만이 바짝 다가왔다. 왠지 불길한 느낌이 들었다. 재빨리 일어나려는데 그보다 헤르만의 손이 먼저였다.

"소심하기는. 이 정도는 흔들어야지."

헤르만이 의자를 뒤로 확 젖혔다.

"엄마야!"

디아나가 화들짝 놀라 의자를 붙잡았다. 다행히 의자는 다시 원래대로 돌아왔다. 디아나가 벌렁벌렁한 심장께에 손을 올리며 후다닥 일어났다.

헤르만은 태연자약하게 웃더니 다른 방을 본다며 가 버렸다. 장난치는 그들을 귀엽다는 듯이 바라보던 여인이 말했다.

"아버님이 장난기가 많으시군요."

"네?!"

디아나가 다시 펄쩍 뛰었다. 여인이 디아나의 반응에 놀라 눈을 동그랗게 떴다.

"아, 아버지 아, 아니신데……."

디아나가 헤르만이 간 방향을 흘끗거리며 말했다. 여인이 실례했다는 얼굴로 말했다.

"아, 죄송합니다."

디아나가 카펫을 내려다보며 손을 꼼지락거렸다.

"디아나! 이리 좀 와 봐!"

"네!"

안쪽에서 외치는 목소리에 디아나가 달려갔다.

＊　　＊　　＊

집을 하나 둘러보는 데도 꽤 오랜 시간이 걸렸다. 밖으로 나온 디아나는 마차 안에서 헤르만과 여인이 돌아오길 기다렸다.

여인과 대화를 끝냈는지 헤르만이 먼저 돌아왔다.

"같이 가셨던 분은요?"

"조금 있다 올 거다."

마차에 올라탄 헤르만이 문을 닫았다.

"어땠어."

현관으로 들어가는 대리석 계단과 기둥, 널찍한 홀과 나선형 계단. 솔직히 저택 자체는 정말 좋았다. 하지만—

"너무…… 커요."

그녀 혼자 살기에 2층 저택은 너무 컸다.

"그래? 큰 집이 좋지 않아? 어차피 하녀를 고용할 테니 청소는 신경 쓸 필요 없어."

"그래도 조금……."

"그래. 알겠다."

헤르만은 선선히 고개를 끄덕였다. 이렇게 쉽게 그녀의 의견을 받아 줄지 몰랐다. 디아나의 입이 가볍게 벌어졌다.

"왜?"

미간을 찌푸린 헤르만이 되물었다.

"내가 반대해 주길 바랐어?"

"아, 아뇨. 아니에요."

디아나가 황급히 고개를 저었다.

"그래. 원하는 게 있으면 직접 말해. 난 돌려 말하는 거 딱 질색이야."

"……네."

"종일 괜찮다는 말만 들어서 지긋지긋……."

헤르만이 말을 멈추고 그녀를 응시했다. 디아나가 고개를 갸우뚱 기울였다.

손을 뻗은 헤르만이 부지불식중에 그녀의 머리를 쓰다듬고 고개를 돌렸다. 디아나는 헤르만이 쓰다듬은 곳을 매만졌다.

'헤르만은 왜 이렇게 날 신경 써 주는 거지?'

그를 만난 이후로 모두 받은 것뿐이었다. 하나라도 더 알려 주려 하고, 선물도 주고, 어머니의 유산도…….

'왜 엄마가 헤르만에게 유산을 맡겼을까?'

헤르만을 바라보던 디아나가 조심스레 입을 열었다.

"헤르만 혹시……."

창밖을 보던 헤르만이 그녀를 돌아보았다. 눈이 마주치자 역시 이건 아니라는 생각이 들었다.

"아니, 아니에요."

"뭐? 말해."

"아니에요. 정말."

"사람 궁금하게 해 놓고 왜 말을 흐려?"

디아나가 머뭇거리자 헤르만이 찌푸린 미간의 주름이 더 깊어졌다. 헤르만이 디아나를 다그쳤다.

"말하라니까?"

"그게……."

후— 하고 숨을 크게 들이쉬었다 내쉬었다. 디아나가 입을 열었다.

"헤르만, 혹시 제 아버지세요?"

"뭐어어—악!"

펄쩍 뛴 헤르만이 마차 천장에 머리를 '쾅' 하고 박았다. 엄청난 소리였다.

"괘, 괜찮으세요?"

머리를 부여잡고 신음하던 헤르만이 소리쳤다.

"끔찍한……."

멈칫했던 헤르만이 다시 소리쳤다.

"날 그런 쓰레기로 보지 마!"

"쓰레기라고 한 적 없는데……."

"봐 봐. 내가 네 아버지면 결혼도 안 한 주제에 임신시켜서 홀로 아이를 낳고 키우게 하고, 자기 애가 있는지도 모르고 멍청하게 다른 대륙이나 뒤지고 있는 사람으로 보인다는 거야?!"

조곤조곤 말하던 헤르만은 점차 화가 치미는지 마지막엔 다시 소리치고 있었다. 특히 마지막 문장은 무슨 소린지 알 수가 없었다.

"다른……대륙이요?"

멈칫한 헤르만이 손을 내저었다.

"예시가 그렇다는 거지!"

"아하."

알겠다는 듯 고개를 끄덕였지만, 전혀 이해되지 않았다. 대체 무슨 예시가 그래?

"쓸데없는 생각 하지 마. 네 엄마랑 나는 그냥 친구였어! 순수한 우정! 알았어?!"

"아, 알았어요."

씩씩거리며 콧바람을 뿜던 헤르만이 털썩 마차 시트에 등을 기댔다.

"왜 갑자기 그런 생각을 한 거야?"

"그냥…… 저는 그냥 헤르만이 제 아버지면 좋을 것 같아서요."

"뭐?"

헤르만이 뜻밖의 말을 들었다는 듯 눈을 크게 떴다.

"이렇게 싫어하실 줄 몰랐어요."

디아나가 민망함에 입가를 긁적였다. 그녀를 빤히 바라보던 헤르만이 창밖으로 시선을 돌린 후 툭 내뱉었다.

"너는 귀여워."

"네?"

"근데 네 엄마가 싫어."

"……네?"

*   *   *

헤르만은 엎드렸던 몸을 일으켰다. 수풀을 스친 망토 자락엔 마른 풀잎이 다닥다닥 붙었다. 밤하늘에는 먹구름이 잔뜩 껴 달빛 한 자락 내주지 않았다.

이 정도 보호 마법이면 충분했다. 침입자를 막는 마법이었다. 일반 주택에 설치하기엔 호사스러운 마법이었지만 이 정도는 당연했다.

「……어릴 적에 엄마랑 같이 살던 집이랑 비슷하게 생겼어요.」

필리파가 죽었다니. 헤르만은 머리를 짚고는 헛웃음을 토해 냈다. 아직도 믿기지 않았다.

그리고…….

「저는 그냥 헤르만이 제 아버지면 좋을 것 같아서요.」

필리파의 아이.

아이는 한 번도 생각해 본 적 없었지만 나쁘진 않았다. 헤르만이 피식 웃었다.

'디아나 노히바덴이 되는 건가? 하지만 필리파와 테세비츠는 결혼하지 않았는데도 노히바덴인가?'

미혼모의 아이. 일반적으로는 사생아 취급을 받았다. 하지만 디아나의 상황은 일반적이지 않았다. 사생아? 그 말을 하는 순간 테세비츠의 손에 목이 떨어져 나가지 않을까.

테세비츠 베일 노히바덴.

북녘의 광활한 영토를 지닌, 홍염의 주인이라고도 불리는 노히바덴 대공. 헤르만에게는 테세비츠라는 이름이 더 익숙했다.

헤르만은 디아나의 친부가 테세비츠라 믿었다.

그리고 헤르만의 생각이 맞다면 그건 또 다른 문제를 야기했다.

'오흐리드 백작.'

필리파는 오흐리드 백작의 하나뿐인 외동딸이었다.

오흐리드 백작은 필리파와 테세비츠의 관계를 반대했다. 물론 전대 노히바덴 대공도 반대하기는 마찬가지였다.

두 가문의 반대에 그들은 어쩔 수 없이 찢어졌고, 필리파는 그대로 사라져 버렸다. 오흐리드 백작은 이 모든 상황이 노히바덴 탓이라며 대놓고 비난했다.

테세비츠가 노히바덴 대공가의 하나뿐인 후계자가 아니었다면, 홍염의 주인이 아니었다면 지금쯤 오흐리드가의 손에 죽었을지도 몰랐다.

'오흐리드 백작은 테세비츠를 친부로 인정, 절대 안 하겠지.'

친부를 밝힐 가장 확실한 방법은 필리파의 증언이었다. 하지만 필리파는 유언조차 남기지 못하고…….

헤르만은 다시 치받는 감정을 억눌렀다. 필리파를 생각하면 그저 먹먹했다. 그렇게 떠날 사람이 아니었다. 이마를 문지르는 헤르만의 손등에 물방울이 떨어졌다.

저녁부터 먹구름이 끼더니 결국 비가 내리기 시작했다. 헤르만의 옷자락이 젖어 들었다. 하지만 그는 아랑곳하지 않고 다음 작업을 시작했다. 하루라도 빨리 테세비츠를 데려오기 위해서는 잠을 잘 시간조차 아껴야 했다.

*　　　*　　　*

혜르만이 호텔로 향한 시각은 밤을 지새우고도 점심을 훌쩍 넘어서였다.

혜르만이 없는 호텔에서 홀로 무료한 시간을 죽이던 디아나가 짐 속에서 아직 뜯지 못한 편지를 꺼냈다. 마틴 부인이 챙겨 주지 않았다면 확인하지도 못한 채 떠날 뻔했다.

편지를 주고받는 친구는 엄마가 가르치던 학생이었다. 테시오르 파브레. 비슷한 또래의 그는 디아나와 함께 공부하며 친분을 쌓았다.

그러나 엄마가 돌아가시면서 만남도 끊겼다. 파브레 백작가는 보르도 영지와 가까웠지만 어린 디아나가 방문하기엔 여의치 않았다.

그 뒤 파브레 백작 부인이 사망하고 친구는 학술원으로 떠났다. 다행스럽게도 편지는 꾸준히 교환 가능했다.

수신인을 확인한 디아나가 밀랍 봉인을 손으로 뜯어냈다. 편지를 꺼내자 잉크 냄새가 확 풍겼다 사라졌다. 바스락 소리와 함께 펼쳤다.

[곧 생일을 맞을 디아나에게.]

'아, 그러고 보니 나 곧 생일이었지?'

날짜를 셈한 디아나가 깨달았다. 어제, 오늘 정신이 하나도 없어 하루가 지나가는지도 몰랐다.

[잘 지내? 이러면 잘 지낸다고 하겠지. 나도 뭐 잘 지내고 있어. 이번 시험이 아주 별로였다는 걸 제외한다면……]

테시오르의 편지는 디아나의 삶의 유일한 활력이었다. 그의 편지를 읽는 동안에는 엄마가 살아 계시던 때와 같은 느낌이 들었다.

[……원하는 생일 선물이 있으면 편지에 적어 보내. 없으면 늘 그렇듯 내가 알아서 고른다.]

디아나가 피식 웃었다. 그때 호텔 문이 열리는 소리가 들렸다. 디아나가 서둘러 편지를 접어 다시 봉투에 넣었다.

"오셨어요?"

문을 열고 들어온 헤르만은 무척 피로해 보였다.

"괜찮으세……."

말하던 디아나가 멈칫했다. 헤르만의 품에 무언가가 꼬물거렸다.

'강아지?'

잿빛에 군데군데 검은 털이 섞인 강아지는 새파란 눈동자였다. 파랗다 못해 높다란 가을 하늘이 떠오르는 투명한 하늘색.

"자, 선물."

"네?"

디아나가 멍하니 반문했다.

헤르만은 두 번 설명하지 않는다는 듯 그녀에게 강아지를 넘겼다. 디아나가 얼떨결에 강아지를 안아 들었다. 작은 생명체는 따뜻한 온기를 냈다.

"같이 지내면 외롭진 않을 거다."

헤르만은 강아지를 넘기고 바로 디아나를 지나쳐 방 안으로 걸어 들어갔다.

"세상에, 어떻게 아셨어요?"

"뭘?"

"제 생일 선물인 거 아니에요?"

"아, 그렇지. 너 곧 생일······."

"네?"

짐 가방을 짚은 헤르만의 손이 멈칫했다. 헛기침한 헤르만이 시선을 피했다.

"맞아. 생일 선물이야. 동대륙에서 생일 전에는 못 돌아올 것 같아서 미리 주는 거야."

디아나는 반짝이는 눈으로 품에 안은 강아지를 내려다보았다. 강아지는 무척 얌전하고 귀여웠다. 디아나가 얼굴을 문지르자 강아지가 고개를 반대편으로 돌렸다.

"너무 귀여워."

"동물 싫어하진 않지?"

"좋아해요!"

"다행이네."

헤르만은 진심으로 다행이라 생각했다.

생일 선물로 마련하지 않았더라도 무슨 상관인가? 생일 선물이라고 하면 장땡이지. 헤르만은 뻔뻔하게 생각했다.

저 동물은 강아지의 형상을 했지만, 사실은 헤르만의 소환수였다.

그림자 속을 들락날락할 수 있으며 멀어지더라도 언제든지 디아나의 위험을 감지해 위협되는 걸 제거할 것이었다.

"난 너를 집에 데려다주고 바로 떠날 거다."

강아지를 쓰다듬던 디아나가 멈칫했다.

"……그렇게 빨리요?"

"빨리 돌아오려면 빨리 가야지."

디아나의 얼굴에 순식간에 그늘이 졌다.

"걱정 마라. 금방 돌아올 거다."

"……."

그러나 디아나의 표정은 펴지지 않았다. 마치 버림받는 강아지 같은 낯이었다.

이런 아이를 두고 떠나기 힘들었다. 하지만 가야 했다.

"지금까지 많이 힘들었겠지."

헤르만이 그녀 앞에 한쪽 무릎을 꿇고 앉았다.

"만약 내가 갔던 일이 잘되지 않더라도 너만큼은 내가 꼭 책임지마."

헤르만이 가볍게 손을 들어 디아나의 머리를 쓰다듬었다.

"날 믿고 기다려 주렴."

눈물이 그렁그렁 맺힌 디아나가 보일 듯 말 듯 고개를 끄덕였다.

한숨을 내쉰 헤르만이 결국 디아나를 안아 주었다.

'최대한 빨리 네 아버지를 데리고 오마.'

Chapter 2.

거대한 사륜마차였다. 넝쿨 문양의 황금 조각들이 백색의 마차를 화려하게 장식했다.

마차 문에는 새가 잎사귀를 물고 날아가는 문양이 세공되어 있었는데 황금 날개를 지닌 새의 눈에는 사파이어가, 부리에 물고 있는 이파리는 에메랄드였다.

그야말로 보석으로 만든 마차, 오흐리드의 문양이었다.

짙은 암녹색 망토를 두른 기사가 마차에 다가갔다.

"카밀로 아가씨. 기자들이 몰려와 있습니다. 아무래도 일정이 새나간 모양입니다."

작게 열린 창틈으로 발랄한 목소리가 나왔다.

"또요? 진짜 귀찮게 구네."

한숨을 내쉰 목소리의 주인, 카밀로가 말을 이었다.

"어쩔 수 없죠. 오흐리드라면 받아들여야 하는 운명이니까요."

카밀로가 부채를 살랑거리며 말했다. 카밀로는 오흐리드 전 백작인 마티알 오흐리드의 손녀였다. 현 오흐리드 백작에게는 조카였다.

"오흐리드가 파파라치들이 무섭다고 집에만 있을 수는 없잖아요?"

"미안하군요. 아랫사람을 제대로 관리하지 못한 제 잘못입니다."

카밀로의 건너편에 앉은 이가 입을 열었다.

느른히 뜨는 눈꺼풀 아래에는 황금을 녹여 만든 것 같은 눈동자가 보였다. 밀랍 인형같이 느껴질 정도로 정교한 얼굴과 살짝 흔들리는 백금발은 그야말로 귀족적이었다.

그의 이름은 세니르. 오흐리드의 후계자로 불렸다.

세니르는 오흐리드 소백작, 필리파 오흐리드가 사라진 후 오흐리드 가문을 지탱할 후계자로 키워졌다. 그러나 평민 출신의 세니르가 후계자가 되는 데에는 한 가지 조건이 있었다.

가장 가까운 오흐리드의 핏줄과 결혼할 것. 그리고 세니르가 결혼하기로 낙점된 사람은 카밀로 오발론이었다.

세니르와 카밀로. 둘이 마차에서 내리자 몰려든 기자들이 셔터를 눌러대기 시작했다.

"카밀로 양! 오흐리드 성은 대체 언제 받으시는 거죠?!"

그 소란 속 누군가가 크게 외쳤다. 붉은 카펫을 걸어 올라가던 카밀로의 발걸음이 멈췄다. 카밀로가 언짢은 얼굴로 기자들을 돌아보았다.

일정을 흘린 건 카밀로였다.

오늘은 카밀로의 생일이었다. 그리고 그녀는 자신이 받은 선물들을 자랑하고 싶었다.

그래서 일부러 오페라 관람 약속을 흘렸다. 더 많은 기자가 몰리도록. 하지만 저렇게 눈치도 없이 멍청한 질문을 하는 기자들이 끼어들곤 했다.

'세니르에게 앞으로 저 기자를 치워 버리라고 해야지.'

그러면 다신 보지 못하도록 적당히 손을 쓸 터였다. 그녀가 말하면 세니르는 하늘의 별이라도 따다 줄 테니까.

'빨리 오흐리드의 성을 받았으면 좋겠어.'

하루라도 빨리 카밀로 오발론이 아니라 카밀로 오흐리드가 되고 싶었다.

그러면 아닌 척 뒤에서 '아직은 모르는 일이잖아요?'라며 비웃는 자들의 콧대를 납작하게 눌러 줄 수 있을 터였다.

'성인만 되면…….'

그녀가 성인이 된다면 아무리 오흐리드 백작이라도 더는 카밀로의 입적을 미룰 수 없었다.

아버지는 항상 이렇게 말씀하셨다.

「오흐리드는 원래 내 거다! 클레멘트 오흐리드 고년만 아니었으면!
원래 자리로 돌아가는 것뿐이다!」

현 백작의 남동생인 아버님은 오흐리드 백작이 작위를 물려받고 난 후 반 강제적으로 오흐리드에서 쫓겨났다.

남은 것은 고작 오발론 남작위. 오흐리드의 그 어떤 것도 받지 못했다.

「세니르, 그 천민 녀석의 능력이 그렇게 출중하더라도 너와 결혼하지 않으면 끝이다. 아무리 오흐리드의 후계자로 키워졌더라도 결국 가장 중요한 건 핏줄이야! 어머님이, 오흐리드 대부인이 너와 결혼하지 않으면 세니르를 인정할 것 같아? 턱도 없는 소리.」

세니르는 뛰어나고 아름다웠다. 주변을 둘러보아도 세니르만 한 사람은 보이지 않았다.

'하지만 나랑 결혼하려면 이 정도는 당연하지.'

카밀로는 뿌듯한 미소를 지으며 오흐리드 가문 소유의 오페라 극장 박스석으로 향했다. 그녀가 박스석에 나타나자 시선이 다닥 다닥 몰렸다.

카밀로는 선물로 받은 노바의 눈물이 잘 보이도록 자세를 바로 하며 박스석 가장자리로 다가갔다.

그렇게 자신에게 꽂히는 시선과 감탄사를 즐기며 완벽한 하루가 될 거로 생각하던 때였다.

박스석 커튼을 젖히고 누군가 들어왔다. 세니르의 측근 비서였다.

비서를 본 카밀로의 미간이 살짝 찌푸려졌다. 비서는 세니르의 귓가에 무언가를 속삭였다. 전혀 변함없는 표정의 세니르가 살짝 고개를 끄덕였다.

"무슨 일이에요?"

비서가 나가자 카밀로가 물었다.

"카밀로, 급한 일이 생겨 오늘은 이만 가 봐야 하겠습니다."

"뭐라고요?"

"카밀로, 정말 미안합니다."

"지금 무슨 말을 하는 거예요?"

세니르가 벗어 두었던 망토를 집어 들었다.

"오늘은 제 생일이에요! 제 생일보다 중요한 일이 있다는 건가 요?!"

세니르가 미안하다는 듯 눈가를 늘어뜨린 채 옅게 웃었다. 그러 나 절대 가지 않는다고는 말하지 않았다.

"세니르!"

"미안합니다."

"……오늘 일은 아버님에게 말씀드리겠어요!"

카밀로가 부들부들 떨며 말했다. 그러나 세니르는 돌아보지 않고 그대로 자리를 떴다. 카밀로는 흔들리는 커튼을 망연히 보았다.

커튼 밖으로 나온 세니르가 비서를 보았다.

"말하세요."

세니르의 아름다운 얼굴이 순식간에 무표정해졌다. 차분하고 무미건조한 얼굴은 카밀로에게 지었던 미안한 미소같은 건 처음부터 존재한 적 없어 보일 정도였다.

"현자, 헤르만 례체프가 맡았던 필리파 아가씨의 비밀 계좌가 누군가에게 이전되었습니다."

비서가 보고서를 건넸다.

필리파 오흐리드의 비밀 계좌. 필리파가 가문에게 비밀로 하던 개인 비자금이었다. 하지만 오흐리드의 눈을 피할 순 없었다.

나름 오흐리드의 눈을 피하고자 여러 조처를 하긴 했다. 그러나 실종된 딸을 찾으려는 오흐리드 백작의 노력이 한 수 위였다.

필리파는 종적을 감추기 전에 몇몇 독특한 행동을 했다. 그중의 하나가 자신의 비밀 재산을 헤르만에게 넘겨준 것이다.

헤르만은 재산에 관심을 두지 않고 그대로 대리 관리자에게 맡겨 버렸다. 그러고는 잊어버린 듯 한 번도 찾지 않았다.

하지만 10년이 넘는 세월 동안 오흐리드는 계속 그 비밀 계좌를 감시했다. 필리파가 마지막으로 마주한 사람. 오랜 절친. 계좌 때문만이 아니더라도 헤르만을 감시할 이유는 충분했다.

13년 만에 세계탑에서 나온 헤르만 례체프는 곧바로 필리파를 찾아다니기 시작했다.

"재산 이전 대상이 누군지 나와 있지 않군요."

"죄송합니다. 시간이 조금 더 소요될 것 같습니다."

"얼마나 걸리죠?"

"하루면 됩니다. 그런데⋯⋯."

보고서를 읽던 세니르가 힐끗 비서를 보았다.

"헤르만 례체프가 후견인을 자처하고 나선 소녀가 있다고 합니다."

세니르는 침묵했다.

비서는 세니르가 무슨 생각을 하는지 알 수 없었다. 하지만 초조해하지 않았다. 세니르는 항상 오흐리드를 위해 움직였다.

"주요 일정이 어찌 되나요."

"내일 황자 저하와 오찬이, 모레는 재정부처 회담이 있습니다. 사흘은 공작가에서 열리는 기부 경매가 있습니다."

필리파는 오흐리드의 역린이었다.

오흐리드를 물려받았어야 할 사랑받던 딸, 필리파의 실종은 오흐리드에게 메울 수 없는 큰 상처를 냈다.

"모든 일정을 취소합니다. 아헨으로 가죠."

"네, 알겠습니다. 며칠 정도 취소할까요?"

세니르는 비서에게 서류철을 넘기며 말했다.

"모든 것이 명확해질 때까지 무기한으로요."

*　　*　　*

'정말 이상하다.'

내 집.

그 어감이 정말, 정말로 묘했다. 가슴팍이 간질간질한 것이 어디가 아픈가 싶을 정도였다.

침대 위에 늘어진 디아나가 몸을 굴려 엎드렸다. 격자무늬의 유리창을 투과해 들어온 볕이 나무 바닥에 어른거렸다.

'며칠 전만 해도 새벽에 눈을 떠 달이 뜰 때까지 정신없이 일했는

데.'

디아나는 머리맡의 강아지를 쓰다듬었다. 그녀의 손길이 좋은지 점차 귀가 축 늘어졌다.

'강아지 이름을 지어야 하는데……'

며칠째 그냥 강아지라고 불렀다. 한참 쓰다듬으며 고민하던 디아나가 떠오른 이름을 말했다.

"하늘."

눈이 하늘색이니까 하늘이. 디아나는 뿌듯하게 불렀다.

"하늘아."

검은 털이 보송보송한 귀가 쫑긋거렸다. 알아듣나? 디아나는 어서 기억하길 바라며 힘주어 말했다.

"네 이름은 하늘이야."

디아나는 꿋꿋하게 말했다. 한껏 게으름을 피우다 일어난 디아나가 씻고 머리를 말리고 있을 때였다. 쾅쾅 문을 두드리는 소리가 들렸다.

"누구세요?"

뒤따라 도나텔라의 목소리가 들렸다. 헤르만이 디아나를 위해 고용한 하녀 중 한 명이었다.

"하늘아, 나가자. 손님 왔어."

문을 두드린 사람은 상인과 상인이 데려온 일꾼이었다. 사람이 오래 살지 않던 집이라 여기저기 손볼 곳이 꽤 됐다. 부동산과 이야기는 끝내 둔 상태였다.

*　　*　　*

상인은 곧바로 일에 착수했다. 먼저 오래된 카펫을 뜯어내고 나무 바닥을 살폈다. 삭아 버린 곳은 완전히 부숴 내고 나무판을 갈았다.

벽난로 안에 재와 먼지들을 모두 걷어 내고, 굴뚝도 털었다.

덜컹거리는 부엌의 찬장을 교체하는 김에 벽의 타일들도 모두 갈기로 했다.

오래되어 불투명해진 유리창도 갈고, 낡은 가구 몇 개도 꺼내 놓았다. 아헨의 시청에서 사람이 나와 수거해 갈 거라 했다.

빈자리에는 새로운 식탁과 의자가 들어왔다. 어느 정도 정리가 끝나는 걸 본 디아나가 신발을 갈아 신고 집을 나왔다. 필요한 생필품들을 사기 위해서였다. 그런 그녀의 뒤를 하늘이가 뒤따랐다.

가장 먼저 종이와 잉크, 펜촉과 펜대를 구매했다. 좋은 잉크와 종이여서 글자 하나 쓰고 번질까 걱정하며 말릴 필요가 없다고 했다.

항상 가장 저렴한 걸 고르던 디아나였다. 좋은 잉크는 평소 쓰던 것보다 두 배의 가격이었고, 좋은 펜대는 무려 다섯 배였다. 고민하고, 고민하고 또 고민하던 디아나는 눈을 꽉 감고 질렀다. 그리고 잡화점을 나오는 순간 후회했다.

'역시 너무 사치 부린 것 같아.'

망설이다가 노점상에서 파는 과일 주스까지 손에 든 디아나가 벤치에 앉았다. 하늘이가 디아나의 치맛자락을 잡아당겼다. 디아나가 의자 위에 올려 주자 옆에 자리를 잡고 엎드렸다.

산들산들 부는 바람이 기분 좋았다. 주스를 마시며 바쁘게 움직이는 사람들을 구경했다.

"신문 사세요! 신문 하나에 10솔! 신문 사세요! 10솔—"

신문 하나에 10솔이나 하다니. 걸어가는 소년을 바라보던 디아나가 불현듯 소년을 불렀다.

"저기……"

디아나의 목소리는 매우 작았다. 그러나 소년은 용케 알아듣고 다가왔다.

"신문 사시게요?"

"아……"

일단 부르긴 했는데. 어쩌지? 어릴 적 엄마가 신문을 보던 기억이 떠올라 저도 모르게 불렀다. 소년이 고개를 갸웃거렸다.

"하, 하나 주세요."

머뭇거리던 입술을 깨물며 품에서 10솔을 꺼냈다.

'오늘 진짜 너무 사치 부리는 거 아닌가.'

디아나가 긴 이파리로 만든 대롱으로 주스를 쪽쪽 빨아 먹으며 신문을 펼쳤다.

[오발론 영애, 오흐리드 후계자에게 '노바의 눈물' 받다!]

첫 장에는 크게 화려한 드레스를 입은 소녀가 청년의 손을 잡고 마차에서 내리는 사진이 크게 보였다.

['노바의 눈물'은 올해 경매에서 사상 최고가액을 경신한 상품으로
4억8천 소르나에 팔린 것으로……]

디아나가 절로 신음성을 토했다. 4억8천이라니…….

'너무 무서운 목걸이다.'

디아나는 그녀의 목에 걸린 펜던트를 만지작거렸다.

[마물 증가세가 심상치 않다는 마법사들의 연구 결과가 발표되었다.
……북녘의 수호자 노히바덴 대공, 마물 토벌 지원을 황가에서……]

잘 알아보기 힘든 내용도 많았다.

몇 장 더 넘기니 디아나가 있는 서부 지역의 사건만을 모은 페이지도 있었다. 문단 하나가 한 사건이었다.

[보르도 영지에서 범죄 조직 소탕. 한밤중에 신체 일부가 훼손된 채
치안대에 넘겨져. 검거된 일당은 …….]

'신체의 일부? 어디를 말하는 거지? 세상에, 무섭다. 조심해야지.'

한창 재밌게 신문을 읽어 내려갈 때였다.

"어머? 아가씨?"

바로 앞에 드리운 그림자와 목소리에 고개를 들었다.

"정말 아가씨네요?"

"어?"

어제 소개받은 두 명의 하녀 중 한 명이었다.

'그러니까…… 이름이 소피였지?'

소피가 반갑다는 듯 인사했다.

"저는 저녁거리 사서 돌아가는 차예요. 강아지도 데리고 나오셨네요!"

소피가 디아나 옆에 엎드려 있던 하늘이에게 "안녕." 하고 인사했다. 스스럼없는 모습이었다.

"이름은 지었나요?"

"네, 하늘이라고 부르려고요."

"……으음, 그렇군요."

소피의 반응이 떨떠름했다. 디아나가 눈을 동그랗게 떴다.

"왜요? 별로예요?"

"음, 조금? 이렇게 잘생긴 강아진데 갑자기 옆집 방앗간 아저씨가 기르는 개가 떠오르는 이름이랄까……. 뭐, 아가씨가 좋으면 좋은 거죠."

충격받은 디아나의 모습에 소피가 까르르 웃었다.

"뭐 때문에 하늘이라고 지었는지는 알겠어요. 어울려요!"

"됐어요. 이미 늦었어요."

디아나는 입을 삐죽이며 신문을 접었다. 오늘 산 물건들과 하늘이를 품에 안아 들고 일어났다.

"같이 가요."

두 사람은 여러 얘기를 나누며 찬찬히 집을 향해 걸었다.

"노히바덴 대공은 저도 뵌 적 있어요. 정말 소문처럼 무섭더라고요."

"소문이요?"

"앗, 아가씨 모르세요? 그게……."

그 순간 디아나가 우뚝 멈춰 섰다.

"아가씨?"

소피가 뒤처진 디아나를 돌아보았다.

주춤 물러난 디아나가 소피의 옷자락을 잡아당겼다. 소피와 디아나가 한쪽 구석으로 숨어들었다.

'하우젠 경!'

아티시아 보르도의 약혼자였다.

로만 하우젠. 부유한 자작가의 둘째라고 들었다. 아티시아와는 어린 나이에 약혼한 사이였다. 하우젠 경과 편지를 주고받던 아티시아는 그와 만나기를 손꼽아 기다렸었다.

이 모든 사실을 아는 이유는 그녀가 한때 아티시아의 친구였기 때문이었다.

하우젠 경은 또래 청년들과 함께였다. 허리에 칼을 차고 화려한 옷을 입고 있는 걸 보아 귀족이나 기사 같았다. 그들의 호탕한 척하는 웃음소리가 여기까지 들렸다.

"아가씨? 무슨 일이에요?"

"소피, 우리 다른 길로 가요."

디아나의 파리한 낯빛에 소피가 놀라 물었다.

"얼굴이…… 괜찮아요?"

"네. 괜찮아요."

하우젠 경은 약혼자와 함께 시간을 보내기 위해서라는 명목으로 보르도 저택을 가끔 방문했다.

디아나는 되도록 그를 피했다. 하지만 그녀의 노력에도 어쩔 수 없이 마주치곤 했다. 그럴 때마다 그는 뱀 같은 눈으로 그녀를 훑어 내렸다.

그 시선의 불쾌함을 주변에 토로해도 돌아오는 말이라고는,

「네가 예뻐서 그런 걸 어쩌니? 부럽다, 야—」

이따위 말뿐이었다. 하지만 디아나는 정말로, 정말로 단 한 번도 좋았던 적이 없었다.

"마주치기 싫은 사람이 있어요."

서둘러 골목길을 지나 하우젠 경의 눈에 띄지 않게 집으로 향했다. 도나텔라는 누군가와 함께 있었다.

"소피? 아가씨랑 어떻게 같이 오는 거야?"

"오다가 마주쳤어."

"잘했어. 아, 아가씨. 이분이 아가씨를 만나야겠다고 계속 기다리고 계셨어요."

은행에서 헤르만과 이야기를 나눈 분이었다. 왜 그녀를 찾아온 거지? 디아나가 고개를 갸웃 기울였다.

"안녕하십니까."

중년의 사내가 모자를 가슴 앞에 두고 정중히 인사했다.

"네. 안녕하세요."

중년의 사내는 덥지도 않은 날씨에 식은땀을 가득 흘리고 있었다.

"이렇게 약속도 잡지 않고 찾아와 죄송합니다. 일이 다급하여 무례를 저질렀습니다."

"여긴 어떻게 알고 오셨어요?"

디아나가 약간 경계하며 하늘이를 쓰다듬었다.

"제가 디아나 양의 재산 이전에 관해 처리하다 보니 알게 되었습니다. 이름 또한 마찬가지입니다. 그, 고의는 아니었습니다. 이게 일하다 보면 어쩔 수 없이 알게 되는 부분이 있어서요."

"그렇군요. 그런데 무슨 일로 오신 거예요?"

"그, 혹시, 디아나 양의 보호자 되시는 분께서 어디 가셨는지 알 수 있을까요?"

"헤르만이요?"

헛숨을 들이킨 사내가 콜록콜록 기침했다.

"예에. 뭐어, 그, 그렇게 부르시는군요. 하, 하하. 제가 그분께 전해야 할 말이 있어서요."

"떠났는데요."

"예?! 어, 어디로요?"

"그것까지는 제가 말하기가……."

그때 소피가 끼어들었다.

"무슨 일이시길래 그러시나요? 만약 보호자가 필요한 일이라면 제 주인마님인 노르반 백작 부인께 전달해 드릴 테니 제게 말씀하세요."

        *   *   *

디아나는 기지개를 켜며 길게 하품했다. 눈물이 절로 고인 눈가를 비비며 마저 하품한 디아나가 하늘이를 침대 아래로 안아 내렸다.

이불을 펄럭이며 시트도 판판하게 정돈했다. 베개까지 제대로 세워 놓고는 씻으러 들어갔다.

씻고 나오자 맛있는 냄새가 풍겨 왔다. 디아나는 익숙하게 주전자와 테이블보와 컵, 식기 등을 세팅했다. 곧이어 도나텔라가 접시에 음식을 담고 부엌에서 나왔다.

노릇하게 구운 팬케이크 위에 버터가 녹아 내렸고, 우유를 넣어 부드럽게 만든 달걀스크램블과 칼집을 내어 지글지글하게 구운 소시지, 완두콩수프. 아침 메뉴로 손색이 없었다.

"여기 라즈베리 시럽도 있어요."

소피가 유리병을 디아나 앞으로 밀어주었다.

설탕과 꿀을 넣어 조린 라즈베리가 담겨 있는 병에서 달곰한 향이 풍겼다. 디아나는 라즈베리 시럽을 크게 한 스푼 덜어 냈다.

"어제 그 아저씨가 온 이유가 대체 뭘까요?"

"그러게요. 왜 할 게 없어서 아가씨 주소지까지 캐고 다니지? 완전 구린내가 나요."

디아나가 작게 웃었다.

"백작 부인께 바로 연통 보냈으니 신경 쓰지 마세요. 혹시 걱정되시면 힘 좋은 하인을 불러 달라고 할게요. 소피, 너는 아가씨께 구린내가 뭐니?"

도나텔라가 부엌에서 나오며 말을 받았다.

"도나텔라도 그만 식사해요."

"이것만 챙기고요."

도나텔라가 놋쇠 그릇을 하늘이 앞에 내려놓았다. 양젖에 잘게 다진 생고기였다. 하늘이가 찹찹 양젖을 먼저 핥아 먹다 고기를 씹기 시작했다.

도나텔라의 요리 솜씨는 마틴 부인만큼 좋았다. 아티시아 아가씨가 먹던 달콤하고 화려한 후식 같은 건 없었다. 하지만 충분했다.

아침을 먹은 디아나는 어제저녁에 써 놓은 편지를 들고 집을 나섰다. 거리엔 아직 흐린 안개가 가득했다. 신전 종탑에서 종이 울리는 소리가 저 멀리에서 들려왔다.

*   *   *

디아나가 향한 곳은 우편국이었다.

"980소르나요."

편지 봉투에 적힌 수신지를 확인한 우편국 직원이 말했다. 디아나가 가죽 주머니에서 동화 하나를 꺼내 건넸다. 직원은 만사 귀찮은 표정으로 남은 금액을 거슬러 주었다.

"여기요. 잔돈 20소르나."

동화인 솔보다 작고 가벼운 주화로 잔돈을 받았다. 돈을 넣던 디아나가 멈칫하곤 직원을 향해 물었다.

"편지가 도착하는 데 며칠 정도 걸릴까요?"

"학술원이면 가는 데 20일 정도 걸려요. 일반 특송으로는 열흘, 1 델림짜리 고급 특송이면 하루요."

"1델림이요?"

델림은 은화로 20,000소르나였다. 일반 우편 가격에 스무 배에 가까웠다. 편지 하나에 1델림은 조금 비싼 것 같은데……

디아나의 옷차림을 훑어본 직원이 말했다.

"특송으로 보낼 형편은 되쇼? 괜히 돈 낭비하지 말고 바쁘니 일 다 봤으면 어서 가요. 다음 분!"

뒷사람이 디아나를 제치고 앞으로 왔다. 반론할 겨를도 없었다. 디아나의 편지에 도장이 찍혀 뒤쪽 바구니 안으로 들어갔다.

디아나는 터덜터덜 우편국을 걸어 나왔다.

"내가 그렇게 추레한가?"

헤르만이 주었던 옷을 세탁했기에 오늘은 평소 입던 옷을 입고 나왔다.

'확실히 대우가 다른 것 같아.'

한숨을 내쉰 디아나가 이번에는 꽃집으로 향했다. 이번에는 돈을 아끼지 않고 꽃을 골랐다.

디아나가 마차를 잡았다. 높은 마차 턱에 하늘이를 안아 올려 주고 뒤따라 올라탔다. 흙길을 달리는 마차 안에서 본 안개 낀 풍경은 색달랐다. 하지만 풍광을 감상하는 것도 잠시였다.

'혼자라 그런가 심심해.'

마지막 방문이 헤르만과 함께 왔을 때라 더 그런 느낌이 들었다.

디아나가 마부에게 삯을 주며 말했다.

"금방 돌아올게요."

마부는 건성으로 고개를 끄덕였다. 마부의 시선은 그녀가 아닌 다른 방향이었다. 의아하게 여긴 디아나가 마부의 시선을 뒤따랐다.

"……마차?"

"뭔 놈의 마차가 저리 크대."

외관엔 아무런 장식도 없었다. 하지만 디아나가 타고 온 마차의 두 배는 되어 보이는 큰 마차였다.

'누구지?'

아헨 공동묘지는 디아나가 자주 방문하던 곳이었다. 하지만 디아나 외의 다른 방문객을 마주친 건 이번이 처음이었다.

흐린 안개가 낀 묘지는 으스스한 느낌이었다. 제각기 다른 높이로 자란 잡초와 수풀 사이, 한 사람만 지나갈 정도의 오솔길을 따라 걸었다. 언덕을 올라갈수록 안개가 옅어졌다.

그리고 그 언덕 위에 빛이 나는 것처럼 보이는 사람이 있었다.

세련된 정장을 입은, 도회적인 느낌의 청년은 폐허 같은 공동묘지와는 전혀 어울리지 않았다. 그러나 가까이 다가갈수록 뭔가 달랐다. 무덤 앞의 비석. 왠지 모르게 느낌이 그랬다.

황금을 녹여 낸 듯한 아름다운 금색 눈동자는 얼음처럼 차가웠고, 섬세한 선을 가진 얼굴은 디아나가 지금까지 본 어느 사람보다 싸늘했다. 생기라고는 하나도 없는 오싹한 느낌이었다.

순간, 청년과 눈이 마주쳤다.

디아나는 서늘한 느낌에 팔꿈치를 감쌌다. 디아나와 눈이 마주친 청년이 살짝 눈을 크게 떴다.

두어 번 깜빡인 청년의 입가가 부드럽게 올라갔다. 의례적인 미소였다. 그러나 그것만으로도 청년의 서늘한 느낌은 순식간에 사라지고 차분한 미소만이 기억에 남았다.

'봄볕 아래 눈이 녹는 것 같네…….'

신기한 느낌이었다. 청년은 그저 지나가던 길인지 그녀에게 살짝 묵례하고 모로 비켜섰다.

'뭐지? 어디서 본 적 있나?'

이상하게 얼굴이 익숙했다.

'하지만 저렇게 수려한 사람을 잊을 리가 없는데.'

목적한 곳에 도착한 디아나가 비석 위에 쌓인 흙먼지를 털어 냈다.

"엄마 저 왔어요. 잘 지내셨어요?"

비석 앞에 꽃다발을 내려놓자 풍성한 꽃에서 향기가 확 풍겼다. 허름한 비석과는 어울리지 않을 정도로 화려한 꽃다발이었다. 그러고 보니 이제 어머니를 공동묘지에 모실 필요가 없어 보였다.

'좀 더 관리가 잘 되는 데로 옮길까.'

아무도 없는 스산한 풍광. 디아나는 홀로 고개를 끄덕였다.

'헤르만이 오면 말해 보자.'

그때 발치의 하늘이가 낑낑거리기 시작했다.

"하늘아?"

안아 달라는 듯 치맛자락을 당겼다. 그런 하늘이를 품에 안자 얼굴을 마구 핥았다.

"뭐야? 위로해 주는 거야?"

그래도 하늘이가 있으니 가라앉았던 기분이 다소 누그러졌다.

하늘이를 다시 내려놓고, 비석 주변을 정리하며 그동안 있었던 일을 차근차근 말했다.

"아까 올라올 때 신기한 사람을 봤어요. 여기서 다른 사람을 마주치는 건 처음……."

순간 청년을 보고 느꼈던 기시감을 깨달았다.

'저번에 신문에 나온 사람이랑 비슷하게 생겼어!'

이름이……이름이 뭐였지?

디아나가 고개를 절레절레 저었다. 오흐리드 후계자라는 것만 떠올랐다.

'뭐, 그 사람은 아니겠지만. 진짜 닮긴 했다.'

향기에 이끌린 듯한 나비가 꽃다발 근처를 날아다니다 앉았다.

디아나는 고개를 들어 태양을 보고 일어났다. 자욱했던 안개도 모두 사라진 것이 슬슬 가 봐야 할 것 같았다.

"하늘아―"

하늘이가 저 멀리서 뛰어왔다. 앞장선 하늘이와 함께 언덕을 내려가기 시작했다.

마차로 향하던 디아나가 멈칫했다.

'아직 안 갔나?'

그녀가 내릴 때부터 자리한 거대한 마차는 그대로였다. 심지어 가까워질수록 왠지 소란스러웠다.

"······얼마나 걸릴지 모른단 말입니까? 그 말은 고칠 때까지 여기에 꼼짝없이 있으라고요?"

회색 조끼에 안경을 긴 갈색 머리의 남자는 귀족의 고용인처럼 보였다. 남자는 누군가에게 화를 내고 있었다.

"그걸 지금 말이라고 합니까?"

"그게······ 죄송합니다. 갑자기 이런 일이 일어날 줄······."

상대가 구슬땀을 흘리며 사죄했다. 디아나가 타고 온 마차의 마부가 그들을 구경하다 디아나를 발견했다.

"언제 왔슈?"

"방금요."

디아나가 소란이 벌어지고 있는 방향을 향해 살짝 고갯짓했다.

"무슨 일이에요?"

"바퀴 축이 부러진 모양이유. 닦달해 봤자 부품 오기 전에는 어떻게 못하는디 괜히 마부만 괴롭히는구려."

"아······."

"타슈. 아헨 시내로 돌아가면 되는 거쥬?"

"네."

마차 턱에 발을 올렸던 디아나가 뒤를 돌아보았다.

마부는 회색 조끼의 남자를 향해 계속 사과했다. 디아나는 그 마부에게서 시선을 떼지 못했다. 입술을 짓씹던 디아나가 하늘이를 먼저 마차 안에 들여놓았다.

"아저씨, 잠시만요."

그렇게 소리치곤 거대한 마차 방향으로 달음박질했다.

"저기요."

디아나가 회색 조끼의 남자를 불렀다. 남자는 자신을 부른다고 생각하지 못했는지 돌아보지 않았다. 디아나가 좀 더 큰 목소리로 불렀다.

"저기요!"

"……저를 부르신 것이 맞나요?"

남자가 그녀를 돌아보았다.

"네. 맞아요."

"무슨 일이시죠?"

"그게……."

디아나가 마른 입술을 적시고 말을 이었다.

"제가 지금 돌아가려 하거든요."

"예?"

"여기는 외진 곳이라 마차가 지나다니지 않아요."

디아나도 마차를 통으로 대여한 방식으로 온 것이었다. 그래서 하녀로 일할 때는 한 번 올 때마다 부담스러웠다.

"가장 가까운 마을이 한 시간 반 거리고, 아헨은 두 시간 반 정도 걸려요. 그래서……."

머뭇거리던 디아나가 침을 꿀꺽 삼키고 말했다.

"같이 타실래요?"

"예?"

"여기서 마차가 고쳐지기를 기다리는 것보다는 괜찮을 것 같아 서요."

남자의 시선이 디아나 뒤편의 공용 마차를 훑었다. 그들이 타고 온 마차와는 비교할 수 없을 정도로 허름한 마차였다.

디아나가 덧붙였다.

"불편하시면 어쩔 수 없고요."

"아니요, 아닙니다."

회색 조끼의 남자가 다급히 손을 내저었다.

"레이디의 배려에 감사합니다. 일단 작은 도련님께 여쭙고 오겠습니다. 잠시만 기다려 주시겠습니까?"

레이디? 디아나는 눈을 깜빡이다가 뒤늦게 고개를 끄덕였다.

커다란 마차에 노크하자 커튼이 걷히고 창문이 내려왔다. 디아나가 내려오는 창문을 신기하게 보았다. 그 안에서 백금빛 실타래 같은 머리칼이 힐끗 보였다.

결국, 마차를 같이 타게 되었다.

회색 조끼의 남자. 그러니까 자신을 보좌관이라 소개한 사람의 작은 도련님은 아까 마주친 아름다운 청년이 맞았다. 가까이서 본 청년은 훨씬 더 수려했다.

백금으로 만든 실타래 같은 머리칼은 만지면 사르륵 흩어질 것처럼 보였고, 짙은 황금색 눈동자가 자리한 얼굴은 정교하게 만든 인형과 같았다. 긴 속눈썹이 팔랑이는 모습이 마치 꽃다발 사이를 날아다니던 나비의 날갯짓 같았다.

자꾸만 그의 얼굴로 향하는 시선을 애써 돌렸다.

'괜히 같이 타자고 했나.'

단둘이 탈 줄이야. 회색 조끼의 보좌관은 마차가 고쳐지는 걸 확인해야 한다 했다.

"……."

"……."

침묵이 감도는 마차에는 간간이 덜컹거리는 소리만 들렸다. 왠지 가시방석이었다. 디아나는 맞은편 이에게 신경 쓰지 않기 위해 하늘이를 열심히 쓰다듬었다. 하지만 무심코 고개를 든 순간 눈이 마주쳤다.

청년이 화사하게 웃었다.

"배려에 감사합니다."

"네? 네, 아, 아니에요."

웃음에 홀린다는 게 무슨 뜻인지 알 것 같았다.

"제 이름은 세니르."

자신의 이름을 세니르라 말한 청년이 가슴팍에 손을 얹고 부드럽게 인사했다.

"레이디의 성함을 들을 수 있을까요."

중부 지방과 다른 부드러운 억양에, 귓가를 간질이는 것만 같은 고운 목소리였다.

"……디아나예요."

뺨이 달아오른 디아나가 속삭이듯 답했다.

세니르가 고개를 살짝 끄덕이자 단정한 이마에 가느다란 머리칼이 흐트러졌다.

디아나는 왠지 간질간질한 귓불을 문질렀다. 세니르가 유려한 미소를 지으며 대화를 이었다.

"아헨 공동묘지에는 자주 오시나요?"

"자주는 아니에요. 한 달에 한 번 정도?"

"아는 분이 계신가요?"

디아나가 쓸쓸한 미소를 지었다.

"엄마가 여기 계셔서요."

"이런. 고인의 명복을 빕니다."

세니르가 묵례하듯 살짝 고개를 숙였다. 간단하게 고개를 숙이는 모습일 뿐인데도 매우 우아했다. 디아나도 마주 묵례했다.

분위기가 조금 풀어졌다. 하늘이를 쓰다듬으며 디아나가 물었다.

"세니르는 무슨 일로 오셨어요?"

"찾는 사람이 있었는데, 그분이 아헨 공동묘지에 가끔 방문한다 들어서요."

"그래요?"

디아나가 고개를 갸웃 기울였다.

몇 년째 매 달 묘지를 왔지만 우연찮은 장례식과 겹치는 것이 아니고선 다른 사람을 마주친 적 없었다.

그녀 말고 주기적으로 방문하는 사람이 있다니?

"찾으시던 분은 만나셨어요?"

"아마도요."

"그래요? 다행이네요! 그보다 정말 신기하네요. 전 거기에서 다른 사람 마주친 적 오늘이 처…… 으악!"

말하던 디아나는 크게 덜컹거린 마차에 앞으로 넘어졌다.

평소라면 딱딱한 의자에 부딪혔을 텐데 이번에는 부드러웠다.

아니 부드럽지만 단단했다.

디아나는 자신이 누구에게 안겼는지 알고 숨을 흡 들이쉬었다.

"괜찮습니까?"

"미안해요!"

세니르가 한쪽 팔로 그녀를 끌어안고 있었다.

"아닙니다. 조심해서 앉으세요."

세니르는 그녀가 다시 앉을 때까지 느껴지지 않을 정도로 살짝 팔꿈치를 붙잡았다.

"마차가 많이 흔들리니까요."

"네, 네. 감사해요."

디아나가 벌게진 얼굴을 부채질했다.

민망해하는 그녀와 달리 세니르는 아무렇지도 않아 보였다.

"거의 도착했군요."

"그러게요."

"다시 한번 감사드립니다. 레이디 디아나가 아니라면 하루를 그곳에서 보낼 뻔했습니다."

한숨을 내쉰 세니르가 고운 미소를 지었다.

"약소하게 감사의 표시를 하고 싶습니다만, 혹시 시간이 되시나요?"

*　　*　　*

커피하우스는 처음이었다. 아헨의 가장 높은 건물로 들어간 그들은 이상한 상자에 올라탔다. 세니르가 버튼을 누르자 순식간에 높은 층으로 올라왔다.

칸칸이 방처럼 나뉜 곳은 다른 사람과 마주치기 어려워 보였다. 안내받은 칸으로 들어선 디아나가 감탄사를 토했다.

"우와."

커다란 유리창으로는 도시 전경이 보였다. 흐릿하게 보르도 영지의 풍차도 보였다.

"저기 아르페 강도 보이네요? 오, 배도 보여."

"해 질 녘 아르페 강에 비치는 노을이 꽤 보기 좋을 겁니다."

"와 보신 적 있으세요?"

"어제 처음 와 봤습니다."

"아하."

창문에 바짝 붙은 디아나의 의자를 세니르가 빼 주었다.

"아, 친절하시네요. 감사해요."

세니르가 말없이 입꼬리만 올렸다.

디아나는 하늘이를 옆자리에 앉혔다. 세니르까지 자리에 앉자, 직원이 흰 테이블에 메뉴판을 올려놓았다.

세니르가 그녀에게 먼저 메뉴판을 건넸다.

"먼저 고르세요."

고아한 말투가 자꾸만 귓가를 간지럽게 했다. 귀를 문지르려던 손의 방향을 바꿔 메뉴판을 들었다.

"헉!"

메뉴판을 보자마자 절로 신음이 나왔다.

'왜 이렇게 비싸? 차라며!'

고작 차 한 잔에 이 가격이 말이 돼? 디아나가 보르도 저택에서 받는 한 달 월급 정도였다.

"제가 사는 거니 걱정하지 않으셔도 됩니다."

디아나의 심정을 알아채기라도 한 듯 세니르가 말했다. 디아나가 곤란한 얼굴을 했다.

"하지만 너무 비싸요."

세니르는 정말 의아한 말을 들었다는 얼굴을 했다.

"이렇게 비싼 걸 받을 정도의 일인지…….."

이 가격이면 그녀가 탔던 마차를 세 대를 종일 빌릴 수 있었다.

긴 속눈썹을 내리깔고 고민하던 세니르가 어쩔 수 없다는 듯 말했다.

"제게 부담되는 가격은 아닙니다만, 정 신경 쓰이신다면 자리를 옮길까요?"

"그러면 감사하죠."

"하면 어디가 좋을까요."

"……."

말문이 막혔다. 그녀가 아는 다른 적당한 장소가 없었다. 커피하우스도 오늘 와 보는 것이 처음이었으니까.

눈을 데굴데굴 굴리던 디아나가 시무룩하게 말했다.

"그냥 여기서 마셔요."

"좋은 생각입니다."

세니르가 화사하게 웃었다. 왠지 모르게 당한 기분이 들었다.

'차, 착각이겠지.'

디아나가 메뉴판을 들었다.

"전 아무거나…… 어?"

메뉴판 한 곳을 짚은 디아나가 물었다.

"혹시 이거 커포? 커피? 짙은 흑갈색에 향이 좋은 차 맞나요?"

"맞아요. 그건 커피 중에서도 에스프레소군요."

"저 그럼, 전 이걸로 부탁드릴게요."

가격이 가장 낮은 메뉴였다. 세니르의 눈동자에 살짝 의아한 기색이 스쳤다.

"많이 쓸 텐데 괜찮겠나요?"

"네, 괜찮아요."

어차피 차는 대부분 다 쓰고 떫으니까. 아티시아가 즐겨 마시던 홍차도 우유와 꿀, 혹은 설탕을 타지 않으면 맛없는 물에 불과했다.

직원을 부른 세니르는 에스프레소 두 잔을 주문하며 다른 메뉴도 골랐다. 디아나는 세니르를 물끄러미 바라보았다. 주문하는 모습이 익숙해 보였다. 그러고 보면 보좌관이라던 사람이 옆에 있었고, 커다란 마차에 호위도 있었다.

'귀족인가?'

디아나의 얼굴이 조금 굳었다. 귀족은 좀, 그런데.

"……저."

직원을 보낸 세니르가 계속 말하라는 듯 그녀를 보았다.

"혹시, 귀족님이세요?"

세니르가 작게 웃었다.

"아닙니다."

"……그래요?"

의외였지만 안도했다. 설핏 웃은 세니르가 물었다.

"강아지가 무척 얌전하군요. 레이디 디아나가 키우시는 건가요?"

"네. 귀엽죠? 무척 똑똑해요. 이름은 하늘이에요."

"귀여운 이름이군요."

디아나는 방금까지 어색해하던 사실도 잊고 반색했다.

"정말요? 그렇죠? 잘 어울리죠?"

"아직 어려 보이는데 어떤 종인가요?"

"종은 잘 모르겠어요. 후견인께서 선물해 주신 거여서요."

"후견인께서라……."

세니르의 눈빛이 날카롭게 하늘이를 훑고 지나갔으나 디아나는 눈치채지 못했다.

"좋으신 분인가 보군요."

직원이 노크하는 소리에 대화가 멈췄다. 직원이 들고 온 쟁반 위에는 엄청 작은 잔 두 개와 케이크가 있었다. 시폰 사이에 하얀 크림과 딸기가 박혀 있는 조각 케이크였다.

'이 계절에 딸기 케이크라니?'

작은 은 포크와 케이크가 그녀 앞에 놓였다.

"앗, 이건 제가 시키지 않았는데요."

"제가 주문했습니다."

디아나가 눈을 동그랗게 떴다. 옆자리에는 은 스푼과 작은 찻잔이 놓였다. 부들부들해 보이는 황갈색 거품이 떠 있는 작은 잔에서는 그리운 향이 풍겼다. 어릴 적 엄마가 아침마다 매일 먹던 차였다.

그런데 그때도 이렇게 잔이 작았나? 흐릿한 기억은 확실하지 않았다. 정말 가격에 비교해 터무니없는 양이었다.

직원이 각설탕이 든 아기자기한 병을 내려놓았다. 집게도 있었다.

"레이디 디아나, 설탕 넣으시겠어요?"

"앗, 아…… 네!"

몇 개를 넣느냐는 물음에 하나만이라고 작게 말했다. 세니르가 집게로 각설탕을 집었다. 퐁당 들어간 각설탕은 순식간에 녹아 사라졌다.

원래 이렇게 배려심이 넘치는 분이신가? 아니면 제도에서 사는 신사들은 원래 이런 건가? 의문을 감추며 스푼으로 커피를 휘저었다.

세니르는 설탕을 하나도 넣지 않은 채 잔을 들어 마셨다. 설탕이 다 녹은 걸 확인한 디아나도 따라 들었다. 그리고 입에 넣는 순간.

"……!"

그대로 뿜어내지 않은 것이 다행이었다.

'써! 너무 써! 사람이 먹는 거 맞아? 독인가? 아, 어떡해!'

디아나는 충격에 빠져 뱉지도 삼키지도 못한 채 머금고만 있었다. 앞에서 쿡쿡, 하고 작은 웃음소리가 들렸다.

이래서 쓴데 괜찮냐고 물어본 건가? 미리 좀 말해 주지! 아니 말해 줬구나. 울상인 디아나를 향해 세니르가 말했다.

"뱉으셔도 됩니다."

이 비싼 걸 어떻게 뱉나? 라고 생각한 지 몇 초 지나지 않아 정말, 정말 미안했지만— 디아나는 더는 참지 못하고 빈 컵에 그대로 뱉어 냈다.

"으으."

침을 삼키면 혓바닥에 남은 독약이 넘어올 것만 같았다. 세니르가 손수건을 건네주었다.

거절할 정신도 없어 받아 든 디아나가 입술을 닦고 부르르 떨었다.

그사이 세니르가 직원을 다시 불렀다.

"물하고 메뉴판을 부탁하죠. 그리고 이건 치워 주세요."

세니르가 디아나의 에스프레소를 가리키며 말했다. 디아나는 직원이 가져가는 잔을 안타까운 눈으로 보았다.

'……힝, 아까워.'

하지만 다시 먹을 엄두가 나지 않았다. 직원이 가져다준 차가운 물 한 잔을 다 마시자 쓴맛이 겨우 가셨다.

'대체 무슨 맛으로 먹는 거야?'

으으, 디아나가 속으로 신음했다. 무늬 없는 보드라운 흰 손수건에 묻은 커피 자국이 선명했다.

디아나가 민망한 얼굴로 조그맣게 말했다.

"나중에 세탁해서 돌려드릴게요. 미안해요."

작게 웃은 세니르가 말했다.

"괜찮습니다. 신경 쓰지 마세요."

찻잔을 든 세니르는 그 독약 같은 걸 아무렇지도 않게 마셨다. 디아나가 입을 가볍게 벌렸다.

"안 써요?"

"쓰죠."

디아나가 안도했다. 그녀의 미각은 정상이었다.

"엄마가 좋아했던 차여서 시켜 본 건데 잘 알아보고 시킬 걸 그랬어요."

세니르의 눈에 이채가 돌았다.

"어머님이 커피를 좋아하셨나요?"

"네."

잠이 깼다고 했었나? 그녀는 먹지 못하게 했었다. 왜 손대지 못하게 했는지 이제는 이해했다.

"신기하네요."

찻잔을 물끄러미 바라보던 세니르가 말을 이었다.

"커피가 하임바르덴 제국에 대중적으로 보급되기 시작한 건 10년이 안 된 거로 알고 있거든요."

"앗, 그래요?"

"네. 원래는 남쪽 지역, 특히 학술원 사람들이 많이 마시던 기호식품이었지요."

세니르가 케이크가 놓인 접시를 그녀 앞으로 밀었다.

"케이크를 먹으면 조금 괜찮아질 겁니다."

"하지만 정말 제가 먹어도 되나요?"

"물론입니다."

"……그럼, 감사해요. 잘 먹을게요."

포크로 케이크를 한입에 넣을 수 있게 잘랐다. 입에 넣자마자 부드러운 시폰이 혀에 감기며 크림이 녹아내렸다.

"맛있어요!"

세니르는 좋은 대화 상대였다. 특히 눈빛이 부담스럽거나 몸짓이 과격하지 않아 좋았다. 그는 예의를 알았고 그녀가 질문에 대답하기 곤란해하면 담백하게 물러났다.

"그럼 이만 일어날까요."

어느새 시간이 꽤 지나 있었다. 고개를 끄덕인 디아나가 하늘이를 품에 안고 일어났다. 건물에서 나오자 세니르의 마차가 보였다. 디아나가 환히 웃으며 세니르를 돌아보았다.

"벌써 고쳐졌나 봐요! 다행이에요."

"작은 도련님."

보좌관이 마차 앞에서 세니르를 마중했다. 세니르가 고개를 끄덕이더니 디아나를 향해 말했다.

"집까지 모셔다드리겠습니다."

"괜찮아요. 가까워서 걸어가도 돼요."

디아나는 부담스러워했지만, 거듭되는 세니르의 권유에, 곧 마차에 올라탔다. 커다란 마차는 공용 마차와 비교할 수 없을 정도로 아늑했다. 벨벳으로 된 마차 시트는 푹신했고 흔들림이 전혀 없었다.

'되게 튼튼해 보이는데 어쩌다 고장 났던 거지.'

의문은 짧았다. 창밖을 보던 디아나가 급하게 소리쳤다.

"여기서부터는 걸어갈게요!"

디아나가 하늘이를 품에 안고 마차에서 내렸다.

"데려다줘서 고마워요."

"저야말로 감사했죠"

마지막으로 인사한 디아나가 가볍게 몸을 돌렸다. 디아나가 담벼락 너머로 사라지자마자 보좌관이 다급히 물었다.

"디아나 양의 모친이 필리파 아가씨가 맞습니까? 그렇다면 오흐리드 백작님의 손녀……."

세니르가 표정 없는 낯으로 남자를 보았다. 실수를 깨달은 남자가 고개 숙였다.

"죄송합니다. 주제넘었습니다."

그제야 세니르가 답했다.

"제가 확언할 문제가 아니지요."

"……."

"오흐리드 백작님이 인정하시면 필리파 아가씨이시고 인정하지 않으시면……."

하지만 그럴 일이 있을까? 세니르는 속으로 비소했다. 모든 판단은 오흐리드 백작이 내릴 것이었다.

"백작님께 연락 넣으세요."

                              *   *   *

긴장한 얼굴의 디아나가 간판이 악독한 적이라도 되는 듯 노려
보았다.

[은방울꽃 의상실]

커다란 유리창 안으로 진열된 옷들이 보였다. 당장 연회에 참석
해도 될 법한 드레스부터 화사한 블라우스와 치마들.

침을 꿀꺽 삼킨 디아나가 의상실 문을 잡았다.

"어서 오세요―"

환영 인사를 하던 직원이 멈칫하더니 의아한 얼굴을 했다.

"디아나? 아가씨 심부름이야? 드레스 완성하려면 시일이 아직 좀
남았는데……. 그런데 정문으로 들어오면 어떡해? 빨리 나가서 뒤
로 돌아와."

"아뇨, 오늘은 심부름으로 온 게 아니에요."

"뭐?"

그녀가 보르도 저택에서 그만둔 사실을 모르는 모양이었다. 마
른 입술을 적신 디아나가 마음을 다잡았다.

"제 옷 맞추러 왔어요."

"네 옷?"

놀란 얼굴을 한 직원이 곧 피식 웃었다.

"다른 데 가서 알아봐. 하녀로 들락날락하면서 옷 가격도 몰라?

네 봉급으론 어림없어."

직원이 어서 가라는 듯이 손을 휘이휘이 저었다. 디아나의 얼굴이 달아올랐다.

"……저 돈 있어요."

요란하게 코웃음을 친 직원이 꺼내 보라는 듯이 팔짱을 꼈다.

"아서라. 아니, 그래. 얼마나 있는지 한번 보자. 턱도 없겠지만."

디아나가 품속의 주머니를 꽉 쥐었다.

'괜히 들어왔어.'

차라리 그녀를 알지 못하는 곳으로 가는 게 나았다. 그래도 아는 의상실이라고는 이곳밖에 없어서 찾아온 건데, 민망함과 씁쓸함이 한꺼번에 몰려왔다.

"다른 데 알아볼게요."

"……그럼 그렇지."

직원의 중얼거림이 귓가에 파고들었다. 입술을 깨문 디아나가 몸을 돌렸을 때였다. 안쪽에서 의상실 주인인 마담이 나왔다.

"디아나?"

"안녕하세요."

디아나가 힘없이 인사했다.

"무슨 일로 온 거니?"

마담의 질문에 직원이 나섰다. 디아나를 향해 말할 때와 판이하게 사근사근한 목소리였다.

"별일 아니에요, 마담. 디아나가 옷을 사고 싶다고 해서 돌려보내던 참이었어요."

"뭐?"

마담이 눈을 크게 뜨고 디아나와 직원을 보았다.

무슨 상황인지 바로 눈치챘다. 하녀의 봉급으로 사기에 이곳의 옷은 확실히 값비쌌다. 하지만 조실부모한 디아나의 사정을 알기에 매몰차게 내보내기도 그랬다.

"미안하구나, 디아나. 여기 옷은 좀 비싸단다. 가격을 맞추기 힘들 거야. 무슨 옷이 필요하니?"

마담이 달래듯 상냥하게 물었다.

"그냥 평상복이요."

"가격은 어느 정도 생각하니? 내가 알맞은 의상실을 소개해 주마. 내 소개장이 있으면 좀 더 신경 써 줄 거야."

직원이 못마땅한 눈길로 디아나를 보았다. 이렇게 마담을 귀찮게 할 줄 알았다는 눈이었다.

'괜찮다고 하고 나갈까.'

하지만 디아나도 옷은 잘 몰랐다. 마담의 조언을 받는 편이 나아 보였다. 디아나가 가죽 주머니를 털었다.

동화가 먼저 나오고 은화 몇 개가 나오자 마담이 눈썹을 치떴다. 그러다 안쪽에 반짝이는 금화가 나오는 순간 헉, 하며 숨을 들이켜는 소리가 들렸다. 심지어 금화가 한 개뿐이 아니었다.

돈을 셈하던 디아나는 듣지 못했다.

"이 정도면 어디가 좋을까요?"

"뭐야, 네가 무슨 돈이 그렇게 많아?"

경악한 직원이 디아나를 손가락질했다.

"……턱도 없을 거라면서요?"

"그 정도면 당연히! 허, 참, 말도 안 돼. 너 그 돈 어디서 났어?!"

디아나가 미간을 좁혔다.

옷을 사려면 이런 질문에도 답해 줘야 하나? 여기는 포기하자.

"그냥 다른 데로 볼게요."

디아나가 우울하게 답하며 몸을 돌렸다.

"잠깐, 잠깐만요. 디아나 양!"

디아나 양? 다가온 마담이 디아나의 어깨와 팔꿈치를 살며시 잡았다. 깃털처럼 부드러운 느낌이었다.

"무얼 그리 서두르나요."

영문을 알 수 없는 디아나가 눈을 동그랗게 뜨자 마담이 매끄럽게 웃었다.

"우리 직원이 좀 무례했죠? 먼저 제가 사과할게요. 미안하답니다. 마음을 풀어요."

"네?"

"물론 직원도 사과해야 하고요. 너! 어서 디아나 양에게 사과하렴."

"마, 마담?"

"손님도 못 알아보고 내쫓으려고 하고. 대체 그동안 뭘 배운 거야?"

마담이 차가운 얼굴로 직원을 노려보았다. 직원이 화들짝 놀라 고개 숙였다.

"아, 아뇨. 그, 그게."

"지금 변명할 처지야?"

"헉, 아뇨. 아닙니다."

쩔쩔매던 직원이 그녀를 향해 몸을 숙였다.

"미, 미안해, 디아나."

"'죄송합니다, 디아나 양.'이겠지. 넌 나중에 나랑 따로 보자."

직원의 얼굴이 하얗게 탈색되다시피 질렸다. 순식간에 돌변한 상황에 디아나 또한 어리벙벙했다.

"그래서 몇 벌이나 맞추실 생각인가요?"

"어…… 생각해 보진 않았어요. 몇 벌이나 맞출 수 있나요?"

디아나가 당장이라도 주저앉을 것 같은 직원을 힐끗거렸다.

'대체 이게 무슨 일이야?'

마담이 안으로 디아나를 데려가며 말했다.

"그 정도 금액이라면 맞추시고 싶은 만큼 충분히 가능할 거예요."

"그런데 저희 어디 가는 건가요?"

"당연히 치수를 재러 가야죠."

"다른 의상실을 소개해 주신다고……."

"아니요."

마담이 단호하게 말했다.

"여기서 맞춰도 충분하답니다. 최고로 맞춰 드릴게요."

평상복을 맞추기엔 차고 넘치는 돈이었다. 몇 벌이든 맞출 수 있었다. 조금 저렴한 드레스도 가능했다.

이건 대어였다. 마담이 눈을 빛내며 재빠르게 직원을 불러 모았다.

안쪽 방으로 들어가 잠시 기다리자, 줄자를 손에 든 재단사가 들어왔다. 재단사는 하얗고 낮은 단 위에 디아나를 세웠다. 그리고 디아나가 들고 있던 물건을 가져갔다.

"짐은 잠시 한쪽에 놓을게요."

"네? 아, 넵!"

"긴장하지 마세요. 편하게 있으시면 됩니다. 치수를 재는 거랍니다."

상냥한 목소리의 재단사가 줄자를 대었다. 능숙하고 세심한 손놀림이었다. 그사이 마담이 원단 샘플을 가지고 왔다.

"블라우스를 만들 때 가장 많이 쓰는 원단이에요. 상의에는 아무래도 밝은 색을 많이 사용하는 편이죠. 어떤가요?"

손을 뻗은 디아나가 원단을 문질렀다.

"정말 부드럽네요."

"색은 여러 종류랍니다. 디아나 양은 피부가 하얘서 짙은 색도 잘 어울릴 거예요."

설명을 이어 가던 마담이 디아나의 옷을 보고 신음성을 뱉었다.

"음? 지금 입으신 옷도 매우 좋은 원단이네요. 마감도 꼼꼼하고……. 어디서 맞추신 건가요?"

기본적인 디자인이기에 그냥 넘어갈 뻔했으나 놀랄 만큼 좋은 옷감이었다. 디아나는 쑥스러운 얼굴을 했다.

"맞춘 건 아니고, 선물 받았어요."

"어머, 선물이요?"

마담의 표정이 정말 놀란 것처럼 보였기에 디아나가 고개를 갸웃했다.

"비싼 옷인가요?"

그냥 바구니에 담겨 있었는데? 상황이 상황인지라 거절할 수도 없어 받았다. 몸에 닿는 감촉이 남다르긴 했다.

"한번 자세히 살펴봐도 될까요?"

"네."

"그럼 잠시만 살펴볼게요."

다가온 마담이 디아나가 입은 옷의 솔기와 소매, 목깃, 치맛자락을 살폈다.

"원단이……아니, 설마? 으음…….."

"무슨 문제가 있나요?"

왠지 고민하는 듯한 마담의 기색에 디아나가 물었다.

"아뇨. 문제가 있는 건 아니에요. 아니고…… 잠시만요."

치마 허릿단을 뒤집은 마담이 소리쳤다.

"마이스터 파라디?!"

"파, 파라디요?"

조용히 옆에서 대기하던 재단사도 놀라 되물었다. 그녀만 누군지 모르는 모양이었다.

"유명한 사람이에요?"

그녀의 질문에 마담이 어떻게 모를 수가 있냐는 듯 열렬히 설명했다.

"네! 유명한 마이스터예요! 엘―코르테 입점 마이스터인데. 세상에 디아나 양, 이 옷을 선물 받았다고요?"

"네? 아, 네에."

대체 왜 이러는 거지? 디아나는 선물 받은 것이라 했다. 그 말은 맞춤복이 아니란 뜻이었다.

마이스터 옷이 맞춤복이 아니라면, 마네킹에 입혔던 옷을 벗겨 오기라도 한 건가? 마담은 그냥 찍어 본 생각이지만 정답이었다.

디아나가 잠든 사이에 헤르만이 안 된다는 마이스터를 숫제 협박하여 강제로 돈을 넘겨주고 진열하던 옷을 가져온 것이었다.

"선물을 주신 분이 디아나 양을 많이 아끼나 봐요."

"……그래요?"

디아나의 얼굴이 밝아졌다.

"혹시 어떤 분이 디아나 양에게 선물을 주신 건지 알 수 있을까요?"

결국, 마담이 궁금증을 이기지 못하고 물었다. 재단사 또한 귀를 쫑긋 기울였다.

"그게…… 어머니 친구분이신데 제 후견인이 되어 주신다고 하셨어요."

"어머, 디아나 양 후견인이 생기셨나요?"

디아나가 끄덕 고개를 흔들었다.

"세상에. 정말 잘됐네요!"

마이스터의 옷을 턱 선물해 줄 정도의 부자!

그리고 그런 부자를 후견인으로 둔 소녀!

재단사와 마담이 시선을 교환했다. 그들의 손이 매우 부지런해 졌다. 새하얀 원단으로 한 벌, 상아색 원단으로 두 벌, 광택이 흐르는 짙은 남색 원단으로 한 벌을 고르자 벌써 상의만 네 벌이었다.

치마 또한 네 벌에 원피스는 두 벌이나 맞췄다. 원피스 종류가 이렇게나 많은지 디아나는 처음 알았다. 허리선이 들어가 있지 않은 원피스, A라인 치마 형식의 원피스, 엠파이어 드레스 같은 원피스.

옷깃과 소매 끝에 자수를 넣기로 하고, 상아색 옷깃에는 화사한 레이스 러플을 달기로 했다. 백합 무늬를 조각한 상아 단추를 고르고 은장식 핀을 살피던 디아나가 번뜩 정신을 차렸다.

'미쳤어. 디아나!'

정신을 차린 디아나가 황급히 말했다.

"저, 저 이 정도면 될 것 같아요."

마담이 아쉬운 한숨을 내쉬었다. 하지만 입가에는 포식한 사자와 같은 웃음이 가득했다.

"피곤하시죠? 앉아서 잠시 쉬고 계세요. 가격표를 작성해 올게요."

좋은 판매자란 물러날 때를 알아야 하는 법이었다. 마담은 콧노래를 흥얼거릴 뻔한 걸 참으며 대기하던 직원에게 손짓했다.

"여기 와서 디아나 양에게 차를 좀 내주렴."

*　　*　　*

그 시각, 입구에서 디아나를 쫓아내려다 크게 혼난 직원은 뒷문을 지키고 있었다. 뒷문은 손님이 아닌, 보통 하녀들이 심부름할 때 이용했다. 배우는 것 없이 잡일만 하는 이곳은 모두가 기피 했다.

직원은 분통을 터트렸다.

'디아나 걔는 대체 뭔데? 갑자기 돈이 어디서 나서!'

저 안에서 옷을 주문하고 있는 디아나 또한 원래 이곳으로 들어오던 하녀였다.

'돈 있다고 유세 부리는 거야? 으스대는 꼴 하고는!'

직원의 머릿속에서 디아나를 무시했던 자신은 깨끗이 지워져 있었다.

홀로 짜증을 삼키던 그때 누군가 들어왔다.

"로라?"

"웅? 오랜만이네? 네가 왜 여기 있어?"

로라의 지적에 직원이 성난 얼굴을 했다.

"마침 잘 왔어! 안 그래도 물어볼 거 있어!"

"뭔데? 나 아가씨 심부름으로 와서 빨리 돌아가 봐야 해."

"잠깐이면 돼. 너 디아나 잘 알지? 같이 일하니까……."

"디아나? 걔 저택에서 쫓겨났는데 걔가 왜?"

"쫓겨났다고? 걔 지금 여기서 옷 맞추고 있는데?"

"뭐? 그게 무슨 말이야?"

직원은 자신이 본 것을 설명했다. 모든 설명을 말도 안 된다는 얼굴로 듣던 로라가 물었다.

"그래서 지금 걔, 어디 있는데?"

디아나는 입구 안쪽의 손님용 홀에 있는 소파에 있었다. 후문으로 들락날락하던 디아나는 이런 곳이 있는지 처음 알았다.

'여기서 차를 대접받는 건 처음이네.'

돈이 좋긴 좋구나. 손님이 되니 대우가 달랐다. 아몬드가 들어간 쿠키가 입 안에서 와작 부서졌다.

소파 테이블에는 여러 잡지와 비단 커버로 된 카탈로그도 놓여 있었다. 재단실 안에서 이미 카탈로그를 질리도록 본 디아나는 잡지를 골라 들었다.

'아티시아 아가씨가 많이 읽으셨는데.'

잡지 표지를 읽던 디아나가 멈칫했다.

[마이스터 파라디 컬렉션 소개]

'방금 마담이 말한 사람 아니야?'

디아나가 잡지를 펼칠 때였다.

"너 뭐야?"

갑자기 들린 목소리에 디아나가 고개를 들었다.

"로라?"

어떻게 여기⋯⋯아, 심부름 왔겠구나. 그녀가 그만뒀으니 대신 로라가 온 모양이었다.

"네가 여기서 뭐 하고 있는 거야?"

"뭘 하고 있냐니?"

"네가 옷을 주문했다고? 여기서?"

"어?"

"그걸 네가 어떻게 알아?"

디아나의 의문은 로라의 뒤에 다급히 나타난 직원을 보자 해소됐다. 입구에서 그녀를 쫓아내려다가 마담께 혼났던 직원이었다.

직원은 당혹스러운 표정으로 로라를 붙들었다.

"아니, 잠깐만 로라. 너무 소란피우면 안 돼."

"이거 봐, 방금 네가 말했잖아. 쟤가 너 재수 없게 비웃었다며? 왜 말려?"

"뭐어?"

내가 언제? 기막힌 디아나가 직원을 보았다. 오히려 그녀를 비웃은 건 저쪽이었다! 난감한 것처럼 로라를 말리면서도 직원은 내심 고소한 얼굴이었다.

"네가 돈이 어디서 나서 여기서 옷을 사? 사실대로 말해. 뭐 훔쳐간 거 아냐?"

이번에는 말도 나오질 않았다. 로라는 저택에 있는 내내 그녀를 눈엣가시로 여겼고 끝도 좋지 않았다. 하지만 결국 자신이 저택에서 나갔기에 모두 끝났다고 생각했다.

그런데 일을 그만둔 지금도 이럴 줄이야.

"거지처럼 저택에 빌붙던 주제에! 저택에서 쫓겨난 것도 모자라서……!"

그때였다.

"이게 대체 무슨 소란이야?"

"마, 마담?"

직원의 얼굴은 사색이 되었다. 직원의 곁에 서 있던 로라를 본 마담이 작게 입을 벌렸다.

"대체 어떻게 여기를……설마 네가 들여보냈어?"

마담의 매서운 눈초리로 직원을 질책했다. 직원이 떨리는 목소리로 답했다.

"아, 아니요. 저, 저는 그냥 디아나가 여기에 있다고만……."

"너……."

이를 악문 마담이 뒤쪽의 다른 직원을 향해 말했다.

"데리고 나가."

"알겠습니다."

그리고 끌려가는 직원을 향해 말했다.

"넌 해고야."

"네? 마담! 마담! 잘못했어요!"

"다시는 여기에 발 들일 생각하지 마라."

끌려가던 직원이 놀라 달려왔다. 그러나 곧 다른 직원에게 붙잡혀 다시 끌려나갔다. 그 모든 상황을 디아나가 눈을 휘둥그레 뜨고 보았다. 머리를 짚으며 한숨을 내쉰 마담이 로라를 돌아보았다.

"로라 너도 어서 나가 주렴. 여기는 손님만 들어올 수 있는 걸 알잖니."

"하지만 디아나도 여기 있잖아요!"

로라의 외침에 디아나가 움찔 놀랐다. 마담이 로라의 시선에서 디아나를 가려 주었다.

"무슨 착각을 하는지는 모르겠지만 디아나 양은 우리 손님이란다. 더는 무례하게 굴지 않았으면 좋겠구나."

로라가 얼굴을 일그러뜨렸다.

"정말로……디아나가 손님이라고요? 말도 안 돼."

마담은 거기까지만 말한 뒤 디아나를 돌아보았다. 디아나가 서둘러 소파에서 일어났다.

"미안해요. 디아나 양. 정말, 우리 직원이 정말 실례를 저질렀어요."

입술을 깨문 디아나가 로라를 흘끔거렸다. 이 자리가 가시방석이었다. 그저 옷을 사러 왔을 뿐인데.

"계산은 다 끝났나요?"

"옷은 보름 뒤에 완성될 거예요."

마담 뒤의 직원이 계산서를 내밀었다. 원단과 인건비, 부속품들의 가격이 나열되어 있었고 그 끄트머리에 합산이 되어 있었다. 정말 정신없이 골랐는지 가진 금액의 3분의 2 정도였다.

디아나가 품에서 가죽 주머니를 꺼냈다. 그 안에서 금화를 꺼낸 순간 누군가 숨을 들이켰다.

"뭐, 뭐야?"

잠시 조용한가 싶었던 로라가 다시 입을 열었다.

"네가 정말로 돈이 있다고?"

로라는 충격에 빠진 표정이었다.

"마, 말도 안 돼. 네가 어디서 이 금화를, 어디서 났어? 사실대로 말해!"

로라가 거의 달려들려 하자 깜짝 놀란 직원들이 로라를 막아섰다.

"로라! 왜 이래! 너 미쳤어?"

"이거 안 놔?!"

막아서기만 하고 끌고 나가지 못하는 건 로라가 은방울꽃 의상실의 손님인 보르도 남작 영애가 아끼는 하녀였기 때문이었다.

"가난한 척하고 불쌍한 척은 혼자 다 하고 다니더니 어디 꿍쳐 놓은 돈이……."

"어머니 유산을 받았어."

디아나가 로라의 말을 자르며 말했다.

"뭐?"

"어머니 유산을 받았다고."

그런데 로라의 반응이 이상했다. 헛웃음을 토하더니 말도 안 된다는 듯이 말했다.

"네가 무슨 유산이 있어? 네 유산은……."

화들짝 놀란 로라가 자신의 입을 틀어막았다가 다시 버럭 소리쳤다.

"유, 유산이 있을 리가 없잖아!"

"응?"

있을 리가 없잖아? 디아나가 의아하게 고개를 기울였다.

"왜, 내가 유산이 없을 거라고 확신하는 거야?"

"……."

로라가 당황한 듯 눈을 이리저리 굴렸다. 그러더니 갑자기 직원의 손을 뿌리치고 의상실을 뛰쳐나갔다.

"뭐야?"

그녀뿐만이 아니라 모든 이들의 얼굴에 의문이 떠 있었다.

＊　　＊　　＊

아티시아 보르도는 허둥거리며 들어오는 하녀 로라를 보곤 혀를 찼다. 아티시아가 시중을 들던 하녀에게 말했다.

"드디어 왔네. 너는 이제 로라 왔으니까 나가 봐."

하녀가 공손히 인사하고는 빠르게 방을 나갔다. 로라는 빠져나가는 하녀와 눈 한 번 마주치지 않고 바로 아티시아에게 달려갔다.

"아가씨, 세상에 진짜 완전 기막힌 일을 겪었어요!"

"또 무슨 일이기에 호들갑이야?"

잡지에서 시선을 든 아티시아가 로라에게 물었다.

"그보다 자수 마무리는 언제까지 가능하다던? 황실 무도회에 참석하려면 다음 주에는 출발해야 한다고 잘 말했지?"

"아……."

로라는 그제야 자신이 무슨 일로 은방울꽃 의상실에 갔었는지 떠올렸다.

"그, 그게요."

로라가 머뭇거리자 아티시아의 눈이 점차 세모꼴로 변했다.

"너 설마……."

그 표정에 로라가 바닥에 납작 엎드렸다.

"죄송해요, 아가씨. 그만 물어보는 걸 깜박했어요."

"뭐라고?"

아티시아의 목소리가 높아졌다.

"지금 장난해? 이 시간까지 뭘 하다 온 거야? 아헨에서 놀다 왔어?"

"그건 아니에요."

"날 바보로 알아?!"

로라가 엎드린 채 입술을 깨물었다.

"다들 대체 뭘 하는 거야? 게으름만 부리고! 심부름만 시키면 늦장 부려서 널 시켰더니 넌 심지어 놀다 와? 내가 놀다 오라고 아헨에 보냈어!"

아티시아가 입술을 질끈 깨물었다. 이게 다 디아나 탓이었다. 디아나 하나 그만뒀을 뿐인데 많은 양의 일들이 쏟아졌다.

몇 명이 디아나의 일을 나눠 가졌지만, 힘들어했다. 어쩔 수 없이 로라 또한 일을 나눠 받아야 했다. 가장 힘든 건 아티시아가 짜증을 푸는 상대가 없어졌다는 것이었다. 한 사람 콕 집어서 괴롭히던 걸 그만두자 이제 그녀는 모두에게 짜증을 내기 시작했다.

'디아나 걔는 대체 왜 그만둬서!'

마침 아티시아도 같은 생각을 한 모양이었다.

"디아나가 그만두니까 되는 일이 하나도 없어!"

"아, 맞아요, 아가씨. 저 아헨에서 디아나를 봤어요!"

멈칫한 아티시아가 미간을 찌푸리고 물었다.

"뭐? 디아나가 아헨에 있어?"

"네! 네. 그렇다니까요?"

로라가 다급하게 끄덕였다. 그러나 아티시아의 얼굴은 더 일그러질 뿐이었다. 로라가 당황했다. 아가씨가 왜 이러시지?

"그래서?"

"네?"

"그래서 지금 그걸 변명이라고 하는 거야? 아헨에서 디아나 봤다고? 그래서 그냥 돌아왔다고?"

"아, 아뇨. 죄송해요."

로라가 다시 납작 엎드렸다.

"아가씨, 당장 가서 다시……."

"됐어!"

순간 로라의 얼굴 바로 옆에 둔탁한 충격음이 들렸다. 화들짝 놀란 로라가 옆을 돌아보자 잡지가 나뒹굴었다.

지금 아가씨가 나에게 잡지를 던진 거야?

믿을 수가 없었다. 디아나에게 던지는 건 수도 없이 봤지만, 겪는 건 처음이었다. 질겁한 로라에게 아티시아가 소리쳤다.

"다른 사람 보낼 거야! 넌 당장 나가!"

로라는 더 말도 붙여 보지 못하고 방을 빠져나왔다.

아티시아는 로라를 돌아보지도 않고 하녀를 부르는 줄을 신경질적으로 잡아당겼다.

금세 다른 층에서 올라온 하녀가 복도를 달음박질해 왔다. 문 앞에 로라를 본 하녀가 가쁜 숨을 몰아쉬며 속삭였다.

"로라! 방금 아가씨 방에서 나온 거지? 무슨 일이야?"

"나도 몰라!"

로라가 짜증스럽게 소리쳤다. 놀란 하녀가 귀를 막으며 로라를 노려보았다.

"모르면 모르는 거지, 왜 소리를 질러?"

그 대꾸에 로라가 입을 딱 벌렸다. 항상 자신의 눈치를 살살 보던 하녀였다.

"너 지금 뭐라고 했어?"

"왜 소리를 지르냐고 했다!"

하녀가 로라를 확 밀쳤다. 로라가 엉겁결에 밀려났다.

"일도 못 하는 게 진짜. 매일 팽팽 놀기만 하면서."

"뭐, 뭐라고?"

"왜? 또 아가씨한테 일러 보시든지. 이제 들어주기는 하실지 모르겠지만."

코웃음을 친 하녀가 아가씨의 방으로 들어갔다. 양손을 꽉 쥔 로라가 부들부들 떨었다. 하지만 아가씨의 방문을 마음대로 열고 들어갈 순 없었다.

"두고 봐…… 내가, 가만 안 둬."

잠깐 아가씨가 자신에게 화가 났을 뿐이었다. 옆에 없으면 금방 자신을 찾을 터였다.

우선 그보다 먼저 오늘 들은 사실을 전해 줘야 했다. 로라가 서둘러 아래층으로 내려갔다. 아래층으로 내려가자마자 자신이 애타게 찾던 이와 마주쳤다.

"하녀장님!"

"로라? 무슨 일이야?"

"디아나 일로 잠시 드릴 말이 있어요."

하녀장의 표정이 굳었다.

"따라오렴."

하녀장은 아무도 없는 복도를 지나쳐 한쪽 구석의 먼지 쌓인 방으로 들어갔다.

"뭐라고? 유산을 받았다고? 디아나가?"

로라는 하녀장에게 은방울꽃 의상실에서 겪은 일을 모두 설명했다.

"그럴 리가. 분명 내가 다 정리했는데."

"저도 처음에는 못 믿었는데, 글쎄 그것이 금화를 턱 내놓더라니까요! 그리고 본인 입으로도 유산이라고 하더라고요."

로라가 초조한 듯 손톱을 물어뜯었다.

"유산이 아니면 걔가 갑자기 그런 큰돈이 어디서 나왔겠어요?"

"그건 그렇지."

디아나의 급여는 하녀장이 제일 잘 알았다.

"일단……."

눈을 가늘게 뜬 하녀장이 진정하라는 듯 말했다.

"어찌 된 일인지 내가 알아보마."

*　　*　　*

시간은 빠르게 흘렀다. 눈 깜빡할 새 한 주가 지났으나 디아나를 조사하는 일은 지지부진했다. 아티시아 아가씨를 모시는 하녀들에게서도 계속 문제가 벌어졌다. 더는 아가씨를 모시지 못하겠다며 울며불며 매달리는 하녀를 매몰차게 돌려보낸 참에 호출이 왔다.

"마님, 부르셨나요."

한창 손님을 맞이하고 있었을 마님이었다. 응접실에 계신 손님은 처음 보는 사내였다.

'누구지?'

보르도 남작 부인은 어딘가 불편해 보였다.

반대로 사내는 유쾌해 보였다. 고급스러운 정장에 멋들어진 콧수염을 만지작거리던 사내가 하녀장을 보고 방긋 웃었다.

"보르도 저택 하녀장 맞으십니까?"

"네. 제가 하녀장입니다. 무슨 일이시죠?"

고개를 주억거린 사내가 날씨를 말하듯 평범한 어조로 말했다.

"횡령 및 사기 혐의로 피소되셨습니다."

"예?"

하녀장은 자신의 귀를 의심했다.

"지금 무슨 말을 하시는 거죠?"

"이미 다 조사했으니 부인해도 소용없습니다."

"아니, 횡령이라니요? 사기라니요? 농담이라도 재미없군요."

정색한 하녀장이 반사적으로 부인했다.

그러나 왠지 싸한 기운이 발끝에서부터 그녀를 잠식했다.

"이게 왜 농담으로 들리십니까?"

사내가 눈을 게슴츠레 뜨며 물었다.

순간 머릿속에 한 사건이 스쳐 지나갔다. 설마, 설마. 하지만 이제 와? 그게 대체 몇 년 전 일인데!

"저는 모르겠습니다."

"정 부인하신다면, 제가 말해 드리죠."

"무슨 소린지……."

"보르도 저택의 가정 교사로 일했던 애프릴의 재산을 빼돌린 걸 인정하십니까?"

하녀장이 다급히 마님을 보았다.

"마님! 지금 이게 무슨 상황……!"

그러나 마님의 표정은 딱딱했다. 아니, 오히려 그녀를 노려보았다. 순간 숨이 턱 막힌 하녀장이 뻐끔거렸다.

"인정하십니까?"

"……누가, 대체 누가 말도 안 되는 누명을 씌운 거죠?"

하녀장의 목소리가 사나워졌다.

어떤 멍청한 인간이 고아 계집 하나 때문에 남작가에 싸움을 건 단 말인가!

그래! 빼돌린 건 사실이었다.

하지만 애프릴의 재산을 빼돌리던 중 보르도 남작 부인에게 들키고 말았다.

그런데 우습게도 보르도 남작 부인은 디아나에게 유산을 돌려주라고 말하지 않았다. 오히려 눈감아 주는 대신 유산의 일부를 요구했다. 하녀장은 어쩔 수 없이 보르도 남작 부인에게 7할을 건넸다.

넘겨야 할 땐 눈물 나게 아쉬웠지만 한 가지는 믿었다.

자연스럽게 남작 부인과 자신이 한배를 타게 되는 것이었다. 하녀장이 끌려가면 남작 부인도 책임을 피할 수 없었다. 그렇게 남작 부인이 뒷배가 되자 하녀장은 더 당당해졌다.

보르도 남작 부인은 디아나가 혹시나 허튼소리를 할까 봐 저택에 머물게 했다. 그리고 더는 디아나에게 아무도 관심 가지지 않을 때 자신이 그녀를 내쫓았다. 그런데 내쫓자마자 이런 일이 벌어지다니!

"고발자가 누구죠?"

설마 디아나?

하지만 하녀장의 질문에 돌아오는 건 가소롭다는 듯한 음성이었다.

"알아서 뭐 하시려고요?"

"……."

"살인 청부라도 하시려나?"

"예? 무, 무슨 그런……."

"농담입니다."

"……."

사내가 재밌다는 듯 소리 내어 웃었다.

하지만 하녀장은, 그리고 남작 부인 또한 전혀 웃을 기분이 들지 않았다.

"감히 상상도 못 할 곳에서 들어온 고발이니 궁금할 필요도, 억울할 필요도 없습니다."

사내가 미적지근한 찻물을 쭉 들이켰다. 흠, 싸구려군.

귀족 저택에서 손님에게 내주는 차였기에 절대 저가는 아니었다. 하지만 제도, 아니 대륙 제일가는 부호에서 일하는 사람의 입맛에는 싸구려였다.

사실이 그러했다. 남작가의 하녀장이 뭔가. 이 남작가조차 손가락 하나면 무너트릴 수 있는 오흐리드였다.

그런 오흐리드 백작가의 전문 변호인인 자신이 이런 냄새나는 시골 영지에 방문한 것 자체가 어불성설이었다.

그도 처음에는 대충 사람을 시켜 처리하려 했었다. 하지만―

　　「역시 유산을 빼돌렸군요.」
　　「남작 부인이 뒤를 봐준 모양입니다.」

벌써 며칠째 공식 자리에서 모습을 감춘 작은 도련님이었다. 그런 오흐리드의 후계자를 둘러싸고 무수한 소문이 쏟아졌다.

그러나 정작 조사를 명한 작은 도련님은 쏟아지는 소문 따위 개의치 않는 듯 평온했고, 소녀의 비참한 과거사를 보고 받는다기엔 무심했다.

　　「먼저 하녀장만 처리하고 유산을 추적하는 데 주력하세요. 남작
　　부인은 일단 내버려 두죠.」

그리고 그 도련님이 '직접' 명령을 내렸다.

　　「완벽하게 찾아야 합니다.」

완벽, 완벽이란 단어를 썼다. 실수 하나라도 한다면 날아가는 건 하녀장이나 이 촌구석 남작가가 아니라 자신이란 뜻이었다.

하지만 이상했다.

오흐리드가 고작 죽은 미혼모. 평범한 고아 소녀의 유산에 관심을 가지다니?

유산이라 해 봤자 오흐리드의 재산에 비교하면 하잘것없었다. 물론 평민 미혼모의 재산치고는 조금 많은 편이었지만. 뭐든 오흐리드에 비하면 먼지 정도였다.

무언가 알 듯 말 듯 거슬렸다. 하지만 도련님의 목적이 무엇이든 그와는 상관없었다. 자신은 시키는 일을 수행할 뿐이었다.

"인정하지 않으셔도 상관없습니다. 증거는 넘치니까요."

사내는 저편에서 자신은 무고하다는 듯 모른 척하는 남작 부인을 힐끗 보았다.

남작 부인에게도 구린내가 났다.

'하지만 뭐, 일단 유산을 되찾는 게 중요하니.'

다시 하녀장을 돌아보자 분노로 파들파들 떨고 있었다.

아직도 자신이 무슨 상황에 처했는지 정확히 모르니 저렇게 화를 내겠지.

사내는 조소했다.

촌구석 시골 영지, 그 영주의 저택 하녀장. 아마 모시는 주인 내외 다음으로 권력을 휘두르고 살았을 터였다.

당연히 자존심도 하늘 높은 줄 모를 터. 하지만 세상은 넓고, 작은 권력은 더 큰 권력에 복종하는 게 이치.

이미 답은 정해져 있었다.

"일단 가서 조사를 받게. 무고하면 풀려날 걸세."

저렇게 남작 부인이 말하는 것처럼.

"마님!"

남작 부인은 하녀장의 눈을 마주치지도 않았다. 하녀장은 분노에 떨면서도 머리를 굴렸다. 보르도 남작 부인이 그녀를 진짜 버릴수는 없었다. 그들은 이미 같은 배를 탔다.

'일단 이 상황만이라도 넘기면 돼. 남작 부인이 나를 버릴 리가없어. 손을 써 줄 거야.'

하녀장은 그렇게 믿었다. 하지만 그것이 착각에 불과했음을 깨닫게 되는 데에는 얼마 걸리지 않았다.

Chapter 3.

하임바르덴 제국의 황궁이 있는 제도, 하임덴에는 각 지방의 주
요 도시로 순간 이동이 되는 게이트가 연결되어 있다.

그러나 값비싼 비용에 귀족들도 쉽게 이용하지 못했다. 여유가
넘치지 않는다면 보통 게이트보다 기차를 타는 편을 선택했다. 사
정이 좋지 않은 이들은 시일이 몇 배가 걸리더라도 마차를 타고 이
동했다.

게이트 측에선 자주 이용하는 소수를 추려 가문별로 라운지를
제공했다. 얼마나 넓고 좋은 라운지를 가지고 있느냐에 따라 가문
의 부를 나타냈다.

그리고 게이트 입구를 한눈에 내려다보는, 가장 풍광이 좋은 라
운지의 안쪽에서 매서운 소리가 났다.

짜악—

큰 소리와 함께 백금발 청년의 고개가 돌아갔다. 수려한 외모를 한 청년의 뺨은 순식간에 달아올랐다. 하얗다 못해 창백한 얼굴에 붉은 뺨은 매우 이질적이었다.

"죄송합니다."

그러나 청년은 아픈 기색도 없이 돌아간 고개를 바로 하며 눈을 내리깔았다. 우아하게 내리깐 속눈썹 아래로 황금색 눈동자가 사라졌다.

"실언했습니다."

"당연하지. 그걸 말이라고 하느냐."

손의 주인은 나이가 지긋한 여인이었다. 조금 전 뺨을 때린 사람이라고 볼 수 없을 정도로 평온했다.

"필리파가, 내 딸이 죽었을 리가 없어."

여인이 무릎 위에 벗어 놓은 장갑을 들어 끼는 동안 방 안엔 숨소리조차 들리지 않는, 죽은 듯한 침묵만 흘렀다.

"하지만 그래. 이상하긴 하구나. 헤르만 례체프가 이 시기에 갑자기 동대륙으로 가는 배를 탈 이유가 없지."

여인이 손잡이를 손가락으로 두드렸다. 소리는 거의 나지 않았다.

"공교롭게 노히바덴 대공도 동대륙에 있고……. 우연이라기엔 이상하지."

등받이에 기댄 여인이 고민하듯 주름진 눈가를 짚었다.

"데려와."

그러나 곧 단호한 목소리로 말했다.

"내가 한번 직접 확인해 봐야겠어."

청년은 여인에게 공손히 인사하고 라운지를 나갔다. 밖에서 대기하던 시종이 청년의 뺨을 보고 조심스럽게 말했다.

"아헨에 치료술사를 대기시켜 놓을까요."

"그러세요."

청년은 무심하게 답했다. 게이트를 미리 준비시켰기에 아헨에 도착하는 건 한순간이었다. 게이트의 빛 사이에서 세니르의 모습이 점차 형상을 갖출 때였다.

허옇게 질린 보좌관이 한달음에 달려왔다.

"작은 도련님! 레이디 디아나에게 문제가 생겼습니다."

* * *

철창 사이를 삐져나온 푸른 관목과 꽃나무들, 갈색 벽돌로 쌓은 담벼락 위에는 치즈 색 고양이가 다리를 모으고 앉았다. 하늘이만 보면 재빠르게 도망가는 통에 이렇게 하늘이가 없을 때만 보였다.

집 앞의 골목을 벗어나 대로로 들어가자 분위기가 순식간에 변했다. 와자지껄한 길거리에는 그녀의 또래로 보이는 교육원생들이 보였다. 교복인 듯 같은 케이프를 두른 학생들과 선생님이 어디론가 우르르 걸어갔다.

디아나의 발은 익숙하게 우편국으로 향했다. 소포가 도착했다는 연락이 왔다. 받아 오겠다는 소피를 말리고 직접 나왔다. 무엇일지 예상이 갔다.

신나게 발걸음을 재촉하는 그녀의 앞을 누군가 막아섰다. 별생각 없이 지나치려는데 다시 따라와 막았다. 의아하게 상대를 올려본 순간 숨을 들이켰다.

"이런 우연이 다 있나. 여기서 마주칠 줄 몰랐는데."

"……하우젠 경."

이름을 말하는 혀끝이 썼다. 아헨이 작은 도시도 아닌데 이렇게 마주칠 줄이야?

"저번에 보르도 저택에 갔더니 안 보이더군. 일을 그만뒀다고?"

하우젠 경이 게슴츠레한 눈으로 그녀를 위에서 아래로 훑었다. 절로 소름이 돋아 팔꿈치에 손을 올렸다.

"왜 말도 안 하고 그만둬. 아쉽게. 아, 잘렸다고 했나? 어쨌든 뭐 상관없나? 오히려 잘됐지."

"무슨 말씀인지……."

디아나가 주변을 흘끔거렸다. 다들 바쁘게 걷느라 아무도 그녀에게 관심을 가지지 않았다.

"추천장도 없이 잘렸으니 생활이 힘들겠지."

하우젠 경이 안타깝다는 듯 가식적으로 말했다.

"그러니, 우리 집에 들어와서 일하는 건 어때?"

"네?"

"남작가보다 훨씬 넉넉하게 주마."

디아나는 일그러지려던 표정을 겨우 관리했다.

"제안은 감사하지만 괘, 괜찮아요."

"그러지 말고, 응?"

"정말 괜찮아요."

하우젠 경이 그녀에게 바짝 다가왔다. 치맛자락을 잡은 디아나가 한 발 멀어졌으나 하우젠 경은 다시 붙어 섰다.

"조, 조금 떨어져서……."

"잘 생각해 보는 게 좋을 거야. 너, 부모도 없잖아?"

"……."

"네가 날 잘 모시면, 내가 네 후견인이 되어 줄 수도 있잖아?"

디아나가 마른침을 꿀꺽 삼켰다.

"그, 하우젠 경은 약혼자이신 아티시아 아가씨가 계시잖아요. 이러시면 곤란해요."

"뭐?"

기가 막힌다는 듯 코웃음을 치곤 하우젠 경이 돌바닥을 걸어찼다. 그 위협적인 모습에 어깨를 움츠렸다.

"이거 아주 완벽히 웃기는 년일세? 건방진 계집이 주제도 모르고 지금 뭐라는 거야!"

하우젠 경의 고함에 어깨를 움츠렸다. 이 소란에 누군가 관심을 가지지 않을까 주변을 흘끗 살폈다.

하지만 사람들은 귀족으로 보이는 하우젠 경의 모습에 혹시라도 엮일까 무시하고 재빠르게 걸음을 옮겼다.

"내가 언제 너 좋대? 내가 언제 너 좋다고 했냐고!"

"아, 아니……."

디아나가 입술이 하얗게 되도록 깨물었다.

어쩜 이리 뻔뻔할 수가.

물론 좋다고 직접 말하진 않았다. 하지만 저 눈빛, 입맛을 다시며 징그럽게 바라보는 시선을 어떻게 모르는가? 나이가 어리다고 아무것도 모르는 건 아니었다.

"어? 내가, 내가! 너처럼 천한 신분인 애를 거둬 주겠다는데. 그걸 감히 거절해?"

"……"

"아니, 우리 집에서 일하라는 게 그렇게 싫어할 일이야? 감히 그 따위 얼굴을 해? 네가 뭔데? 네까짓 게 뭔데?"

하우젠이 위협적으로 팔을 치켜들었다가 참는다는 듯이 자신의 머리를 쓸어 넘겼다.

"아, 진짜 열 받게 하네."

이런 어린 하녀 따위 다루는 법이야 아주 쉬웠다. 먼저 겁을 준 다음 다시 잘해 주는 척 구슬리면 되었다. 그러다 말을 안 들으면 조금 뭐 손이 올라갈 수도 있지만, 어차피 하녀 따위가 그를 거절할 순 없었다.

"내 제안에 감사하다고는 못할망정 왜 화나게 만들어! 엉?!"

처음 보르도 저택에서 봤을 때부터 탐나던 하녀였다. 하지만 약혼자의 체면에 입맛만 다셨다. 그런데 마침 이렇게 기회가 났다.

이런 천재일우를 놓칠 수 없었다. 어차피 고아 계집 아닌가. 가지고 놀다 버려도 아무 탈도 없었다.

"아니, 그러니까. 이렇게 화를 내려는 게 아니었는데. 네가 화나게 만들어서잖아. 그렇지? 네가 잘못했지?"

미안하다고 해야 하나? 여기서 사과하고 참으면 그냥 넘어갈 수 있나?

'……싫어.'

싫었다. 그녀는 잘못하지 않았다. 사과하고 싶지 않았다. 보르도 저택에 있을 땐 항상 모두가 그녀에게 참으라고 했다.

네가 참고 넘어가면 되지, 왜 일을 크게 만드느냐 했다. 그녀의 잘못이 아님에도.

입술을 질끈 문 디아나가 고개를 들었다.

"시, 싫어요."

"……뭐?"

"제가 왜 하우젠 경에게 사과해야 하나요?"

"너 지금 뭐라고 했어?"

하우젠 경의 얼굴이 확 하고 붉어졌다. 한번 말하고 나니 그 뒤는 오히려 쉬웠다.

"전혀 감사하지도 않고 오히려 부담스러워요."

"이게 진짜?!"

하우젠 경이 손을 치켜든 순간 디아나가 반사적으로 손을 들어 막으며 눈을 꽉 감았다. 그러나 예상했던 통증은 없었다.

"여기 계셨군요."

귓가가 간지러운 온화한 목소리. 디아나가 눈을 살그머니 떴다.

후드를 푹 눌러썼음에도 눈에 띄는, 섬세한 선을 지닌 수려한 얼굴. 가늘게 뜬 눈이 왕방울만 해졌다.

이 사람이 왜 여기에?

왠지 모르게 지쳐 보이는 세니르가 안도한 듯한 숨을 내쉬더니 몸을 숙였다.

"어?"

세니르를 따라 시선을 내린 디아나가 신음성을 토했다.

'어? 하늘이는 또 언제 따라 나왔지?'

세니르가 발치의 하늘이를 그녀의 품에 건네주었다. 하늘이가 낑낑거리며 그녀의 얼굴을 핥았다. 마음이 잠깐 안정됐다.

"너 뭐야?"

하우젠 경이 분기 어린 목소리로 가로막은 자의 어깨를 짚었다.

"조, 조심해요."

디아나가 희게 질린 얼굴로 세니르의 로브 자락을 잡았다.

세니르는 걱정하지 말라는 듯 웃어 보이곤 느릿하게 몸을 돌렸다. 그가 후드 자락을 잡고 내리자 스르륵 드러나는 햇살 아래로 반짝이는 백금발이 흐트러졌다.

하우젠 경이 눈을 부릅떴다.

"오, 오, 오, 오, 오흐리드 영식?"

얼마나 당황했는지 '오'를 네 번이나 말했다.

그리고 그의 말에 디아나 또한 그대로 굳었다. 지금 뭐라고?

세니르가 자신의 어깨를 짚은 하우젠 경의 손을 툭 쳤다. 하우젠 경이 벌에라도 쏘인 듯 화들짝 놀라며 손을 뗐다.

"아, 아니, 오, 오흐리드 영식이 대체 왜, 왜 여기에……."

"설명해야 합니까?"

"예, 예? 무, 물론 아닙니다."

"오히려 제가 궁금하군요."

세니르가 그녀를 힐끗 뒤돌아보았다. 하우젠 경의 당황한 얼굴이 여실히 보였다.

"원래 이렇게 다른 이를 핍박합니까?"

"아, 아니, 그, 그게 핍박이라니요!"

하우젠 경이 펄쩍 뛰었다.

"저희는 그, 그저 그, 그 뭐냐 그, 잠시 대화를 하고 있었을 뿐입니다. 그렇지, 디아나?"

하우젠 경이 디아나에게 어서 동의하라는 듯 눈알을 부라렸다.

설마 내가 동의할 거라고 생각하는 건가?

입술을 깨문 디아나가 고개를 가로저었다.

"아니요. 거절하는데도 자꾸 자기 집에 가자고……."

"그 입 안 닥쳐?!"

하우젠 경이 버럭 소리쳤다.

"오흐리드 영식, 저년이 거짓말을……!"

"소리도 지르시는군요."

"아, 죄, 죄송……."

하우젠 경이 사과하려는 걸 자른 세니르가 그녀를 돌아보았다.

"제가 아니라 레이디께 사과하셔야죠."

순간 하우젠 경의 턱에 힘이 빳빳하게 들어갔다.

"오흐리드 영식이 이런 사소한 일에 신경 쓰시다니요."

"그래요?"

세니르 뒤편에 있던 디아나는 그의 얼굴을 볼 수 없었으나 세니르와 마주한 하우젠 경은 무얼 보았는지 안색이 순식간에 창백해졌다.

흔들리는 눈을 한 하우젠 경의 시선이 디아나를 향했다. 그러나 진정 사과하자니 자존심이 상하는 모양이었다. 하우젠 경의 얼굴이 차츰차츰 일그러졌다.

디아나는 그가 곧 됐다며 고함을 지를 거라고 생각했다. 그러나 이를 악문 하우젠 경은 그녀에게 고개를 숙였다.

"미안, 하군."

디아나가 입을 가볍게 벌렸다. 시뻘겋게 변한 얼굴의 하우젠 경이 세니르를 향해 말했다.

"그, 그럼 이만 가 보겠습니다. 그……저…… 다음에 뵈었을 때 인사를 한 번만…… 아, 아니 강요는 아닙니다."

하우젠 경이 주춤주춤 물러나다 어느 정도 멀어지자 줄행랑치듯 도망쳤다.

"……."

"……."

"괜찮나요, 레이디 디아나?"

세니르가 느리게 뒤를 돌아보았다.

"네. 괜찮아요."

하우젠 경이 눈앞에서 사라지자 그제야 등에 맺힌 식은땀이 느껴졌다. 디아나가 품 안의 하늘이를 꽉 끌어안았다. 두근거리는 온기가 안정감을 주었다.

하찮은 모습을 보니 저런 인간에게 겁을 먹은 사실이 우습고…… 억울했다. 그리고 저런 쓰레기에게도 함부로 대들 수 없는 자신의 신세가 서럽기도 했다.

'답답해…….'

디아나는 고개를 숙인 채 분한 마음을 억눌렀다. 조금씩 술렁이던 마음이 진정됐다. 다행히 금세 잔잔해졌다. 그녀가 괜찮아진 걸 귀신같이 알아챈 하늘이가 답답했는지 품에서 뛰어내렸다.

디아나가 세니르를 향해 고개 꾸벅 숙였다.

"도와주셔서 감사해요. 세니……."

감사를 표하던 디아나는 말을 흐렸다. 잠시 잊고 있던 사실이 다시 떠올랐다.

'오흐리드 영식이라고…….'

흘끗 얼굴을 본 디아나가 깜짝 놀라 고개를 치켜들었다. 세니르의 로브 자락을 잡고 까치발까지 든 디아나가 그에게 물었다.

"세니르? 뺨이 왜 그래요?"

"……아."

세니르는 그제야 자신이 뺨을 맞았던 사실을 떠올렸다. 치료술사를 만나 볼 시간도 없이 다급히 오느라 그대로 잊어버리고 있었다.

"엄청 붉어요. 이건 맞은……아니, 괜찮아요?"

울상을 한 디아나가 뺨을 살폈다. 하우젠 경에게 위협받을 때보다 더 희게 질린 모습이었다. 세니르가 디아나에게서 슬쩍 멀어지며 손등으로 뺨을 가렸다.

"이건 신경 쓰지 않아도 됩니……."

그러나 세니르가 말하고 있는 와중 디아나가 "잠시만요!"라고 외치더니 식료품 가게로 뛰어 들어갔다.

그러곤 금세 다시 나타났다. 달려온 디아나가 세니르에 뺨에 차갑게 젖은 손수건을 대었다. 축축하고 서늘한 감촉에 세니르가 말리듯 디아나의 손목을 붙잡았다.

그러나 세니르는 붙잡은 손목에 도저히 힘을 줄 수 없었다. 동그랗게 뜬 눈은 눈물이 그렁그렁했다.

"……많이 아파요?"

"……."

"흐으, 어떡해."

세니르는 아무 답도 하지 못했다. 이럴 땐 무슨 표정을 지어야 하는지 알 수 없었다.

생경했다. 누군가 그를 걱정하는 모습을 보는 것 자체가 너무 오랜만이었다. 뒤늦게 입을 열었다.

"괜찮습니다."

"하지만 당신은 그……."

디아나가 머뭇거렸다.

어떻게 말해야 하는지 알 수 없었다. 오흐리드의 후계자니까 병원에 가 보는 게 좋지 않나? 그런데 대체 오흐리드의 후계자가 왜 뺨을 맞고 다니지? 누가 때린 거지? 그런데 정말 오흐리드의 후계자인가? 신문에 나온 사람과 닮았다곤 생각했지만, 진짜 본인일 줄은 상상도 못 했다.

여러 질문이 엉켜 머리가 핑핑 돌았다. 결국, 디아나는 떠오르는 말 중 가장 근본적인 질문을 했다.

"오흐리드의 후계자세요?"

세니르의 금색 눈동자가 디아나의 정면으로 마주쳤다.

흔하지 않은 색의 눈동자였다. 마치 맹수를 마주한 것 같은 느낌에 바짝 굳었다. 세니르가 시선을 모로 비켜 내렸다.

"예. 그렇게들 부르죠."

세니르의 입가에 어린 미소는 흔들림 하나 없었다.

'왜 나한테 평민이라고 거짓말을 했지?'

그녀에게 거짓말을 해서 그가 얻을 이득이 전혀 없었다.

'물어볼까?'

그러나 곧 그만뒀다. 물어봐 무얼 어쩌겠는가.

디아나는 잠자코 손수건을 뒤집어 접었다. 찬기가 남아 있는 반대 부분을 세니르의 뺨에 대며 말했다.

"이 손수건을 가지고 다니길 잘했네요."

세니르가 디아나에게 건넨 손수건이었다.

"만나면 돌려드리려고 들고 다녔는데. 아, 물론 정말로 만날 수 있을지는 몰랐지만요."

세니르가 맑게 웃었다. 웃는 모습이 정말 그림 같았다. 목소리도 부드러운 것이 마치…… 디아나가 정신 차리기 위해 머리를 흔들었다. 다행히 뺨의 붉기는 조금 가라앉았다.

'가게에 들어가서 한 번만 더 적시고…….'

생각에 잠겼던 디아나는 세니르의 말을 뒤늦게 들었다.

"……어떻게 하길 원하나요?"

"네? 아, 미안해요. 제가 앞부분을 못 들었어요."

"하우젠 영식을 어떻게 할까요."

"네?"

세니르가 디아나의 손에서 손수건을 가져갔다. 몸짓이 너무 자연스러웠기에 디아나는 그가 손수건을 가져가는 것에 신경 쓰지 못했다.

"하우젠 경을 어떻게 하다니요?"

"우선 하우젠 영식에게 '경'이라는 호칭은 맞지 않아요."

"그래요?"

디아나가 빈손을 치맛자락에 문질렀다. 무슨 차이인지 알 수 없었다. 그녀의 마음을 읽기라도 한 듯 세니르가 설명해 주었다.

"'경'이란 호칭은 기사 서임을 받은 자들을 위한 존칭입니다. 그리고 하우젠 영식은⋯⋯."

세니르가 피식 웃었다. 그건 분명 비웃음이었다.

"'경'이라는 존칭을 받기엔 아주 부족하죠."

아마 그는 자신이 오늘 죽을 뻔했다는 사실조차 모를 것이다. 세니르는 디아나의 곁에서 꼬리를 흔드는 검은 소환수를 보았다.

그런 멍청한 놈이라면 그냥 죽어도 상관없었으나 지금은 아니었다. 세니르를 지켜보던 디아나가 작게 웃었고, 그 모습에 세니르가 의아한 얼굴을 했다. 디아나가 아무것도 아니라며 손을 내저었다.

"세니르가 이렇게 저를 위해서 화를 내주는 게 좋아서요."

"⋯⋯제가 화를 냈다니요?"

"아니에요?"

심각한 표정이길래 화를 내는 줄 알았는데?

"제가 착각했나 봐요. 하지만 정말 도와주셔서 감사해요."

디아나가 환하게 웃었다. 그 티 없이 말간 웃음에 세니르가 그녀를 가만히 응시했다. 순간 디아나가 눈을 크게 떴다.

"아! 아, 맞다. 죄송해요. 그, 저…… 뭐라고 불러야 하나요? 지금까지는 죄송했어요. 제가 잘 몰라서요. 오흐리드 영식이라고 부르면 되나요?"

세니르가 허탈하게 웃었다.

"하우젠 영식은 앞으로 이런 일이 없도록 제가 해결하도록 하죠."

"그래 주시면 저야 감사하죠. 아헨이 좁은 편도 아닌데 왜 자꾸 마주치는지……."

"전에도 이런 일이 있었나요?"

디아나가 설레설레 고개를 저었다.

"그땐 제가 먼저 보고 피해서 별일은 없었어요."

"그렇군요."

"설마 또 마주치진 않겠죠?"

"그럴 겁니다."

단호한 대답이었다. 의아하게 세니르를 보았던 디아나가 또다시 웃었다. 왠지 믿고 싶어졌다.

"그러면 좋겠네요."

"그리고 호칭은 세니르로 충분합니다."

"그래도 되나요?"

디아나가 조심스럽게 되물었다.

"편하게 생각하세요."

"으음, 알겠어요."

어렵다…….

디아나가 속으로 한숨을 쉬었다. 본인이 괜찮다니까 정말 괜찮은 거겠지?

어느새 주변 사람들이 세니르를 힐끗거렸다. 시선이 의식된 순간 갑자기 무척 부담스러워졌다.

"저어, 그럼 세니르. 오늘 도움은 감사해요. 뺨은 꼭 치료하시고요. 이만……."

"잠시만요. 레이디 디아나."

주춤주춤 멀어지던 디아나를 세니르가 다시 불렀다.

"왜, 왜요?"

세니르는 고민스러운 기색이었다.

"제게 더 하실 말씀 있나요?"

"부탁드릴 것이 있습니다."

"……저에게요?"

"예. 레이디 디아나만이 하실 수 있는 일입니다."

"네?"

물론 그녀를 구해 주었으니 간단한 부탁 정도야 상관없지만, 오흐리드 후계자가 자신에게 부탁할 일이 뭐가 있단 말인가?

걱정이 무색하게도 세니르의 입에서 나온 말은 예상외로 무척 쉽고, 영문을 알 수 없는 내용이었다.

"레이디 디아나를 보고 싶어 하시는 분이 있습니다."

＊　　　＊　　　＊

"미안해요. 금방 갔다 올게요."

"천천히 와도 됩니다. 저도 잠시 처리해야 할 일이 있어서요."

세니르가 개의치 말라는 듯 웃었다. 하늘이를 집에 데려다 놓아도 되냐 물었을 때도 저렇게 웃었다.

마차에서 내린 디아나가 우편국으로 들어갔다.

'대체 누굴까?'

디아나는 자신이 질문했을 때를 떠올렸다.

「저를 보고 싶어 하시는 분이 계신다고요?」

디아나가 눈을 굴리며 고민했다. 그러나 전혀 짐작 가는 사람이 없었다.

「대체…… 어떤 분이요?」

「그건 여기서 말해 드리기 좀 곤란합니다.」

세니르가 정말 곤욕스러운 얼굴로 부탁했다.

「면목이 없습니다만, 레이디께 해가 되진 않을 겁니다.」

「……그래요?」

솔직히 당혹스러웠다.

'하지만 도와주었으니까.'

세니르가 아니었으면 얼마나 큰일이 벌어졌을지. 디아나가 몸을 부르르 떨었다. 보답으로 이 정도 부탁 정도야.

디아나는 우편국 안내원에게 숫자 패를 받았다. 줄은 짧았다. 직원이 금세 그녀의 숫자를 불렀다. 공교롭게도 저번에 그녀에게 무시한 직원이었다.

'돈도 없어 보이는데 일반 편지나 보내라고 했었지.'

왠지 입 안이 썼다. 직원은 그녀를 알아보지 못했다. 하루에도 수십을 만나는 곳이니 당연하다 생각했다. 디아나 또한 알아보길 원치 않았다. 그런데.

"무슨 일 때문에 오셨나요?"

"……어."

순간 당황했다. 원래 이렇게 말하는 사람이었나? 반말을 툭툭 내뱉으며 귀찮아했었는데 오늘은 무슨 영문인지 무척 사근사근했다.

"처음 오셨나요? 도움이 필요하시면 말씀하세요."

"아니요. 그, 소포를 찾으려고요."

디아나는 소포의 주인이라는 증명서를 내밀었다. 직원은 아주 친절하게 그녀의 접수를 도와주었다.

'……옷차림 때문인 건가?'

하긴. 옷을 새로 맞춘 후 이런 일이 한두 번이 아녔다.

마부부터 사소하게는 길거리 주스를 파는 상인까지 그녀를 언제 무시했냐는 듯이 변했다.

덕분에 소포를 금세 찾을 수 있었다. 우편국을 나온 디아나는 세니르와 만나기로 한 골목으로 향했다.

"아, 여깄다."

그녀를 우편국 앞에서 내려 주었던 마차였다. 너무 커다래 한쪽에 주차되어 있어도 그 존재감이 엄청났다.

그때 마차에서 콧수염을 멋지게 기른 사내가 나왔다. 사내는 피로한 표정으로 얼굴을 문질렀다.

"아휴, 진짜 살 떨려서⋯⋯."

홀로 중얼거린 사내가 그녀를 스쳐 지나갔다. 그러나 멈칫한 사내가 다급히 되돌아왔다.

"⋯⋯?"

사내의 움직임에 디아나가 고개를 갸웃 기울였다. 소스라치게 놀란 사내가 주춤 물러났다. 디아나 또한 덩달아 당황했다.

"피, 피, 피 필⋯⋯ 아니, 아니."

"괜찮으세요?"

사내의 얼굴이 귀신이라도 본 듯 창백했다.

"괜찮습니다. 괜찮고말고요. 시, 실례하죠."

모자를 눌러쓴 사내가 서둘러 멀어졌다.

"뭐지?"

조금 이상한 사람이었다. 얼굴에 뭐라도 묻었나? 디아나가 얼굴을 문질렀다.

마차에 다가간 디아나가 문을 두드렸다. 마차 문이 부드럽게 열렸다.

"빨리 오셨군요."

"제 얼굴에 뭐 이상한 거라도 묻었나요?"

"예?"

세니르가 기묘한 소리를 들었다는 듯이 고개를 기울였다. 기다란 속눈썹이 우아하게 깜빡였다.

"전혀요."

역시 아무 문제도 없는 모양이었다. 디아나가 마차에 앉자 바로 출발했다.

"무슨 일 있으셨나요?"

"아니에요. 어?"

디아나의 의문을 깨달은 세니르가 자신의 뺨을 손등으로 살짝 툭 쳤다. 언제 붉었냐는 듯이 붓기가 싹 사라진 상태였다. 이렇게 빠르게 가라앉을 수 있나?

"치료술사를 불렀습니다."

"다행이에요."

대체 누가 세니르를 때린…… 아니, 자신이 관여할 일이 아니었다.

"소포가 무척 크군요."

"학술원에 친구가 있는데, 매번 이렇게 생일 때마다 선물을 보내 줘요."

세니르가 약간 당황한 얼굴로 물었다.

"……생일이신가요?"

이를 알아채지 못한 디아나는 설레는 얼굴로 물었다.

"혹시 여기서 소포를 뜯어봐도 될까요?"

"물론이죠."

포장을 뜯자 안에서 나온 건 기름 등불처럼 생긴 물건이었다. 어디에 쓰는 물건이지?

그녀가 요리조리 살피고 있을 때였다. 손을 뻗은 세니르가 한 부분을 눌렀다. 이윽고 중앙 구슬에서 빛이 나왔다.

"어?!"

"마법등입니다."

디아나의 눈이 반짝였다.

"여기를 누르면 켜집니다."

세니르가 약간 튀어나온 금속 버튼을 가리켰다. 그가 한 번 더 누르자 빛이 좀 더 밝아졌다.

"한 번 더 누르면 더 밝아지고, 다음 차례엔 꺼지게 돼 있네요."

"우와!"

달칵 버튼을 누르자 빛이 사그라들었다.

디아나는 세니르가 가르쳐 준 대로 버튼을 눌렀다.

"우와."

누르고 감탄하고 또 누르고 감탄하고. 한참 그렇게 정신없이 마법등을 눌러볼 때였다. 세니르가 갑자기 몸을 숙였다. 훅 다가온 세니르의 백금발에 디아나가 깜짝 놀라 몸을 젖혔다. 다시 몸을 바로 세운 세니르가 미안한 목소리로 말했다.

"놀라게 해서 미안합니다."

세니르가 그녀에게 카드를 건넸다.

"여기 떨어져 있어서요."

"어? 아, 왠지 카드가 없더라니. 고마워요."

[열세 번째 생일을 축하하며. 테시오르 파브레.]

"테시오르 파브레라면 파브레 백작가의 차남이 맞나요?"

"네. 아세요?"

"만나 본 적은 없습니다. 그저……."

세니르가 가볍게 말을 골랐다.

"파브레 백작가의 장남이 사고사하고, 차남은 학술원을 다닌다는 것 정도를 알 뿐이죠."

"아하."

"친한 친구신가 보군요."

"으음…… 네. 저는 그렇게 생각해요."

"생각이요?"

"얼굴 본 지가 너무 오래돼서요. 마지막으로 본 게 언제지."

디아나가 손을 꼽았다. 어머니가 돌아가시기 전이니 5년이 넘었다. 이렇게 편지는 꾸준히 주고받지만, 솔직히 자신은 없었다.

이러다 어느 날 갑자기 편지가 오지 않아도 어쩔 수 없다고 여기고 있었다.

"그리고 테시오르는 귀족이라서요."

디아나가 한숨을 푹 내쉬었다.

"저는 평민이고요."

"귀족과 평민은 친구가 될 수 없는 건가요?"

"물론 될 수 있다고 생각해요. 생각하지만…… 이제는 잘 모르겠어요."

아티시아의 곁에 있을수록 그녀의 자신감은 바람이 새는 풍선처럼 쪼그라들었다.

"무슨 일이 있었나요?"

물론 세니르는 알면서 묻는 것이었다. 아티시아 보르도가 디아나를 대하던 태도는 약간의 조사만으로도 바로 나왔으니까.

만약 디아나가 아티시아에게 보복하길 원한다면 세니르는 그 바람을 들어줄 자신이 있었다. 아니 바라기도 했다.

그건 조금 신기한 일이었다. 거래나 필요성에 의해서가 아니라 그냥 마음이 그러기를 원했다.

"아니요."

그러나 원하는 대답은 나오지 않았다. 세니르의 낯이 슬쩍 굳었다.

"그냥…… 제 노력만으로는 안 되는 일이 있더라고요."

디아나는 씁쓸하지만 어쩔 수 없다는 듯 작게 웃었다.

"그렇군요."

세니르는 아쉬운 감정을 느꼈다. 평소라면 개의치 않았다. 그러나 어쩐지 디아나와는 별개로 그냥 자신의 마음대로 하고 싶어졌다.

멈춘 마차에 디아나가 창밖을 보았다.

"벌써 도착했나요?"

"아뇨. 도착한 건 아닙니다."

그럼 왜 멈춘 거지?

세니르가 마차 문을 열고 먼저 내렸다. 옅은 상아색 로브 자락이 마차 턱에 걸렸다가 스르륵 내려갔다.

뒤따라 내리려는 디아나에게 세니르가 손을 내밀었다.

"게이트를 탈 겁니다. 이용해 보신 적 있나요?"

"네? 뭘 탄다고요?"

고개를 갸웃한 세니르가 말했다.

"게이트요. 혹시 게이트가 무엇인지 모르십니까?"

"아뇨. 아뇨, 그게 아니라……."

게이트는 보르도 남작가에서도 쉽게 이용하지 못했다. 1년에 한 번 황실 무도회에 참석하기 위해 제도에 갈 때 정도가 고작이었다.

심지어 하녀와 하인, 기사의 경우에는 게이트가 아니라 마차로 올려 보냈다.

"비싸지 않아요?"

세니르는 그녀의 말이 오히려 놀랍다는 듯 되물었다.

"게이트가요?"

"……."

디아나는 침묵했다.

'그래. 부자 가문이랬지.'

새삼스럽게 다시 느껴졌다. 그녀는 이해를 포기했다.

"준비는 끝났습니다. 바로 출발하시면 됩니다."

건물 안에서 저번에 한 번 봤던 보좌관이 나왔다. 그 보좌관에게 곱게 개켜진 무언가를 받은 세니르가 디아나에게 다가왔다.

"잠시 실례하겠습니다."

주춤 물러나려던 디아나가 세니르의 손에 든 걸 보고 멈췄다. 회색 로브였다. 세니르가 디아나의 어깨에 로브를 걸쳐 주고 후드를 씌웠다. 앞이 반 이상 가려졌다.

"저, 이걸 왜……."

디아나가 답답함에 후드를 걷었다.

"어디 가는 건데요?"

"하임덴이요."

"……네? 뭐라고요? 하임덴이요?"

제도 하임덴. 하임바르덴 제국의 수도였다. 세니르가 디아나에게 다시 후드를 씌워 주었다. 앞이 다시 가려졌다. 입을 뻐끔거리던 디아나가 결국 체념했다.

"저 돌려보내 주시는 거죠? 혼자는 못 돌아와요."

"물론입니다."

세니르가 싱긋 웃으며 말을 이었다.

"돌아가고 싶으시다면 얼마든지요."

*　　　*　　　*

눈앞이 멀어 버릴 것 같은 빛이 사라지고 갑자기 탁 트인 공간이 나왔다. 바닥을 딛고 있는데도 배를 타고 가는 것처럼 어지러웠다. 울렁거리는 속에 입을 막고 비틀거렸다. 누군가의 손이 단단하게 붙잡아 주었다.

"게이트를 처음 이용할 경우 멀미를 호소하는 사람이 종종 있습니다."

바로 앞에서 움직이는 입이 보이는데 저 멀리에서 말하는 것처럼 들렸다. 디아나가 어지러움에 눈을 감았다.

"조금 쉬면 괜찮아집니다. 숨을 크게 들이쉬었다 내뱉으세요."

세니르의 팔을 부여잡은 디아나가 숨을 들이쉬었다.

'식사하고 게이트를 탔으면 토했을지도…….'

빈속이라 다행이었다. 그러고 보니 정신이 없어서 점심도 건너뛰었다. 조금 쉬자 상태가 좋아졌다.

"이제 괜찮아요."

세니르는 그녀의 로브를 한 번 더 세심하게 정돈해 주고 멀어졌다.

커다란 원형의 공간이었다. 돔형으로 뚫려 있는 천장으로 하얀 구름이 흘러가는 푸른 하늘이 보였다.

바닥을 본 디아나는 깜짝 놀랐다. 미약한 빛이 나는 마법진이 마치 살아 있는 듯 꿈틀거리며 모양을 바꿨다.

"일단 진 위에서 나오죠."

디아나가 세니르가 이끄는 대로 따라갔다. 문이 따로 없는 아치형의 통로로 향했다.

많은 사람이 오고 갔다. 그들처럼 후드를 뒤집어쓰고 머리끝부터 발끝까지 가린 사람들도 꽤 많았다. 반질반질한 대리석 위를 걸어가다 모퉁이를 돌자 계단이 나타났다. 여기서부터 사람이 급격하게 줄어들었다.

봉오리 모양으로 조각된 난간을 짚으며 나선형 계단을 올라가자 한쪽이 트인 회랑이 나왔다.

난간 아래로 디아나가 도착했던 원형 공간이 보였다. 발치에서 빛나던 마법진은 위에서 보자 그 규모가 훨씬 더 장대했다.

'계속 모양이 바뀌네.'

마법진을 보던 디아나는 걸음을 멈춘 세니르를 보지 못하고 그 대로 그의 등에 얼굴을 박았다.

"아!"

"괜찮습니까?"

다행히 세게 박지는 않았다. 디아나가 코를 문지르며 괜찮다고 고개를 끄덕였다.

"여기는……."

"여기로 들어가시면 됩니다."

세니르가 바로 앞의 아치형 문을 가리켰다. 짙은 고동색의 문에 는 금으로 된 조각이 양각돼 있었다.

나뭇잎이 달린 가지를 부리에 문 새였다.

'금화 모양이잖아?'

이게 왜 여기 새겨져 있지? 은행도 아니고. 세니르가 문 앞에 시립한 하인에게 손짓했다. 하인의 노크 소리에 디아나가 퍼뜩 고개를 들었다.

"작은 도련님이 손님과 함께 오셨습니다."

"들어오거라."

문 안쪽에서 목소리가 들렸다. 저도 모르게 바짝 긴장하곤 문이 열린 방 안으로 들어섰다.

휴게 공간처럼 보이는 곳이었다. 천장에는 크리스털로 된 샹들리에가, 크림색의 벽 곳곳에는 넝쿨 모양의 황금 조각이 있고, 고동빛 소파 테이블 위에는 낮은 채도의 꽃들로 장식된 크리스털 화병이 있었다.

그리고 그보다 더 안쪽에서 다시 한번 목소리가 들렸다.

"열셋이라더니, 열 살 내외로 보이는데."

나직한 중년 여성의 목소리였다. 뒤따라 쪼르륵 음료를 잔에 따르는 소리도 들렸다.

'처음 듣는 목소린데.'

후드로 가려진 시야 끄트머리에 바퀴 달린 의자가 보였다.

'다리가 불편하신가?'

휠체어를 실제로 보는 건 처음이었다.

"얼굴을 보여 주겠나?"

여인이 무미건조하게 물었다.

디아나가 후드를 당겨 넘겼다. 고개를 가볍게 흔들며 정전기에 부푼 머리를 정돈했다.

쉰 정도 될까? 눈가에 어린 주름, 관자놀이 부근의 희끗희끗한 머리가 여인의 나이를 짐작게 했다.

"안녕하세요. 처음 뵙겠습니다. 디아나라고 해요."

그러나 마땅히 올 답변이 없었다. 고개를 갸웃한 디아나가 말을 이었다.

"절 뵙고 싶어 하셨다고 들었어요."

"……."

침묵에 디아나가 세니르를 돌아보았다. 눈이 마주친 세니르가 부드럽게 웃었다.

'내가 뭘 잘못 말한 것 같진 않은데.'

다시 돌아본 여인의 손에서 잔이 그대로 미끄러졌다.

쨍그랑—

떨어진 유리잔이 산산조각 나며 붉은빛의 와인이 카펫에 스며들었다. 그러나 여인의 시선은 그녀에게서 떨어질 줄 몰랐다.

"부인?"

디아나가 걱정스럽게 말했다.

"오, 세상에. 세상에, 신이시여."

여인이 장갑을 낀 손으로 입을 막았다. 디아나는 왠지 모르게 이 상황이 익숙하게 느껴졌다.

"잠시만, 가까이……."

여인 뒤편의 하녀가 휠체어를 밀어 다가왔다. 어느새 붉어진 여인의 주름진 눈매가 왠지 모르게 익숙했다.

"혹시 어디서 뵌 적이 있나요?"

디아나의 말에 여인이 왈칵 눈물을 터트렸다.

"부인?!"

당황한 디아나가 주변을 둘러보았다.

마침 세니르와 눈이 마주쳤다. 세니르는 그녀를 향해 미약한 미소를 짓곤 살짝 고개를 숙였다.

"세상에…… 정말, 정말로 내 딸이……."

방 안의 다른 고용인들이 뻣뻣하게 굳었다. 철혈이라는 단어가 아깝지 않은 백작이 눈물을 흘리는 모습은 처음이었다. 백작의 눈물을 보는 순간, 모두 저 소녀가 진짜라는 사실을 깨달았다.

'이게 대체 무슨 일이지.'

여인이 입을 가리던 손을 디아나에게 뻗다 다시 되돌렸다. 장갑을 벗은 여인이 다시 손을 뻗었다. 뺨에 뜨겁지도 차갑지도 않은 온기가 닿았다.

"괜찮으세요?"

디아나가 조심스럽게 말했다.

처음 보는 사람이 얼굴을 더듬고 있었다. 무례하게 느껴질 만도 했지만, 왠지 떼어 낼 생각은 들지 않았다.

"혹시 말, 이야. 혹시……."

여인의 음성은 집중하지 않으면 들리지 않을 정도로 가느다랬다.

"네 어머니가 피, 필리, 필……."

여인은 차마 그 이름을 말할 수 없는지 몇 번이나 더듬거렸다.

"……필리파니?"

여인은 디아나가 답하기 전 먼저 고개를 저었다. 부드럽게 틀어 올린 여인의 머리가 움직임에 따라 흐트러졌다.

"아니, 아니. 네 어머니가 필리파가 아닐 수 없어. 네 어머니는 필리파야. 그렇지?"

확신에 찬 어조였다. 디아나는 여인을 응시하다 조심스럽게 고개를 끄덕였다.

"제 어머니를 아세요?"

"당연히, 당연히 알지. 어떻게 모르겠어."

여인이 디아나의 손을 살며시 잡았다. 미지근한 온도가 닿았고 그 위로 방울방울 떨어진 눈물은 뜨거웠다.

"모르, 모르겠니? 나는…… 나는, 네……."

여인의 말을 듣고 싶기도 했고 왠지 듣고 싶지 않기도 했다. 이유는 없었지만, 심장이 거세게 뛰었다.

"네 할머니란다."

"……."

손등의 눈물 자국을 보던 디아나의 시선이 천천히 올라갔다.

여인이 손짓하자 하녀가 테이블 위에 작은 액자를 들고 왔다.

"여기, 이걸, 이걸 한번 보아라."

받아 든 액자에는 흑백 사진이 보였다. 오래된 사진의 화질은 좋지 못했다. 하지만 얼굴을 알아볼 정도는 되었다.

액자 안의 앳된 얼굴이 익숙했다. 디아나의 흔들리는 눈동자가 테이블 한쪽의 거울을 향했다. 그리고 다시 액자를 보았다가, 여인을 보았다가, 거울을 보았다가 수 번을 반복했다.

"이게, 이게 무슨……."

비틀거리며 테이블을 짚은 디아나가 헐떡이는 입을 틀어막았다.

"……정말 제 할머니세요?"

"그래. 정말, 정말이란다."

"정말로요? 진짜로요?"

"그래. 진짜란다."

그러니까 정말로…… 사진 속 사람은 엄마였다. 디아나가 기억하는 어머니보다 조금 어렸고, 어린 어머니 곁의 여인은 눈앞의 부인이 젊었을 적이었다.

"하…… 하하, 하. 이게, 무슨……."

너무 어처구니가 없어 웃음이 터졌다.

"왜 이제야? 아니 진짜로? 왜……."

디아나가 여인의 팔을 움켜쥐고 애처롭게 물었다.

"진짜 제 할머니세요?"

"그래."

"진짜로요?"

"그래."

어느새 디아나의 눈에도 눈물이 그렁그렁 맺혔다. 디아나는 고개를 저었다. 눈물이 나면서도 웃음이 터졌다. 너무 현실감이 없었다.

"왜요? 대체 왜 이제야……."

"어느 날 필리파가 사라졌다. 나는 모든 수단을 동원했지만 찾을 수가 없었어."

여인의 뺨이 눈물로 젖어 들어갔다.

"그런데 얼마 전 필리파의 재산이 누군가에게 상속되었지."

"설마……?"

헤르만이 넘겨준 유산?

"우리는 그 재산의 주인을 찾았다. 그리고 내 딸과 똑같이 닮았다는 소리를 들었다. 그 아이의 어머니는 이미 죽었다고 들었고."

몸을 숙인 여인이 옷자락을 움켜쥐었다.

"나는 믿지 않았다. 내 딸이 죽었다는 것도, 손녀가 있다는 것도. 하지만…… 혹시, 혹시나……."

여인이 입술을 깨물곤 고개를 숙였다.

숨이 막혀 왔다. 믿을 수가, 믿기지 않았다. 심장이 뛰는 소리가 귓가에 쿵쾅거렸다.

어머니가 돌아가시고 수도 없이 꿈을 꿨었다. 혹시 다른 가족이 그녀를 찾아올 수도 있지 않을까. 처음으로 아버지를 찾고 싶기도 했다.

아버지, 그도 아니면 친척이라도. 어딘가엔, 그래도 한 명 정도는 그녀를 보호해 줄 사람이 있지 않을까. 누구라도 의지하고 싶었다.

그러나 하루, 이틀. 고단한 생활 속에 희망은 빛바랜 종이처럼 삭아 부스러져 갔다.

"너는 내 손녀가 맞아. 맞다. 아닐 리가 없어."

디아나는 부인하기 위해 입술을 달싹였다. 목소리가 나오질 않았다.

'이걸 믿으라고?'

헐떡거리던 디아나가 손에 든 액자를 내려다보았다. 그러나 앞이 흐려 사진 속 얼굴이 보이질 않았다. 어느새 뺨이 눈물로 흥건하게 젖어 있었다. 누구보다 믿고 싶었고 또 믿고 싶지 않았다.

만약 거짓말로 밝혀진다면? 차라리 처음부터 희망 따윈 없는 게 나았다.

울다 웃기를 반복하던 디아나가 자신의 볼을 꼬집었다. 아팠다. 그런데도 거짓 같았다. 다시 꼬집으려 하자 누군가 디아나의 손을 붙잡았다.

"그러지 말아라. 아프잖니. 꿈이 아니란다."

디아나를 붙잡은 여인의 손이 덜덜 떨리고 있었다. 디아나가 얼굴을 일그러트렸다. 짐승의 신음 같은 울음소리만 났다.

"디아나, 울지…… 울지 말아라."

결국, 바닥에 주저앉은 디아나가 두 손에 얼굴을 파묻었다.

"고개를 들어 주렴. 얼굴 좀 보자꾸나."

디아나는 계속해서 고개를 저었다.

"그래, 싫으면 그냥 들지 않아도 된단다. 울지 말고. 응?"

어떠한 말에도 그저 계속 젓기만 했다.

너무 믿고 싶었다.

*　　*　　*

한참을 바닥에 주저앉아 아니, 엎드려 진이 빠질 정도로 울었다. 얼마나 오열했는지 몸을 일으키려 하자 머리가 핑 돌았다. 그대로 쓰러질 뻔하여 사람들이 의사를 부른다며 소란이 벌어졌었다.

달칵 문이 열리고 나이가 지긋한 하녀가 들어왔다.

"여기 얼음주머니예요."

"강사해여."

코가 막혀 맹맹한 소리가 났다, 거울에 퉁퉁 부은 눈이 보였다.

내일 아침이 되면 아주 볼만할 것 같았다.

디아나가 부드러운 천으로 감싼 얼음주머니를 눈 위에 올렸다.

"아, 싱웡하다."

반사적으로 감탄사가 나왔다. 살짝 미소 지은 하녀가 새 손수건을 건네주었다.

"이걸로 코 푸세요."

부드러운 감촉의 손수건이었다. 디아나가 잠시 머뭇거렸으나 결국 킁 하고 코를 풀었다. 숨쉬기가 한결 편해졌다. 온몸의 수분을 다 뺄 기세로 울어서인지 손가락 하나 까딱하기 힘들었다.

"디아나."

"킁, 네."

잠시 자리를 비웠던 할머니가 돌아왔다. 디아나가 한 번 더 코를 풀고 얼음주머니를 내렸다.

"혹시 필리파에게 친부에 대해 들은 적 있니?"

"……아버지요?"

"그래."

할머니의 눈이 왠지 모르게 절실했다. 디아나가 고개를 저었다.

"아니요. 들어 본 적 없어요."

"그렇구나."

그런데 조금 느낌이 이상했다. 할머니는 그녀의 답에 안도한 느낌이었다. 아버지를 모른다고 하는데 안도하다니? 찾길 바라는 것이 아니었나?

"그럼 혹시 필리파가 나를 언급하지 않았니?"

할머니도 어머니를 헤르만과 같은 이름으로 불렀다.

'계속 듣다 보니 익숙해지는 것 같기도.'

기억을 더듬던 디아나가 고개를 저었다. 이번에도 답은 같았다.

"잘 모르겠어요."

디아나가 면목 없는 얼굴로 우물거렸다.

"제가 어릴 때 돌아가서서요. 기억 못 하는 걸 수도 있어요."

"……그래?"

할머니가 씁쓸한 얼굴을 했지.

그러고 보니 정말 이상했다. 할머니가 이렇게 건강하게 계시는데 왜 엄마는 할머니에 관한 이야기를 한 번도 한 적 없을까?

아니, 아버지에 관한 얘기, 헤르만에 관한 얘기를 한 적도 없었다.

'나 정말 엄마에 대해 하나도 모르는구나.'

디아나가 작게 말했다.

"죄송해요."

"네가 죄송할 게 뭐 있니. 다 내 잘못이다."

디아나는 입술을 달싹거렸으나 위로의 말을 찾지 못했다.

"내 잘못이다. 진작 내가……."

깊은숨을 내쉰 할머니가 다시 고개를 들었다. 그쳤나 싶던 눈물이 다시 날 것 같았다. 디아나가 손을 들어 얼굴을 묻었다.

할머니가 놀라 그녀를 향해 몸을 숙였다.

"왜, 왜 또 그러니?"

고개를 푹 숙인 디아나가 좌우로 흔들었다.

"제발 울지 말려무나."

"아, 안 울어요."

하지만 이미 목소리가 젖어 있었다. 당황한 할머니가 그녀의 어깨를 토닥였다. 무척 어설픈 손길이었다. 결국, 다시 눈물이 터져 버렸다.

또다시 한참 뒤에야 진정했다.

'하으, 죽겠다.'

누군가 손가락으로 건드리기만 하면 터지는 주머니가 된 것 같았다. 너무 울어서 머리가 다 지끈거렸다.

할머니가 그녀에게 시원한 물주머니를 건네주었다.

"저기요. 그럼······."

"저기?"

할머니가 정말 괴상한 소리를 들었다는 듯 디아나를 보았다. 살짝 상처받은 것 같기도 했다.

"할머니라고 부르렴."

할머니가 아차 싶은지 조심스럽게 덧붙였다.

"아, 네가 불편하다면 어쩔 수 없지만 말이다. 방금 만났으니 어색하지. 이해한단다."

"시, 싫은 건 아니에요."

아니었지만······ 말이 잘 나오지 않았다. 마른 입술을 축인 디아나가 입을 몇 번 뻐끔거렸다. 귀가 닳아 올랐다. 별것도 아닐 텐데 왠지 엄청 부끄러웠다.

"하, 하······."

몇 번을 머뭇거린 디아나가 숨을 크게 들이쉬고 말했다.

"……할머니."

"……그래."

울컥한 듯 할머니의 목소리가 잠겼다.

"할머니."

"그래."

그리고 그때였다.

―꼬르륵

눈치 없던 위장이 의사 표현을 했다. 디아나가 숨을 흡 하고 들이쉬었다. 그러나 지능도 없는 위장은 창피한 줄도 모르고 계속 자기주장을 펼쳤다.

"배고프니?"

"아뇨. 우, 울어서 그래요."

"정말?"

그녀의 말을 부인하는 천둥소리가 뱃속에서부터 울려 퍼졌다. 배를 감싸 쥔 디아나가 울상으로 말했다.

"그, 그게 점심을 안 먹어서요."

"밥을 안 먹었어?"

할머니가 하늘이 무너진 것만 같은 표정을 지었다. 아주, 아―주 심각해진 할머니가 손짓으로 하녀를 불렀다.

"당장 마차 준비해."

얼굴만 보면 당장 전쟁이라도 일어난 듯싶었다.

준비는 한순간에 끝났다. 디아나는 괜찮다고, 간단한 것으로도 충분하다 도리질했으나 할머니는 제대로 된 밥을 꼭 먹이고야 말겠다는 집념에 불탔다.

다시 후드를 쓴 디아나가 할머니 뒤를 조용히 따랐다. 복도는 한적했다.

'그러고 보니 왜 내 할머니를 세니르가 찾아 준 거지?'

세니르는 어느새 사라졌었다.

'두 분이 무슨 관계라도 있는 건가?'

복도 맞은편에서 고급스러운 복장의 중년 사내가 걸어오다 할머니를 보곤 멈칫했다. 이윽고 누가 봐도 할머니가 목적인 걸음으로 빠르게 다가왔다.

할머니가 혀를 찼다.

"아니, 이게 누구요?"

"……노르반 백작."

디아나가 깜짝 놀라 사내를 보았다.

그녀에게 하녀를 보내 준 가문이었다. 헤르만을 통하였기에 안면이 있는 건 아니었지만, 여기서 마주치자 놀라웠다.

"도통 얼굴 보기 힘든 귀인을 이곳에서 보다니. 웬일로 예까지 나왔습니까? 이제 몸은 좀 괜찮습니까?"

"그쪽이 신경 쓸 필요 없소."

할머니가 놀라울 정도로 싸늘하게 말했다.

백작님한테 이렇게 말해도 되나? 디아나가 입을 가볍게 벌렸다.

그러나 노르반 백작은 불쾌한 기색 없이 껄껄 웃었다.

"여전하시군요. 대부인은 좀 어떠합니까?"

"뭐 매번 같지."

서로 무척 친밀해 보였다. 디아나는 어리둥절함을 감출 수 없었다.

약간 씁쓸한 얼굴의 노르반 백작이 말했다.

"하긴 나이는 어쩔 수 없죠. 세니르는 근래 바쁩니까? 모습을 통볼 수가 없더군요. 재정부처 회의도 미뤘다고 하던데."

"모른다네."

할머니가 시큰둥하게 대꾸했다.

노르반 백작이 헛웃음을 짓다가 디아나를 향해 고갯짓했다.

"이쪽은 누굽니까?"

"용건이 없으면 이만 가지요."

그 질문을 할머니가 단칼에 쳐냈다.

"무슨 말을 못 하겠군요. 뭐, 알겠소. 대부인과 부군께 안부 인사 전해 주십시오."

노르반 백작은 처음 다가오던 모습과 달리 쉽게 물러났다. 노르반 백작과 멀어지자 할머니가 다시 입을 열었다.

"아직은 준비가 되지 않아 소개하지 않은 거니 실망하지 말려무나."

방금까지 노르반 백작과 대화하던 사람이 아닌 것 같은 다정한 목소리였다.

"너를 공표하려면 아무래도 여러 준비가 필요하단다."

무슨 말인가 했더니 자신을 아까 노르반 백작에게 소개하지 않은 것에 대해 미안하다는 말이었다.

"저는 괜찮⋯⋯."

디아나가 말을 끝까지 잇지 못했다.

"우와."

건물을 나온 디아나 앞에 제도의 전경이 펼쳐졌다.

화려한 장식의 커다랗고 높은 건물들. 수십 대의 화려한 마차가 대로를 가득 채우고, 사람들은 달리는 마차 사이를 아무렇지도 않게 건너다녔다.

고개를 들자 높은 건물들 너머로 하얀 대리석 기둥에 뾰족한 지붕을 황금으로 덮은 네 개의 탑이 우뚝 솟아 있었다.

"여기가 제도⋯⋯."

"제도는 처음이니?"

"네. 처음이에요."

디아나가 들뜬 목소리를 숨기지 못했다.

"그래, 처음이면 제도가 신기하겠구나. 나중에 안내하라고 하마."

"⋯⋯정말요?"

"그럼."

제도 구경이라. 상상만으로 기분이 들떴다. 그녀 생에 제도를 구경할 줄이야!

백목에 상아를 깎아 만든 지팡이를 짚은 할머니가 휠체어에서 일어났다. 디아나는 눈을 크게 떴다.

'다리를 아예 움직이지 못하시는 건 아니구나.'

한쪽 다리가 불편해 보였다. 할머니는 하녀의 부축을 받으며 느리게 마차에 올라탔다. 디아나도 서둘러 뒤따랐다.

"일단 식사부터 하자구나."

눈 깜짝할 새 마차가 목적지에 도착했다.

마차에서 내리기 전 할머니가 그녀에게 후드를 씌워 주었다. 왠지 쑥스러운 감정에 뺨이 붉어졌다. 할머니가 귀엽다는 듯 그녀의 머리를 쓰다듬었다.

마차에서 내린 디아나가 할머니와 함께 건물 입구의 대리석 기둥을 지날 때였다. 어디선가 찰칵 소리가 들렸다.

"응?"

멈칫한 디아나가 주변을 둘러보았다. 할머니가 여상한 목소리로 말했다.

"신경 쓰지 말렴. 잘 처리할 거란다."

"네?"

그때 건물 화단의 구석에서 고함이 들려왔다.

"……리드면 다야? 고소할 거야!"

할머니는 고함이 들린 쪽으로 시선 한 번 주지 않았다. 두리번거리던 디아나는 재촉하는 할머니의 손길을 따라갔다.

건물로 들어가자 [테이슬로]라는 간판이 보였다. 식당 앞으로 다가간 디아나가 손잡이에 걸린 팻말을 보고 신음했다.

[17:00까지 브레이크 타임]

"할머니, 여기 지금……."

그러나 그녀와 달리 할머니는 거침없이 문을 열었다. 들어가도 되나? 디아나도 뒤늦게 뒤따랐다.

카운터에서 목록을 정리 중이던 지배인은 문 열리는 소리에 고개를 들었다. 지배인은 가게 안으로 들어온 소녀와 하녀에게 말했다.

"죄송합니다만, 지금은 저녁 준비 시간이라……."

카운터를 돌아 나오던 지배인은 멈칫했다. 한 사람이 더 있었다. 휠체어를 타고 있는 나이가 지긋한 여인이.

"허억!"

놀란 지배인이 입을 틀어막았다.

정말 오흐리드 백작? 지배인의 눈이 당장이라도 튀어나올 것처럼 커졌다. 아니, 오흐리드 백작이 왜 여기에?

"간단하게라도 식사할 수 없나?"

"……그, 예. 당연히, 당연히! 가능합니다."

안 되도 되게 만들어야 했다.

"자, 잠시만 기다려 주시겠습니까? 직원을 불러 자리로 안내해 드리겠습니다."

"그래. 너무 기다리지 않았으면 좋겠군."

식은땀을 흘린 지배인이 굳게 끄덕이고 빠르게 물러났다.

"식사할 수 있어 다행이구나."

오흐리드 백작이 디아나를 다정하게 토닥였다. 물러나던 지배인이 두 눈을 의심했다.

지금 내가 뭘, 본거지? 그때 오흐리드 백작과 눈이 마주쳤다. 지배인은 화들짝 놀라 다시 뛰었다.

＊　　＊　　＊

식당을 나설 때도 건물에 들어올 때와 똑같은 일이 벌어졌다. 할머니가 창문에 어른거리는 그림자를 향해 말했다.

"어디 사람이지?"

"노틀렌드인 듯합니다."

허스키한 여성의 목소리였다. 절그럭 소리가 함께 들리는 걸 보아 기사 같았다.

"그건 부수거라."

―콰직

그림자가 멀어지자 마차가 느리게 출발했다.

"왜, 자꾸 몰래 사진을 찍는 거죠?"

"별거 아니다."

할머니가 괘념치 말라는 듯 웃었다.

"조용히 나가도 가끔은 이렇게 따라붙는 자들이 있어. 평소라면 내버려 뒀겠지만……. 오늘은 네가 있으니 말이다."

따라붙는다고? 디아나가 고개를 기울였다. 할머니가 말을 이었다.

"이제 집으로 갈 거란다."

"집이요?"

"그래. 놀라지 말고 들으렴. 집에 가면 아마…… 마중 나온 사람들이 꽤 될 거다."

"그래요?"

"아직 네 방을 준비하지 못했지만, 지내기엔 부족함 없을 거다."

"괜찮아요."

그러나 시간이 지날수록 디아나의 안색이 차츰 흐려졌다. 맞은편에 있던 할머니가 이를 눈치챘다.

"무슨 걱정이라도 있니?"

"음……."

디아나가 머뭇거렸다. 그러나 한숨을 쉬곤 울상이 된 얼굴로 할머니를 보았다.

"집에 계신 분들이 저를 좋아할까요?"

"무슨 소리를 하는 거니?"

할머니가 디아나의 머리를 쓰다듬으며 상냥한 목소리로 말했다.

"너를 좋아하지 않는다면 내 집에서 나가야지."

"……."

마차가 안으로 들어갈수록 뭔가 싸한 느낌이 들었다.

'제도는 땅값이 아주 비싸다고 들었는데.'

그런데 지나치는 저택들이 모두 무척 컸다. 아헨에 부자들이 모여 사는 지역과 비슷한 아니, 그보다 훨씬 호화로웠다.

넝쿨 모양 장식의 철문이 열리고 마차가 미끄러지듯 들어갔다. 온갖 조각상과 꽃 덤불이 나열된 돌길을 따라가던 마차가 또 하나의 철문을 지났다. 마차는 계속, 계속 안으로 들어갔다.

정교하게 꾸며진 정원과 분수대를 지나고 드디어 마차가 멈췄다. 거대한 저택이 보였다.

초록색 지붕을 지닌 상앗빛 저택은 화사하면서도 고풍스러운 느낌을 풍겼다.

'아니겠지, 설마⋯⋯.'

마차의 문이 열리고 하녀가 할머니를 부축했다. 이어 디아나도 마차의 문을 열어 준 자의 손을 붙잡고 내렸다. 그리고 그대로 굳었다.

저택 중앙 현관 계단 아래 하녀와 하인 복장을 한 이들이 우르르 정렬해 있었다.

많은 사람이 있는데 소리라곤 분수대 물소리와 먼 곳에서 들리는, 새가 지저귀는 소리뿐이었다.

마차 안에서 느꼈던 싸한 느낌이 이어졌다.

고용인 사이에서 집사처럼 보이는 이가 한발 나왔다.

"어서 오십시오. 오흐리드 백작님."

디아나가 고장 난 태엽 인형처럼 고개를 돌렸다. 목에서 삐걱삐걱 소리가 날 모양새였다.

그녀와 눈이 마주친 할머니가 부드럽게 미소 지었다.

"여기가 우리 집이다."

"⋯⋯."

깜빡, 깜빡, 깜빡. 눈만 빠르게 뜨고 감길 반복했다.

"저는 집사인 리암입니다. 작은 도련님께 미리 설명 들었습니다."

집사라 소개한 이의 눈가가 살짝 붉었다. 큼큼 목을 가다듬은 집사가 말을 이었다.

"오흐리드에 오신 걸 환영합니다. 디아나 아가씨."

"오흐리드에 오신 걸 환영합니다. 아가씨."

집사의 뒤편에 정렬해 있는 고용인들이 뒤따라 고개 숙였다.

"할, 할머니."

그때 중년 남성이 고용인 사이를 헤치고 나왔다.

주름졌지만 선이 굵은 이목구비가 젊었을 적 외모를 반추하게 했다.

"맙소사!"

그 남성은 디아나는 보자마자 신음했다. 그러곤 와락 끌어안았다.

"내가 네 할아버지란다."

몸을 빼던 디아나가 멈칫했다.

"할아버지……라고요?"

"그래. 많이 고생했다 들었다. 정말, 정말로……."

할아버지의 목소리가 조금씩 젖어 들어갔다.

"살아 있어 줘서 고맙구나."

할아버지가 그녀의 머리에 얼굴을 마구 비볐다. 결국, 집사는 눈물을 참지 못하겠는지 손수건을 꺼내 눈가를 꾹꾹 눌렀다.

"이게 무슨……."

디아나가 숨을 헐떡거렸다. 불안을 담고 이리저리 흔들리던 눈동자가 분수대의 새 모양 조각상을 보았다. 디아나가 목이 졸린 듯한 목소리로 말했다.

"백작이라뇨?"

"목소리가 왜 그러니, 어디 아프니?"

디아나는 발을 동동 구르고 싶은 마음을 애써 누른 채 소리쳤다.

"오흐리드 백작이라니요?!"

그러나 방금 만난 할아버지가 영문을 알 리가 없었다.

"갑자기 무슨 말을 하는 거니?"

"저기 방금 집사님이 오흐리드라고, 백작이라고……."

할머니가, 오흐리드, 백작이라고!

"대체 무슨 말을 하는 게야? 그래. 오흐리드 백작이 네 할머니인 게 무슨 문제라도…… 설마?"

디아나의 반응에 눈을 가늘게 뜬 할아버지가 할머니를 돌아보았다. 어느새 할아버지의 눈물도 쏙 들어가 있었다.

"여보. 말하지 않았소?"

"무엇을?"

"그럼 그렇지. 어이구."

"내가 무얼?"

할아버지가 허탈하게 고개를 저었다. 할아버지가 그녀의 어깨를 짚고 눈을 마주했다.

"디아나, 여기는 오흐리드 백작가다."

순간 다리에 힘이 풀린 그녀가 주저앉을 뻔했다. 할아버지가 재빠르게 그녀의 팔뚝을 붙들었다.

"디아나!"

"꽤, 괜찮아요. 잠깐, 다리에 힘이 풀려서."

"그래."

무릎을 짚고 다시 몸을 세웠다.

"난 스펜서 오흐리드로 오흐리드 백작 부군이라고 불리지."

"아. 그렇군. 내가 말을 안 했군."

"그걸 말이라고 하시오?"

"내가 자기소개를 하고 다닌 적이 없다 보니. 내 소개하는 걸 깜빡했다."

"깜빡……."

허망한 이유였다. 할아버지가 할머니를 잠시 쏘아보았다가 다시 말을 이어갔다.

"그리고 네 할머니는 클레멘트 오흐리드, 오흐리드 백작이지."

헛기침한 할아버지는 최대한 무해해 보이도록 인자한 미소를 띠고 말했다.

"너는 디아나 오흐리드가 되겠구나."

Chapter 4.

푹신한 깃털 베개에 얼굴을 파묻었다. 왼쪽으로 두 바퀴 오른쪽으로 두 바퀴. 침대가 어찌나 넓은지 마음껏 굴러다녀도 떨어질 염려 같은 건 할 필요가 없었다.

그러나 곧 구르던 것을 멈추고 일어났다. 머리카락이 목을 졸랐기 때문이다. 머리칼을 풀어내고 베개 근처에 잠들어 있는 하늘이를 쓰다듬었다.

할머니를 만난 바로 그날, 디아나는 아헨으로 돌아가 짐을 쌌다. 소피와 도나텔라에게도 사정을 설명했다.

그녀가 외조모를 만났고, 그 집에 들어가게 되었다고.

소피와 도나텔라는 자기 일처럼 기뻐해 주었다. 처음에는 무척 의심스러워했지만, 할머니가 보낸 사람과 대화를 하고는 노르반 백작가로 돌아갔다.

그렇게 저택에 들어오고 보름 뒤에 증조할머니인 오흐리드 대부인도 뵈었다.

건강이 좋지 않은 대부인은 디아나를 침대에서 맞이했다. 대부인 또한 그녀의 걱정이 무색할 정도로 환영해 주었다.

「필리파가 우리에게 선물을 주었어.」

절절한 진심이 느껴졌다. 그녀의 손을 부여잡고 울음을 삼키던 모습은 할머니와 똑 닮았었다.

'그리고…… 헤르만.'

그녀의 어머니를 알았다면, 할머니가 살아 계신 것도 당연히 알았을 것이다.

'그런데 왜 내게 할머니가 계신단 사실을 말하지 않았을까.'

대체 왜? 헤르만은 그녀에게 말을 극도로 아끼는 느낌이었다. 하지만 가족에 관한 말조차 아껴야 했던 걸까? 아니면 무언가 말하지 못할 이유가 있었던 걸까?

할머니에게 이유를 물어볼까 생각도 했었다. 그러나 그만두었다.

'헤르만에게 직접 듣고 싶어.'

할머니의 존재를 비밀로 했다 한들 그는 그녀의 은인이었다. 그녀를 보호해 주려 했고, 유산도 주었다. 그가 구해 주지 않았다면 할머니도 만나지 못했을 것이었다.

'헤르만이 오래 걸려도 석 달이랬으니까……'

이제 헤르만이 돌아오기까지 길어야 한 달이었다.

캐노피를 걷은 디아나가 벨벳 슬리퍼를 신었다. 약간 피곤했지만 더는 잠이 올 것 같지 않았다.

비척비척 일어나 탁자 위의 유리병을 들었다. 컵에 따라 마신 물은 조금 전에 새로 놓았는지 차가웠다.

테라스로 걸어가 커튼을 걷었다. 어스름한 아침 여명이 비쳤다. 아직 조용한 저택에는 분수대 소리와 새의 지저귐만이 드문드문 들렸다. 싸한 새벽 공기가 폐부를 가득 채웠다.

정원 끝에 물을 주고 있는 정원사가 보였다. 멀리서 철문이 열리는 소리가 들렸다. 디아나의 테라스에서 보이는 정문은 굳게 닫혀 있으니 고용인들이 들락날락하는 뒷문이었다.

이윽고 수레가 굴러오는 소리가 점점 가까워진다. 아마 식재료를 납품하는 사람일 것이었다. 아침 식사를 위한 신선한 재료들을 하인들이 나르는 소리가 들린다. 정원사는 빈 물통을 흔들며 다시 걸어갔다.

곧 그녀의 방에 노크 소리가 들릴 것이다.

ー똑똑

아주 작은 소리였다. 디아나가 이미 깨어나지 않으면 그녀를 깨우지 않을 정도로 미약했다.

"일어났어요."

디아나가 테라스에서 방으로 들어갔다.

"안녕하세요, 아가씨. 좋은 아침이죠? 항상 일찍 일어나 계시네요."

"좋은 아침이에요."

그녀의 전담 하녀로 배정된 미셸이었다.

미셸이 익숙하게 숄을 찾아 들었다. 그리고 테라스에 서 있느라 싸늘해진 디아나의 어깨에 숄을 걸쳐 주었다.

테이블 위에 놓인 쟁반엔 따뜻한 우유와 꿀과 설탕이 보였다.

"오늘도 한 스푼만 넣을까요?"

"네. 부탁드려요."

미셸은 소피같이 친구 같은 느낌은 아니었다. 나이도 도나텔라보다 많았고 훨씬 어른스러웠다. 디아나가 우유 반 잔을 비우고 나면 미셸이 질문했다.

"우유를 더 드릴까요? 아니면 씻으시겠어요?"

"씻을게요."

"그럼 얼음찜질도 같이 준비할게요."

백작가에 들어오자 눈물이 많아졌는지 잠들기 전 밤마다 훌쩍였다. 큰 이유는 없었다. 하루는 너무 행복해서 울었고, 하루는 엄마가 보고 싶어 울었다.

"온도는 어떠세요?"

"좋아요."

돌로 만들어진 욕조에는 피부를 좋게 한다는 약초가 떠다녔다. 입욕제를 풀어 복사꽃 향기도 은은하게 올라왔다.

탕에서 나오면 다른 시중 하녀들도 기다렸다. 안나, 데이지, 제인, 네리아. 백작저에 온 첫날에는 고용인들을 소개받고 이름을 외우느라 머리가 핑글핑글 돌았다.

안나가 디아나의 머리에 달콤한 향의 향유를 바르며 한 올 한 올 빗어 냈다. 제인은 그녀의 손에 크림을 바르고 마사지를 해 주었다. 한참을 마사지하던 제인이 말했다.

"손이 좀 부드러워지지 않았어요?"

"그래요?"

"네! 보세요."

제인이 따뜻하게 적신 수건으로 그녀의 손을 덮었다가 크림을 닦아 냈다. 촉촉해진 손을 들어 보았다.

"어? 정말이네요."

흉터는 어쩔 수 없지만, 며칠 열심히 마사지를 받았다고 굳은살이 많이 줄어들었다.

"고마워요. 제인."

제인이 빙그레 웃으며 고개 숙였다.

처음 아가씨에게 고맙다는 공치사를 받았을 때의 황망함을 잊을 수가 없었다. 아마 제인이 오흐리드 저택에 들어오고 나서 윗사람, 귀족에게 처음 들은 '고맙다'는 단어일 것이었다.

오흐리드 저택의 고용주들이 모시기 힘든 분들은 아니었다. 오흐리드 부군은 까다로운 편이었고, 세니르 도련님은 속내를 알기 힘드신 분이었지만 두 분 다 마주치기 힘들 정도로 집에 있는 시간은 아주 적었다.

백작님과 대부인 또한 아주 어렸을 때 모시던 시녀들이 모셨기에 일반 하녀들은 모실 일조차 없었다.

비밀 유지 조항 때문에 외출 제한이나 편지 교환 등이 까다로운 걸 빼면 여기만큼 좋은 직장도 없었다. 급료도 그 어떤 귀족 저택보다 많았다. 황궁 시녀들보다 많이 받는다고 할 정도였다.

필리파 아가씨가 사라지고 대부인이 앓아누우신 후 오흐리드 저택의 분위기는 침묵의 성이었다. 연회와 모든 외부인의 출입을 금지한 본채는 숨이 막힐 정도로 고요했다. 종일 말 한마디 안 하는 날도 있었다.

그러나 디아나 아가씨가 온 이후로 그 분위기는 모두 사라졌다. 침묵의 성에는 웃음소리와 재잘재잘 떠드는 소리가 다시 들리기 시작했다.

"아가씨, 어떤 옷으로 할까요."

네리아가 여러 옷을 걸어 놓은 행거를 밀고 들어왔다. 필리파 아가씨가 어릴 적 입던 옷 중에 몇 개 선별해 온 것들이었다.

"아가씨, 오늘은 어떤 머리 스타일로 할까요?"

"그 원피스에는 이 스트라이프 무늬가 들어간 허리끈 어떠세요?"

"이 머리끈과 함께 땋는 건 어떨까요? 새파란 공단이 드레스랑 잘 어울리실 거예요. 움직일 때마다 물방울 모양 사파이어 장식도 반짝이고요!"

오늘도 온종일 집에서만 돌아다닐 텐데, 그녀들은 디아나가 당장 외출할 것처럼 최선을 다해 꾸몄다.

처음엔 무척 당황했다. 굳이 이럴 필요 있느냐, 자신은 편한 것이 좋다고 하자 실망한 듯 하녀들의 어깨가 축 처졌다.

그 뒤로부터는 그냥 원하는 대로 하게 내버려 두었다.

'뭐, 꾸민 게 훨씬 보기 좋기도 하니까.'

거울 속의 소녀는 생기 있는 낮으로 뺨을 붉히고 있었는데, 자신이 보아도 사랑스러웠다.

'예쁘다.'

옅은 하늘색 원피스 안에는 새파란 공단이 겹겹이 걸쳐져 풍성하고 화려해 보였다. 양 갈래로 나눠 동그랗게 묶은 머리에 사파이어 장신구가 반짝였다.

"마음에 드세요, 아가씨?"

"네."

"이 모자까지 쓰시면 완벽하실 텐데. 그건 좀 무리겠죠?"

하녀가 들고 있는 건 챙이 넓은 모자였다. 아무리 그래도 그건 좀……. 디아나가 당황해 작게 입을 벌렸다.

"당연하죠. 저 아침 먹으러 가는 거예요! 누가 모자 쓰고 밥을 먹어요?"

하녀들이 까르르 웃었다. 모자를 제안했던 안나만 시무룩하게 다시 행거에 걸었다.

열과 성을 다하는 치장을 끝내면 일어나자마자 마신 우유가 다 소화되고도 다시 슬슬 배가 고파졌다. 디아나가 자리에서 일어나자 미셸을 제외한 하녀들이 방을 정리하며 인사했다.

"아가씨 식사 맛있게 하세요."

"잘 갔다 오세요!"

"맛있게 드시고 오세요—"

식당까지는 미셸과 향했다.

"오늘도 초상화 복도로 가실 건가요?"

"네."

디아나가 고개를 끄덕이고 가벼운 발걸음을 옮겼다.

현재 디아나가 머무는 방은 3층 중앙 계단 오른쪽이었다. 아침 햇살이 화사하게 들어오는 복도를 지나가 중앙 계단을 통해 두 층만 내려가면 바로 식당이었다. 하지만 디아나는 조금 돌아갔다.

[필리파 오흐리드.]

어머니의 초상화를 보기 위해서였다.

초상화 속 어머니는 펜던트 안에 들어 있던 작은 세필화보다 훨씬 어리고 생생했다. 이 초상화를 보아야 비로소 현실감이 들었다.

자신이 정말로 이곳에 머물러도 된다고, 정말 네 가족이라고, 믿어도 좋다 엄마가 말해 주는 느낌이었다.

1층에 내려와 넓은 홀을 가로질러 오른편으로 가면 식당이었다. 대기하던 하인이 문을 열어 주었다. 미셸은 입구에서 인사했다. 별다른 일이 없다면 음식을 날라 오는 것 빼고는 시중은 다 물렸다.

오늘은 할아버지가 먼저 와 계셨다.

"안녕하세요."

"어서 와. 오늘도 무척 예쁜데? 아침부터 하녀들이 신났구나."

할아버지가 신문을 내려놓고 팔을 벌렸다. 디아나가 쭈뼛쭈뼛다가 품에 안기면 할아버지가 으스러지듯 끌어안았다.

그때 문이 또 열리며 할머니가 들어왔다.

"밤새 안녕하셨어요?"

"잘 잤단다. 머리 장식이 잘 어울리는구나."

디아나가 배시시 웃었다. 할머니와 할아버지 모두 꼭 이렇게 그녀를 한 번씩 칭찬했다. 이러니 하녀들이 꾸며 주는 걸 막을 수 없었다.

'오늘도 세니르는 없네?'

디아나가 저택에 들어온 날 함께한 저녁 식사 이후론 그의 얼굴을 볼 수 없었다. 오흐리드의 후계자라더니 정말 바쁜 듯했다.

'그래도 한번 다시 봤으면 좋겠는데.'

할머니마저 자리에 앉자 하인들이 트레이에 음식을 들어 날랐다. 반질반질한 은 식기에 담긴 음식들은 먹음직스럽기 그지없었다.

구운 양송이와 크루통, 새싹 푸른 잎이 올라간 크림수프와 으깬 감자와 당근에 치즈를 섞은 바삭한 크로켓.

얇은 빵 위에 잔뜩 올린 커스터드 크림과 그 위에 블루베리 생과는 보는 것만으로도 입 안이 달았다.

싱싱한 샐러드, 달걀 요리, 기름이 좌르르 흐르는 소시지와 우유, 과일 푸딩. 모두 나열하기가 힘들 정도로 많은 가지 수의 음식이 나열됐다.

"들자."

할머니의 말과 함께 식기를 들었다.

이렇게 모두 나열하기 힘들 정도의 아침 식사를 끝내면 다음은 일어난 하늘이와 노는 시간이었다.

소화도 할 겸, 하녀들이 식사를 챙겨 주어 배가 통통해진 하늘이와 정원을 산책했는데—

"하늘아!"

"하늘아!"

"대체, 어디, 까지, 간, 거야."

뛰어다니던 디아나가 조각상을 짚고 헉헉거렸다. 분명 후원에서 찾기 시작했는데 어느새 저택 현관이었다. 굳게 닫힌 철창이 보였다.

'나가진 못했을 테고.'

정원이 너무 넓으니 잠시만 눈을 떼면 사라졌다.

'곧 선생님이 오실 시간인데.'

다시 후원에 가 보자 다짐할 때였다.

"디아나?"

뒤편에서 할아버지의 목소리가 들렸다. 디아나가 몸을 돌렸다.

"여기서 뭘 하는 거야?"

"하늘이 찾고 있었어요."

"하늘이는 아까 네 하녀가 안고 정원으로 들어가던걸?"

괜한 고생을 한 모양이었다.

그런 디아나가 귀엽다는 듯 할아버지가 그녀의 머리를 쓰다듬었다.

할아버지는 외출하기 직전인 듯 멀끔한 차림새였다. 멋들어진 모자를 쓰고 커다란 자수정이 박힌 화려한 지팡이를 든 할아버지의 모습은 요즘 디아나가 보기 시작한 잡지에 나와도 손색없을 정도였다.

디아나가 눈을 빛내며 말했다.

"할아버지 멋있어요."

"그으래?"

할아버지는 절로 올라가려는 입꼬리를 애써 억누르며 근엄하고 멋있는 모습을 유지하려 했다.

"어디 가시려고요?"

"그냥 바람 좀 쐬러 가려 했다."

그리고 갑자기 할아버지의 눈에 이채가 돌았다.

"그러고 보니 네가 저택에 오고 난 뒤로 한 번도 나간 적 없지?"

"그렇죠?"

"흐음……."

그녀의 존재는 아직 비밀이었다.

실종되었던 필리파 오흐리드와 그녀의 죽음, 그리고 딸의 존재가 밝혀진다면 엄청난 관심을 받을 거라 했다.

할머니는 천천히 배우며 백작가에 익숙해지고 난 후에 공표하자 했다.

선생님이 고용되었고, 이것저것 배우느라 정신없는 날들이었다. 자연스럽게 외출할 시간이 나질 않았다.

'일단 저택도 다 돌아보질 못했고.'

할아버지는 무얼 생각했는지 홀로 고개를 주억거리더니 디아나의 어깨를 짚었다.

"도박해 본 적 있느냐?"

"네에?!"

디아나가 펄쩍 뛰었다.

"도박이요오?"

"그래."

"했을 리가 없죠!"

"그래?"

"그건 대체 왜요?"

"그럼 가자."

"네?"

"타거라."

이끌려 온 디아나가 마차 앞에 서자 하인이 재빨리 마차 문을 열었다.

"빨리 타렴. 그리고 넌, 내려."

"예?"

열린 마차 안에는 사람이 있었다. 평소 할아버지와 함께 다니던 이였다.

"헉, 아가씨? 안녕하십니까. 레너드라고 합니다. 스펜서 님의 부관으로 일하고 있습니다. 지나가다 많이 뵈었지만, 인사는 처음이네요."

"네. 안녕하세요."

서로 영문도 모르고 인사했다. 할아버지는 되었다는 듯 손을 내저었다.

"거, 좀 빨리빨리 내리지? 꾸물거리지 말고."

"스펜서 님?"

할아버지가 부관의 팔을 붙잡고 마차에서 끌어 내렸다. 그 힘이 자못 셌는지 부관이 휘청거렸다.

"디아나, 조심해서 타렴."

그러곤 유리 조각을 다루듯 디아나의 손을 잡았다.

"아가씨? 스펜서 님? 무슨 일이십니까?"

"디아나는 나랑 외출한다."

"스펜서 님?"

"할아버지?"

놀란 두 사람이 동시에 한 사람을 불렀다. 할아버지는 부관을 떼어 놓고 마차 문을 닫았다. 그러곤 마부석 칸막이를 열고 말했다.

"출발해."

채찍질 소리가 들리고 마차가 굴러가기 시작했다. 얼떨떨한 얼굴로 마차를 바라보던 부관이 번뜩 정신을 차리고 문을 두드렸다.

"아니요, 스펜서 님! 스펜서 님!"

디아나는 엉거주춤하게 앉지도 서 있지도 못했다.

"앉으렴. 그렇게 서 있으면 다친단다."

"이, 이래도 되는 거예요?"

"안 될 게 뭐 있니?"

"스펜서 님! 잠깐만요! 스펜서 님!"

마차는 점차 속력을 높였고 문을 두드리던 소리가 결국 끊겼다.

"스펜서 니이이이임!"

부관의 절규 같은 외침을 뒤로하고 마차는 열린 철문을 미끄러지듯 넘어갔다.

　　　　　*　　　*　　　*

　　정오에 가까운 시각인데도 엄청난 인파였다. 디아나는 가면이 얼굴에 잘 자리 잡고 있는지 다시 만져 보았다.

　　"왜, 불편해? 너무 크긴 하지."

　　"아뇨. 그건 아니에요."

　　"그럼 불안해서?"

　　입술을 미약하게 깨문 디아나가 고개를 끄덕였다. 할아버지 또한 얼굴을 가리는 가면을 썼다.

　　"걱정할 필요 없단다. 얼굴만 보이지 않으면 돼."

　　가면을 쓴 그녀와 할아버지를 보고 신기해하는 사람이 몇 있기는 했지만 금세 갈 길이 바쁘다는 듯 관심을 거두었다.

　　"보렴. 아무도 우리에게 관심 없단다."

　　할아버지가 어깨를 으쓱했다.

　　"뭐, 처음이라 관심이 없을 뿐이겠지만. 계속 쓰고 나가다 보면 아마 금세 소문이 쫙 퍼질 거란다."

　　"그, 그러니까요. 괜찮은 거예요?"

　　"그럼. 클레멘트와도 얘기 끝냈단다. 어차피 네 존재를 완벽히 숨기기는 힘들어. 그럴 바에는 차라리 이쪽에서 먼저 당당하게 나가는 게 낫단다. 가면을 쓴 정체불명의 소녀로."

　　"아. 할머니도……"

　　동의하신 일이라면 괜찮을 거다, 안심할 찰나였다.

　　"뭐, 이렇게 준비도 없이 갑자기 나가는 것까진 얘기한 적 없지만."

디아나가 입을 가볍게 벌렸다. 할아버지가 껄껄 웃었다.

커다란 경기장은 총 세 개의 층으로 돼 있었는데, 디아나와 할아버지는 가장 전망이 좋은 3층으로 향했다.

3층은 좌석이 아닌 방으로 나뉘어 있었는데, 관람실 문 옆에는 각 가문을 상징하는 깃이 벽에 걸려 있었다. 오흐리드는 역시나 초록 바탕에 나뭇가지를 문 채 날아가는 새였다.

경마장까지 와서 관람만 한 건 아니었다.

"안 돼!"

할아버지가 소파에서 벌떡 일어났다.

앞서거니 뒤서거니 경쟁하던 두 말이 거의 동시에 결승 지점을 통과했다.

"어디 말이지? 디아나 넌 봤니?"

"검은 말이요."

할아버지가 탄식했다.

"이번에도 날렸잖아?"

결승 지점의 심판관이 검은 바탕에 목에 창이 박힌 붉은 용이 그려진 커다란 깃발을 들었다.

할아버지가 휴짓조각이 된 종이를 찢으며 물었다. 저 종잇조각의 가격이……. 생각하던 디아나는 현실 도피하듯 머릿속에서 가격을 지웠다.

"네가 찍은 말은 어찌 되었어?"

디아나가 할아버지가 보지 못하도록 종이를 쓱 숨겼다.

디아나는 찍기만 하고 돈을 걸진 않았다. 그녀의 새가슴은 이런 곳에 할아버지처럼 어마어마한 돈을 걸었다간 남아나지 않았다.

"설마 또?"

"……."

"꼴등이야? 설마? 정말로? 몇 번째지? 아홉 번째로 꼴등만 찍은 거지?"

"아니거든요. 여덟 번째거든요."

"그게 그거지!"

"……."

"어떻게 이렇게 운이 없는 거지?"

"노, 놀리지 마세요. 그럴 수도 있죠."

디아나가 억울하다는 듯 쏘아보았다. 할아버지는 참지 못하겠는지 으하하하 하고 커다랗게 웃었다.

"디아나, 넌 도박은 안 하는 게 좋겠다."

할아버지가 디아나의 어깨를 짚곤 진지하게 말했다.

"안 해요. 안 할 거예요!"

"이거 뭐 찍는 말마다 꼴등이니 이것도 나름 일관적이라고 해야 하나…… 필리파를 닮았다고 해야 하나……."

"엄마도 운이 안 좋았어요?"

디아나가 약간 반기듯이 말했다.

솔직히 여덟 번 연속 꼴등을 찍은 건 운이 없음을 넘어 너무했다.

'하지만 엄마를 닮은 거라면 어쩔 수 없지.'

라고 생각하고 있을 때였다.

"아니? 일관적인 게 닮았다는 말이란다. 필리파는 천운을 타고났었어. 찍는 족족 일등이었지. 조금 손해 볼 때도 있었지만 결국에는 이득으로 끝났다. 필리파랑 내기하면 절대 이길 수가 없었지."

부루퉁한 얼굴의 디아나가 종이를 쓰레기통에 버렸다. 할아버지가 그녀의 뺨을 붙잡고 귀엽다는 듯 주물럭거렸다.

"응? 입술 부루퉁하게 나온 것 봐. 혼자 보기 아깝네. 왜 이렇게 귀여워? 화났어?"

디아나가 고개를 젓자 할아버지의 손도 함께 움직였다.

"전 할아버지랑 할머니 만나는 데 운을 다 썼나 봐요. 엄마는…… 꺄악!"

할아버지가 갑자기 디아나를 꽉 안아 들곤 빙글 돌았다.

"아이고, 아이고. 어쩜 이렇게 귀여워? 응?"

디아나가 할아버지의 목덜미를 끌어안고 소리쳤다.

"빠, 빨리 내려 주세요!"

"싫다면?"

"네? 그, 그게 무슨……."

당황하던 디아나가 다시 소리쳤다.

"아니, 무섭잖아요!"

"네가? 말도 안 되는 소리."

할아버지가 단호하게 말했다.

"너는 좀 잘 먹어야 해."

"먹고 있는데……."

"더 많이! 지금의 두 배는 더 먹어야지. 아, 그래. 여기도 먹을 걸

판단다."

그때 문을 두드리는 소리가 들렸다. 한숨을 쉰 할아버지가 디아나를 내려놓았다. 디아나가 가면을 찾자 할아버지가 손을 내저었다.

"쓸 필요 없다. 누군지 예상 가니까. 들어와."

문이 열리고 암녹색 망토를 두른 커다란 몸집의 사람이 들어왔다.

할아버지가 정말 싫어 죽겠다는 얼굴로 말했다.

"단란한 시간도 이걸로 끝이겠군."

"백작님이 수행하라 보내셨습니다. 매우 급하게 떠나 호위 하나 없이 가셨다고요."

"아주 허겁지겁 달려왔겠구먼?"

할아버지가 고개를 까딱했다.

"디아나에게 인사하게."

짧게 자른 갈색 머리의 사내가 고개 숙였다.

"폴 도미닉입니다. 도미닉 경이라 부르시면 됩니다."

뒤따라 옆자리에 선 단발의 여성이 인사했다.

"세라피나입니다. 세라피나 경이라고 부르시면 됩니다. 아가씨와 인사하게 되어 영광입니다."

디아나도 치맛자락을 붙잡고 인사했다.

"안녕하세요. 디아나라고 해요."

"이제 어딜 가든 기사들이 따라다닐 거다. 너도 적응해야 할 거다."

할아버지는 지긋지긋하다는 듯 말했다.

"맞습니다. 아가씨, 앞으로 어딜 가시든 저희와 함께 움직이셔야 합니다."

"스펜서 님처럼 홀로 뛰쳐나가는 일은 자제 부탁드립니다."

도미닉 경과 세라피나 경이 번갈아 말했다. 할아버지는 일어나 지팡이와 가면을 집어 들었다.

"뭐, 마침 좋은 타이밍이로군. 나갈 생각이었으니."

할아버지와 함께 2층으로 내려오자마자 소란스러움이 직접 느껴졌다. 이리저리 돌아다니며 구경하던 디아나가 솔솔 풍겨 오는 맛있는 냄새에 킁킁거렸다.

할아버지가 기사를 바라보았다. 기사들은 시선을 피했으나 끈질긴 할아버지의 시선에 결국 도미닉 경이, "우리 아가씨께 불량 음식을 먹이면 백작님이……."라고 말하다가 할아버지에게 지팡이로 찔리고 나서야 사러 갔다.

꼬챙이에 끼워 소스를 바른 소시지와 버터를 발라 구운 옥수수, 얇게 잘라 튀긴 감자, 설탕을 뿌린 추로스, 시원한 수박 주스까지 먹자 점심을 먹지도 않았는데 배가 터질 것 같았다.

말똥 냄새가 풍기는 경기장 한쪽의 마구간도 구경할 수 있었다.

때마침 마구간 안으로 방금 1등을 한 말이 아직 가라앉지 못한 흥분으로 콧김을 뿜어내며 걸어 들어왔다. 검은 바탕에 목덜미에 창이 박힌 붉은 용이 그려진 가문의 말이었다.

'또 저 가문 말이 우승했네?'

얼마 전에 서재에서 가문별 문양 도감을 본 적 있었다. 문양이 조금 무서웠기에 강렬한 기억으로 남았다.

드래곤을 살해하고 그 피를 뒤집어쓴, 대대로 저주를 받았다는 가문. 노히바덴 대공가의 문양이었다.

저주라니. 드래곤에게 학살당하던 사람들을 구했을 뿐인데 얻은 대가로는 잔혹했다.

"디아나, 승마는 잘하니?"

"아니요."

"그래? 어느 정도는 탈 수 있니?"

"아, 저 말을 타 본 적이 없어요."

디아나가 대수롭지 않게 말했다.

"……뭐라고?"

할아버지가 놀라며 되물었다.

"타 본 적이 없다고?"

"네."

* * *

할아버지는 짙은 감색 승마 바지에 승마 부츠를 신은 날렵한 차림새였다.

"어떻게 옷은 구해 왔군."

할아버지는 승마복이 준비되어 있었으나 디아나는 당연히 없었다. 이에 도미닉 경이 근방을 돌아다니며 편한 바지와 승마 부츠를 구해 왔다.

"도미닉 경은?"

"받침대를 가지러 갔습니다."

"사람을 다 물려서 경들이 고생하네."

"아닙니다."

승마장에는 기사와 할아버지뿐이었지만, 혹시 모를 불상사를 방지하기 위해 디아나는 계속 가면을 썼다.

할아버지가 세라피나 경으로부터 고삐를 건네받았다. 옅은 황색 바탕에 흰 얼룩이 있는 말이었다. 말은 디아나가 한참 고개를 들어야 할 정도로 컸다.

원래 승마를 배울 땐 작은 품종의 말로 시작하지만, 오흐리드에 오랫동안 아이가 없었기 때문에 작은 말이 없다며 이 말이 그나마 가장 순하다 했다.

"일단 저기로 가자."

할아버지가 가리킨 방향으로 고개를 돌리던 디아나가 멈칫했다.

"어?"

"왜 그러느냐?"

"저기…… 푸른색 갈기를 본 것 같은데 제가 잘못 본 건가요?"

디아나가 눈을 비비며 다시 보았다. 몇 번 반복해 감았다 떠도 푸른색이었다.

"아, 저 말."

할아버지가 눈살을 찌푸렸다.

"……그래. 넌 처음 보겠구나."

할아버지가 고삐를 다시 세라피나 경에게 넘기고 말했다.

"구경해 보겠니?"

"네!"

디아나는 할아버지와 함께 푸른 갈기가 보였던 우리로 향했다. 다가갈수록 확실해졌다.

"진짜…… 갈기가 푸른색이네요?"

"그래. 노히바덴산 말이다."

다가오는 사람에 불안한지 말이 예민하게 움직였다. 땅을 발로 걷어차는 모습이 우리에 갇혀 있지 않았다면 당장이라도 공격할 것만 같은 모습이었다.

"오늘 두 번 우승했던 말의 출신지죠?"

"그렇지."

세라피나 경이 걱정스러운 눈빛을 했다.

"부군, 말씀하셔도 됩니까?"

"이 정도야 뭐 어때."

디아나가 고개를 갸웃했다. 할아버지가 아무것도 아니라는 듯 손을 내저었다.

"그래. 노히바덴산 특산품인데…… 핏줄이 좀 독특하다. 정령과 말의 혼혈이거든. 오래전 일이라 피는 매우 옅어졌지만, 그래서 이렇게 갈기가 푸른색인 거지."

속력, 지구력, 지능 모두 다른 말과 비교가 되지 않는다 했다.

그래서 경마장에서는 경기 결과를 뻔하게 만든다며 푸른 갈기의 말은 참가 불가했다.

푸른 갈기가 없더라도 아주 희미하게 섞인 피만으로도 노히바덴 가문의 말은 경마에서 대부분 1등을 차지했다.

하지만 이 모든 능력치를 웃도는 단점도 존재했다.

"말을 잘 타게 되면 저도 타 볼 수 있는 날이 올까요?"

"이 마장에 있는 말은 다 네 거나 마찬가지란다."

할아버지가 웃으며 디아나의 뺨을 문질렀다.

"그, 그건 좀…… 너무 많은 것 같은데……."

화들짝 놀란 디아나가 주변을 휘휘 둘러보았다. 지나가다 본 말만 해도 벌써 열 필이 넘었다. 심지어 오흐리드의 마장이 너무 넓어 일부만 돌아 본 참이었다.

"하지만 저 말은 안 된다. 너무 위험해."

"위험해요?"

"그래. 무척 난폭해. 누구도 태운 적이 없단다. 베테랑 말 관리사도 여럿 도망갔지. 선물 받은 것만 아니라면 팔아치웠을 거란다."

이 모든 장점을 웃도는 단점.

그건 말을 다룰 재능이 없다면 그자가 누구라도 절대 말을 듣지 않는다는 점이었다.

즉 대부분 대공가 사람만이 다룰 수 있단 뜻이었다. 혹은 뛰어난 기사, 아니면 극히 드물게 뛰어난 마법사.

푸른 갈기의 말은 그 희소함 때문에 황족에게 진상되기도 했다. 황가에도 두 필 있었으나, 모두 마구간에서 나오지 못했다.

이 희귀하지만 처치 곤란한 말을 선물한 것은, 노히바덴 대공이었다.

'그 자식도 고집이 보통은 아니지.'

테세비츠.베일 노히바덴이 정식으로 대공이 되고 나서 오흐리드 백작에게 선물을 보냈다.

하지만 오흐리드 백작은 대공이 보낸 선물을 보지도 않고 계속 돌려보냈다. 그러자 마지막으로 보낸 것이 이 말이었다.

처음에는 이 말도 돌려보내려 했다. 그러나 말 관리자 셋이 걷어차여 입원하고, 둘이 줄행랑을 친 다음에는 오흐리드 백작도 포기했다. 그리고 그대로 잊히던 참이었다.

스펜서 또한 이 말을 보는 것은 오랜만이었다. 아마 평생 이 마구간에서 살다 죽을 것…….

"스펜서 님! 저기, 아가씨께서……!"

세라피나 경이 당혹스럽다는 듯 소리쳤다. 잠시 생각에 잠겼던 할아버지가 다급히 디아나를 보았다. 그러곤 믿기 힘든 광경에 눈을 부릅떴다.

난폭하던 말이 얌전히 철창 밖으로 고개를 내밀었고 디아나가 이를 쓰다듬고 있었다.

아니, 디아나는 어색하게 손을 들어 올리고 있을 뿐, 말이 쓰다듬어 달라는 듯 손에 머리를 비볐다.

"하, 할아버지, 이 말 왜 이래요?"

당황한 디아나가 어떻게 좀 해 달라는 얼굴로 할아버지를 보았다.

"허, 허허, 허 참. 정말, 허허."

"정말 놀랍군요."

할아버지는 헛웃음을 터트리고 세라피나 경은 홀로 중얼거렸다.

"너, 나한테 왜 이러니?"

디아나가 약간 겁을 집어먹은 목소리로 말에게 물었다.

당연히 말은 알아들을 수 없었다. 말은 그저 그녀의 어색한 손짓이 마음에 든 듯 푸르릉 소리를 냈다.

이를 지켜보던 세라피나 경이 조심스럽게 다가갔다. 딱 한 걸음 옮겼을 뿐인데 세라피나 경을 휙 돌아본 말이 우리 안으로 고개를 집어넣었다.

"앗!"

세라피나 경이 허탈하게 웃었다. 철창 안의 말이 당장 꺼지라는 듯 짜증스레 발을 굴렀다.

"역시 아가씨의 손길만 허락하나 봅니다."

"그럴 리가요?"

디아나는 그럴 리가 없다며 말을 의심스럽게 보았다. 그러나 세라피나 경이 멀어지자마자 다시 말이 고개를 내밀었다.

"으응? 뭐야, 진짜?"

디아나가 다시 세라피나 경에게 빨리 와 보라 손짓했다. 세라피나 경이 한 걸음 떼는 순간 콧김을 뿜어낸 말이 다시 들어갔다.

묘한 낯으로 지켜보던 할아버지가 다가갔다.

"네가 마음에 들었나 보다."

"저는 말 탈 줄도 모르는데요?"

"글쎄. 재능을 알아본 게 아닐까?"

디아나가 고개를 갸웃갸웃했다.

"……그러게나 말이다."

왠지 쓰게 웃은 할아버지가 그녀의 머리를 쓰다듬었다.

"나중에 탈 수 있게 되면 네가 이름을 지어 주렴."

"그래도 돼요?"

디아나의 눈이 반짝거리듯 빛났다. 내 말!

"그럼. 여기 있는 말은 다 네 것이나 다름없다고 했잖니."

"저는 하나만 있어도 돼요!"

어깨를 으쓱한 할아버지가 디아나를 이끌었다.

"그래. 뭐, 일단 배워 봐야지?"

가장 먼저 배운 것은 말과 친해지는 법이었다. 갈기를 쓰다듬고 목덜미를 두드리며 안정시키는 법을 배웠다. 그다음이 승·하마 법이었다.

"말은 항상 왼쪽에서 올라탄단다. 이렇게 고삐와 갈기를 함께 잡고 등자에 왼발을 걸어 올려놓고 오른발로 땅을 박찬 뒤에 이렇게 — 올라타면 된단다."

할아버지가 단번에 올라탔다.

"올라탈 때 중요한 건 옆구리를 자극하면 안 된단다. 잘못하면 그대로 출발해 버려."

할아버지가 옆구리를 차자 말이 천천히 걷기 시작했다. 한 번 더 거세게 차자 빠르게 달리기 시작했다.

'멋있어.'

몸이 위아래로 흔들리며 말을 타는 모습이 그렇게 근사할 수 없었다.

고삐를 당겨 말의 속도를 줄인 할아버지가 다시 원래 위치로 돌아왔다.

"내릴 때는 몸을 숙이고 오른발을 등자에서 뺀 다음에 똑같이 갈기와 고삐를 잡고— 이렇게 내리면 된다. 자, 한 번 더 보여 주마."

몇 번 더 보여 주는 사이 도미닉 경이 기승대를 가지고 왔다.

"아가씨는 이 위에서 올라타시면 됩니다."

초보자나 고령자들이 타기 쉽도록 도와주는 물건이었다. 디아나가 기승대에 올라가 고삐를 쥐려 할 때였다.

"아, 잠깐. 디아나, 이리 와 보거라."

고개를 갸웃한 디아나가 할아버지 곁으로 향했다. 할아버지가 손을 뻗어 그녀의 머리카락을 넘겨주었다.

"머리카락을 묶어야겠다."

할아버지가 세라피나 경에게 손을 내밀었다.

"머리끈."

"……."

세라피나 경이 당혹스러운 얼굴을 했다.

"없어?"

"예. 구해 올까요?"

"아니, 머리끈도 없어?"

"그게…… 저는 머리를 못 묶습니다."

세라피나 경은 단발이었다…….

결국, 다시 도미닉 경이 뛰어가 머리끈을 구해 왔다.

"그런데 할아버지, 머리 묶을 줄도 아세요?"

"그럼, 당연하지."

할아버지가 커다란 손으로 그녀의 머리를 빗어 내렸다. 하녀들
이 빗겨 주는 것과 달리 어색한 손놀림이었다.

'하실 줄 모르는 것 같은데……'

심각한 표정의 할아버지가 물었다.

"아프면 말하렴."

"……네."

왠지 콧등이 찡해졌다.

한참 뒤에야 겨우 머리를 묶은 할아버지가 안도의 숨을 내쉬었
다.

머리를 더듬은 디아나가 활짝 웃으며 할아버지를 돌아보았다.

"정말 묶을 줄 아시네요!"

"그럼. 내가 할 줄 안다 하지 않았니."

"헤헤."

디아나가 할아버지의 옷자락에 얼굴을 묻었다. 디아나의 동그란
머리를 쓰다듬던 할아버지가 부루퉁한 얼굴을 했다.

"머리를 묶으니 쓰다듬기가 힘든데?"

"당연하죠!"

디아나는 묶은 머리가 혹시라도 풀릴까 서둘러 할아버지의 품을
빠져나갔다.

한 번 더 묶어야 하면 오늘 내로는 말을 타지 못할 수도 있었다.

"그럼 다시 시작할까? 기억하지?"

"네!"

기승대에 올라간 디아나가 본 대로 고삐를 쥐었다.

할아버지가 맞게 쥐었다는 듯 고개를 끄덕였다.

혹시나 모를 위험에 세라피나 경이 말의 목덜미를 붙들었다. 할아버지가 긴장을 풀어 주듯 말했다.

"못 하겠으면 그냥 포기해도 된단다. 도미닉 경이나 세라피나 경이 올려 주면 되니 너무 걱정 말거라."

"네."

"일단 한 번 더 쓰다듬어 주고."

장갑을 낀 손 아래로 갈기가 느껴졌다.

"이제 준비하고."

디아나가 꿀꺽 침을 삼켰다.

"하나, 둘―"

셋 소리와 함께 디아나가 기승대를 박찼다.

말은 전혀 흥분하지 않았고 자세는 안정적이었다.

걱정한 것이 무안할 정도로 사뿐한 몸놀림이었다.

"저 제대로 탔나요?"

"그래. 아주…… 잘했다."

할아버지가 한 박자 늦게 답했다.

문제없이 말 위에 탔다는 것에 안도한 디아나가 잠시 멈췄던 숨을 후 내쉬었다.

'피는 못 속인다는 건가…….'

＊　　＊　　＊

"이리로! 다친 사람부터!"

근래 조용했던 항구에 반파된 배가 들어온 건 지금으로부터 한 시진 전이었다.

항구에 배가 들어왔다는 소식에 급하게 달려온 한 남자가 고삐를 당겼다. 그의 눈에 연기가 피어오르는 커다란 선박이 보였다.

"이번에도?"

남자의 눈이 기민하게 선박을 훑었다. 찢기고 너덜너덜해진 선박은 원래 형체를 알아볼 수 없었지만 남자는 기억력이 좋았다.

"세상에 름 상선까지 당하다니."

대륙 무역을 하는 상단 중 가장 큰 규모에, 해상 국가에 적을 두어 호위마저 단단했던 상단이었다.

남자의 눈에 그와 똑같이 출발해 먼저 도착한 이가 보였다. 남자가 말에서 뛰어내렸다.

"테세비츠!"

로브를 깊게 뒤집어쓴 평범한 여행자 복장의 노히바덴 대공이 그를 돌아보았다.

"뭐래?"

"해적."

"미쳐 버리겠네. 진짜. 이게 며칠째야."

남자의 고성에도 노히바덴 대공은 심경을 드러내지 않는 눈으로 선박을 볼 뿐이었다.

"동풍이 불기 전에 가야 한다고!"

이제 동풍이 부는 시기까지는 보름 남짓 남아 있었다. 동풍이 불기 시작하면 제아무리 좋은 배라도 꼼짝없이 봄까지는 서대륙으로 갈 수 없었다.

원래도 해적은 항상 있었다. 하지만 이 정도는 아니었다. 어디선가 지원을 받은 것처럼 빠른 배와 날카로운 무기, 성능 좋은 대포로 무장한 해적들은 대륙을 오가는 모든 배를 사냥했다.

"설마……."

아무리 생각해도 시기가 공교로웠다. 그들의 행동 또한 자세히 살펴보면 이상한 점이 있었다. 작은 배는 내버려 두는 그들은 마치 커다란, 상단의 배가 목적이라는 것처럼 굴었다.

하지만 가장 큰 피해를 받은 건 동대륙과 오가는 상선들이었다. 그 상선이 가진 것이 하나도 없더라도, 어김없이 침몰시키거나 한동안 운행은 꿈도 꾸지 못할 정도로 타격을 가했다.

테세비츠를 빠르게 찾아 좋아하던 것도 잠시 이 동대륙에 발이 묶인 것이 벌써 얼마나 됐는지 알 수 없었다.

초조함을 감출 수 없는 헤르만이 괜스레 테세비츠를 향해 말했다.

"너는 무슨 패기로 바다를 건넜냐? 홍염은 바다에서 아무짝에도 소용없어서……."

―키잉

"윽"

마력을 느낄 수 있는 자에게만 들리는 파공음이었다. 막아도 소용없지만, 반사적으로 귀를 막았던 그가 얼얼한 머리를 흔들었다.

"뭐야, 홍염. 잠든 줄 알았더니."

"바다에서 홍염의 힘이 약해지는 것뿐이지 속세에 떠도는 말처럼 잠드는 건 아니다."

미미하게 미간을 찌푸렸던 테세비츠가 말했다.

"그래?"

"헌자는 헛달았군."

"야."

그래도 시답지 않은 대화를 하다 보니 조금씩 진정되었다. 잠시 입을 다물었던 그가 테세비츠에게 시선을 두었다.

"오흐리드 백작이 너를 여기 묶어 두려는 건가?"

"그럴지도."

만약 그의 예상이 맞았다면, 오흐리드 백작이 이런 짓을 하는 이유는 뻔했다. 디아나.

어떻게 알아낸 거지? 그를 감시했던 건가? 아니면 필리파의 재산을 넘겨준 것이 문제인가? 하지만 필리파가 재산을 넘겨줄 때, 그건 가문에서도 모르는 재산이라고 했었다.

아니, 모든 건 변명이었다. 그저 그가 너무 안일했다.

자책감에 괴로워하는 그와 달리 친우의 얼굴은 대체 무슨 생각을 하는지 알 수 없었다.

딸의 존재에 대해 들을 때도 똑같은 얼굴이었다.

「내 말 들은 거 맞아? 딸이 있다니까?」

「안다.」

「안다고?」

「넌 내가 왜 이곳에 있다고 생각하나?」

「……」

「필리파가 여기서 아이를 낳았더군.」

「뭐? 임신해서 바다를 넘었다고? 미친 거 아냐? 잘못되면……」

그런 그의 말을 자른 테세비츠가 물었다.

「그래서, 필리파가 죽었다고?」

그는 입을 다물었다.

절망 어린 음울한 눈.

폐부 깊은 곳의 숨을 짜내듯 겨우 답할 수 있었다.

「……그래.」

「그렇군.」

테세비츠가 책상 한구석을 의미 없이 바라보았다. 침묵이 방 안
을 감쌌다. 위로의 말을 찾을 수 없었다. 어떤 위로의 말도 그에게
닿지 않을 테니까.

얼굴을 쓸어내린 테세비츠가 일어났다.

「나머지는 내일 얘기하지. ……혼자 있고 싶네.」

저벅저벅 걸어간 테세비츠가 찬장으로 다가갔다.

「너 술……. 아니, 아니다. 그래 내일 보자.」

한번 좋지 않은 일을 겪고 나선 술을 끊었던 테세비츠였다. 그런 그가 조용히 술잔을 기울이는 모습을 뒤로하고 나올 수밖에 없었다.

후에 테세비츠가 추적한 사실을 들어 보니 필리파는 여기서 아이를 낳고 조금 지내다가 다시 서대륙으로 돌아간 것 같았다. 그리고…….

"헤르만."

"왜."

잠시 생각에 잠겼던 그가 테세비츠를 보았다.

"네가 해 줬으면 하는 일이 있다."

"뭔데?"

테세비츠는 그가 아닌 부서진 선박, 아니 그 너머의 지평선을 바라보고 있었다.

"이제 누군가의 뒤를 쫓는 건 지긋지긋하다."

*　　　*　　　*

넝쿨무늬 장식의 고풍스러운 가구들로 가득한 오흐리드 백작의 집무실은 가문의 재력과 이를 유지한 오랜 세월을 짐작게 했다. 방 안의 물건 하나하나가 오흐리드 그 자체였다.

그리고 그 집무실에서 가장 새로운 것을 꼽으라 한다면—

"수업은 괜찮니?"

디아나가 고개를 들었다.

무릎 위에 조금 전까지 보던 책을 내려놓았다. 할머니와 함께 차를 마시기 위해 기다리던 차였다.

"너무 힘들면 말하려무나. 어제도 늦게 잠들었다 들었는데."

"아, 어제요? 그게 콘라드 선생님이 내주신 숙제를 하다가 궁금한 게 생겨서요."

콘라드 선생님은 할머니가 디아나에게 붙여 준 가정 교사였다.

"서재에 갔다가 재밌는 책을 발견했는데, 읽다 보니 시간이 너무 늦어 버렸더라고요."

디아나가 배시시 웃었다.

"그렇다면 다행이다만……."

"정말 괜찮아요. 제가 좋아서 하는걸요."

"그래. 무리하지 말렴."

"그러고 보니 그 말을 타게 되었다며."

"아, 그렇지 않아도 이름을 고민 중이에요."

그동안 승마도 꾸준히 배웠다. 어제는 드디어 푸른 갈기의 말에 처음으로 올라타 보기도 했다.

열심히 갈기를 빗겨 주고 고삐를 잡고 걸어 다니기만 한 지 한 달. 인고의 노력 끝에 맺은 성공이었다.

물론 워낙 다들 걱정이 심해, 달리는 건 꿈도 꾸지 못했다.

"조심하렴. 그 말은 너무 사납잖니."

"네. 조심할게요."

"미물 주제에 주인을 고르는 말이라니 나는 마음에 들지 않는다. 너를 고른 걸 보아 머리는 좋은 것 같다만."

결국, 디아나는 웃음을 터트리고 말았다.

벌떡 일어나 쪼르르 달려간 디아나가 의자에 앉아 있는 할머니를 꼭 끌어안았다.

"할머니 제가 정말 좋아하는 거 아시죠?"

"몇 번째로?"

"당연히 첫 번째죠."

디아나의 밝은 머리카락에 얼굴을 비비던 할머니가 멈칫했다.

"스펜서가 첫 번째로 좋다는 소리를 들었다고 자랑하던데……."

"네?!"

아니, 그건 또 언제 자랑하신 거야? 웃음이 터졌다. 할머니가 짐짓 심각한 목소리로 물었다.

"할머니가 좋아, 할아버지가 좋아."

"지금은 할머니요."

할머니가 만족스럽지 못한 표정을 지었다.

"디아나. 만약에 말이다……."

할머니가 그대로 말을 멈추고 디아나를 바라보았다. 갑자기 말을 멈춘 할머니를 보던 디아나가 고개를 갸웃했다.

"할머니?"

"아니, 아니다."

할머니가 디아나의 머리를 쓰다듬고는 몸을 일으켰다.

"쓸데없는 생각이었다."

디아나가 할머니에게 지팡이를 가져다 드렸다.

"많이 기다렸겠구나. 차를 내오라 일러야겠다."

할머니는 느리더라도 집 안에서는 휠체어보다 걷는 걸 선호했다.

그때 문을 두드리는 노크 소리가 들렸다.

집무실을 들어오는 사람은 무척 한정적이었다. 할아버지, 할머니를 어린 시절부터 모셨다는 하녀 한 명과 집사, 그리고 디아나.

그것이 가족으로 여겨지는 것 같아 내심 좋았다.

"들어와."

열린 문 사이로는 두 사람이 보였다. 집사와—

"백작님, 작은 도련님이 돌아오셨습니다."

의외의 만남에 반가움이 밀려왔다. 집사의 뒤를 따라 세니르가 집무실 안으로 들어왔다.

'할머니 집에 온 후 처음이지?'

꽤 오랫동안 보지 못했으나, 변한 점은 하나도 없었다.

밀랍 인형 같은 섬세한 얼굴. 차분한 표정. 우아한 몸가짐.

세니르도 디아나를 보았다. 그녀를 보고 딱 두 번 깜빡인 금색 눈동자가 다시 할머니에게로 향했다.

"백작님께 인사 올립니다."

"그래, 오랜만이구나."

그리고 다시 그녀를 향해 살짝 고개 숙였다.

"아가씨도 함께 계시는군요."

디아나 또한 반사적으로 고개를 숙이다 멈칫했다.

'방금 아가씨라고 한 건가?'

다시 할머니를 돌아본 세니르가 담담하게 말했다.

"집무실에 계신다기에 아가씨와 함께 계실 줄 몰랐습니다. 처리한 일은 바로 정리해 보고 올리겠습니다."

"그래."

"그럼 물러가겠습니다."

순식간에 흘러가는 상황에 그저 눈만 깜빡였다.

얼마만의 만남인데 이렇게 인사만 하고 헤어지는 거야? 세니르가 또 저택을 나서면 언제 돌아올지 몰랐다. 다시 문으로 향하는 세니르를 본 디아나가 다급히 말했다.

"저기—!"

그녀의 외침에 세니르와 할머니가 디아나를 돌아보았다.

"그게……."

그런데 뭐라고 하지? 그냥 가지 말라고? 좀 더 얘기하다 가라고? 너무 떼쟁이처럼 보이진 않을까? 하지만…….

기다리던 할머니가 물었다.

"디아나? 무슨 일이니?"

"어, 같이 차를 마시는 거 어떠세요?"

할머니가 세니르를 돌아보았다가 아직 문가에 남아 있던 집사를 향해 말했다.

"자리를 마련하거라."

"알겠습니다."

그렇게 찻잔을 내와 간단히 끝날 줄 알았던 티타임이었다. 지금까지는 할머니의 집무실, 혹은 집무실에 딸린 테라스에서 간단히 차를 마시는 정도였기 때문이다.

그런데 어쩌다 보니 정원에 자리를 내는 본격적인 티타임이 되었다. 집사가 자리를 마련하는 동안 세니르와 디아나가 먼저 내려갔다. 할머니는 일을 마저 끝내고 뒤따라온다 하셨다.

"그날 이후로 처음이네요."

쉽사리 입을 열지 못하던 디아나와 달리 세니르는 변함없었다.

"그동안 잘 지냈나요?"

"다들 잘해 주셔서 잘 지냈어요. 세니르는요?"

"평소와 다를 건 없었답니다. 일이 많이 밀려 도통 집에 돌아올 시간이 없었다는 걸 빼면요."

부드럽고 나긋한 목소리와 수려한 외모는 여전했다.

"아, 혹시 진주 좋아하시나요?"

"진주요?"

갑작스러운 물음에 디아나가 눈을 동그랗게 떴다.

"네. 방문한 곳 중 하나가 진주로 유명하더군요."

세니르가 빙그레 웃었다. 느긋하게 걸음으로도 어느새 정원에 도착했다. 그새 마련해 놓은 자리가 보였다. 화사하게 핀 꽃 덤불 사이 흰 테이블에는 체크무늬의 테이블보가 깔려 있었다.

"여기도 무척 예쁘네요."

디아나가 감탄했다. 평소에도 자주 지나다니던 곳이었는데 이렇게 테이블과 의자를 놓자 휴식을 취하기 좋은 곳이 되었다. 그때 덤불 사이에서 바스락 소리가 들렸다.

"하늘아!"

튀어나온 하늘이가 디아나를 향해 달려들었다. 점프한 하늘이를 그대로 세니르가 잡아챘다.

"어?"

받아 들 준비를 하던 디아나가 놀라 세니르를 보았다. 차분한 얼굴의 세니르가 하늘이의 발을 보여 줬다. 디아나가 입을 크게 벌렸다.

"악! 하늘아!? 너 어디서 놀다 온 거야! 발이 이게 뭐야?!"

발이 온통 진흙투성이였다. 요령 좋게 잡은 세니르의 옷엔 묻지 않으나 디아나가 안아 들었다면 그대로 옷을 갈아입으러 가야 했을 터였다.

기겁한 하인이 달려와 하늘이를 받았다. 하늘이는 디아나를 향해 아련하게 버둥거렸으나 하인의 품에서 벗어날 순 없었다.

"세니르 아니었으면 큰일 날 뻔했네요. 고마……."

순간 세니르를 보면 꼭 해야 한다고 생각했던 말이 떠올랐다.

"아! 그러고 보니 세니르를 보면 하려던 말이 있었어요. 잊을 뻔했네요."

"제게요? 말씀하세요."

"할머니랑 할아버지를 찾아 주셔서 감사해요."

이 말을 꼭 하고 싶었다.

"정말 고마워요."

"⋯⋯."

세니르가 말없이 그녀를 바라보았다. 디아나가 고개를 기울이고 "세니르?" 하고 묻자 그제야 평소처럼 미소 지었다.

"제가 아니더라도 다른 이들이 찾았을 겁니다."

"하지만 바쁜 와중에도 세니르가 직접 만나러 왔잖아요."

디아나가 배시시 웃었다.

'그러고 보니 세니르와는 무슨 관계지?'

오흐리드의 후계자니까⋯⋯ 친척? 사촌? 도련님이라고 불리니까 오라버니인가?

"아가씨께선 여전하시군요."

"네? 아! 맞아 세니르. 왜 저한테 아가씨라고 하는 거예요?"

답은 뒤편에서 들렸다.

"그건 내가 대답하마."

"할머니? 빨리 오셨네요!"

디아나가 벌떡 일어나자 할머니가 손을 내저었다.

"괜찮다. 디아나, 앉아 있으렴."

할머니가 하녀의 부축을 받으며 천천히 다가온 할머니가 입을 열었다.

"상황이 복잡하단다."

"복잡이요?"

"그래. 어머니와 의견이 맞질 않아서⋯⋯."

어머니라면 대부인이었다.

오흐리드 대부인, 디아나의 증조할머니였다. 증조할머니는 몸이 좋지 않으셔서 디아나도 하루에 한 번, 짧은 시간만 뵈었다.

"세니르가 귀족이 아닌 건 알고 있지?"

"네에?"

디아나가 눈을 동그랗게 뜨고 세니르를 돌아보았다.

"아뇨! 전혀 몰랐……."

말하던 디아나가 떠오른 기억에 멈칫했다. 그러고 보니 처음 만났을 때 세니르가 평민이라고 했었지?!

"아, 헉. 그게 진짜였어요?"

세니르의 미소가 짙어졌다.

"저런, 거짓말인 줄 아셨나요?"

"아니. 정말로, 전 그냥 장난인 줄……."

디아나는 혼란스러움을 감추지 못했다.

할머니가 다시 설명을 이어 갔다.

"세니르가 정식으로 오흐리드 가문에 들어오는 데는 조건이 있단다. 그리고 아직은 그 조건이 채워지질 않았지."

"무슨 조건이요?"

"오흐리드 피를 이은 자와 결혼할 것."

눈을 크게 뜬 디아나가 세니르를 휙 돌아보았다. 마주한 눈이 부드럽게 휘었다. 그리고 반 박자 늦게 약혼녀가 있다는 사실도 떠올렸다. 오발론 영애.

"아, 그래서……."

이상한 착각을 할 뻔했다. 안도하면서도 왠지 모르게 싱숭생숭

한 감정이 들었다.

"그래. 아직은 반쪽짜리 후계자인 거지."

가문의 수장이라 하더라도 마음대로 하지 못하는 일도 있는 모양이었다.

한숨을 푹 쉰 디이나가 말했다.

"어렵네요."

"한 가지 확실히 말할 수 있는 건, 네가 신경 쓸 건 없을 거란 사실이다."

이윽고 집사가 커다란 쟁반에 찻잎과 뜨거운 물을 담은 주전자를 가지고 왔다.

"바로 디저트를 내오겠습니다."

차와 주전자를 내려놓은 집사가 곧바로 물러났다.

세니르가 다구를 들어 빈 찻주전자에 뜨거운 물을 부어 찻잔을 데웠다. 물을 버리고 차 스푼으로 찻잎을 옮겼다.

언뜻 무심해 보이는 움직임은 자연스럽게 우아했다.

'당연히 귀족이라고 착각할 만하지 않나.'

그런데 신기하다. 이런 식으로도 귀족 가문의 후계자를 정하기도 하는구나.

뜨거운 물을 부어 찻잎의 먼지를 씻은 세니르가 다시 물을 붓고 모래시계를 뒤집어 놓았다. 흰 찻주전자가 잘 어울렸다.

디이나는 그저 감탄하며 보았다. 시계의 모래가 다 떨어지자 세니르가 주전자를 들어 깔끔하게 찻잔에 찻물을 담아냈다.

"세니르가 차 내리는 모습은 정말 예쁘네요. 아, 예쁘다고 하면 안 되나."

디아나가 살짝 민망해하며 말을 흐리자 세니르가 희미하게 웃었다.

"그럴 리가요."

세니르의 시선이 그녀의 손목을 향했다.

"아가씨는 아직 손에 힘이 없어서 주전자가 무거워 떨릴 수밖에 없지요."

디아나가 자신의 손을 앞뒤로 살펴보았다. 최근 살이 오르고 조금 괜찮아지긴 했지만, 아직도 마르고 흉터 많은 손이었다.

그녀는 딱히 자신의 손이 보기 싫다거나 하지 않았다. 일했던 사람들의 손이 다 그러니까.

하지만, 오흐리드 사람들은 그녀의 손을 볼 때마다 안타까움을 숨기지 못했다.

'장갑을 껴 볼까?'

마침 그녀의 손을 할머니가 덮었다.

"너는 너무 말랐어. 앞으로 많이 먹어야 한단다."

할머니 앞에 찻잔을 놓은 세니르가 물었다.

"살구 잼을 넣어 마시겠어요?"

"네. 제가 넣을게…… 아, 감사합니다."

연분홍빛 찻물 안으로 살구 잼이 퐁당 들어갔다. 세니르가 디아나에게 찻잔을 밀어 주었다. 한 모금 마신 디아나가 눈을 크게 떴다.

"맛있니?"

디아나가 고개를 끄덕였다. 항상 쓰다고 느꼈는데 살구 잼을 넣자 달고 상큼해졌다.

"우유보다 잼이 더 좋은 것 같아요."

이 말을 들은 할머니가 수십 가지 종류의 잼을 갖추게 할 줄 알았다면 디아나는 아마 저 말을 하지 않았을 것이다. 하지만 이미 뱉은 말이었다.

흐뭇하게 웃던 할머니가 은 스푼을 들었다.

"네가 좋다니 나도 넣어 마셔 봐야겠다."

할머니도 덜어 낸 잼을 넣고 휘휘 저었다. 그새 차가 조금 식어 잼이 녹는 데 시간이 걸렸다.

"어때요?"

"나쁘지 않구나. 이 차에는 장미 잼도 잘 어울리겠어."

"장미 잼이요? 장미로 잼도 만들어요?"

여러 얘기를 나누는 사이 다시 집사가 돌아왔다. 커다란 은쟁반 위에 온갖 디저트를 담아 든 하인들도 뒤따랐다.

바닐라 크림을 가득 채우고 초콜릿 아이싱 위에 슈가 파우더를 뿌린 에끌레르, 피스타치오를 잘게 뿌린 민트색 머랭, 제철 과일을 넣은 파운드케이크가 먼저 테이블에 올려졌다.

다음엔 보기만 해도 바삭해 보이는 황금색 페스트리 사이사이에 크림과 라즈베리를 층층이 쌓은 밀푀유였다.

그리고 잘려 나온 사과 타르트와 마들렌, 노릇하게 구워진 스콘과 그 옆에는 발라 먹을 수 있게 생크림과 라즈베리 잼이 예쁜 그릇에 담겨 있었다.

이렇게 화려하면서도 많은 종류의 디저트들은 보르도 저택에서도 본 적 없었다. 디아나는 눈을 한곳에 두지 못한 채 감탄했다.

"어서 먹어 보렴."

할머니가 흐뭇하게 웃었다. 디아나는 각기 화려하게 자기주장을 하는 디저트들을 살피다, 하나 집어 들었다.

나이프를 들어 한입 크기로 잘라 낸 디아나가 설레는 마음으로 입에 넣었다.

"맛은 어떠니?"

씹는 순간 얇은 페스트리가 바삭 부서졌다. 그 사이로 달콤한 필링이 새어 나오며 입 안을 가득 채웠다.

우물거리며 넘긴 디아나가 상기된 얼굴을 했다.

"정말……너무 맛있어요."

"이제 먹고 싶은 게 있으면 얼마든지 주방에 말하거라. 이번에 새롭게 디저트 전문 파티시에를 데려왔으니."

"디저트 전문 파티시에요?"

그래서 갑자기 이렇게 많은 디저트가 나온 거였어?

"그래, 네가 단 음식을 좋아하는 것 같다고 말하더구나."

"무, 물론 좋아하지만……."

디저트 전문 파티시에라니? 보르도 저택에도 그런 요리사는 없었다.

"내가 단 걸 즐기지 않으니 아무래도 그쪽에 좀 소홀했었지."

"아니, 저는 괜찮아요! 이럴 필요까진……."

"부담스럽다고 하지 않았으면 좋겠구나."

할머니가 애틋하게 디아나를 보았다. 말문이 턱 막혔다.

"나는 너를 만나지 못했을 때 네게 해 주지 못한 모든 걸 해 주고 싶단다."

흐뭇하게 지켜보던 집사가 헛기침하며 끼어들었다.

"아가씨의 입에 맞으셔서 다행입니다만…… 곧 아가씨 초상화를 그릴 시간이어서요. 어찌할까요?"

"벌써 시간이 그렇게 됐어요? 지금 몇 시죠?"

한 폭의 그림처럼 찻잔을 내려놓은 세니르가 품속에서 은색 시계를 꺼내 시간을 알려 주었다.

"헉, 늦었다!"

초상화 모델을 하는 시간은 한 시간 정도였지만 초상화용 드레스로 갈아입고 머리를 준비하는 데만 또 한 시간이 걸렸다.

디아나가 서둘러 일어나자 할머니가 손을 들어 막았다.

"할머니?"

"오늘은 쉬라 전할까요?"

집사가 재빠르게 물었다.

"그래. 콘라드 선생도."

"알겠습니다."

초상화뿐만 아니라 수업을 맡은 선생님의 이름까지 나오자 디아나의 눈이 동그랗게 변했다.

"수업도 빠져요?"

"그래. 쉬는 김에 푹 쉬어야지."

아무래도 어제 늦게 잠든 것이 못내 걱정스러운 모양이었다.

'앞으론 조금 조심해야겠다.'

전에는 그녀가 몇 시에 잠드는지 아무도 몰랐다. 걱정하는 사람도 없었다. 가슴이 절로 따뜻해졌다.

'너무 행복해.'

왠지 또 눈물이 날 것 같아 서둘러 다른 말을 시작했다.

모든 디저트를 한입씩 맛본 디아나가 어느 정도 배가 찬 상태로 느슨히 앉았다.

"이제 배부르니?"

"네. 더는 못 먹겠어요."

"그럼 이제 세니르와 제도를 구경하는 건 어떠니?"

"네? 이렇게 갑자기요?"

"갑자기는 스펜서가 널 납치하듯 끌고 나간 것이 갑자기지."

할머니의 말에 디아나가 비실비실 웃었다.

처음 외출한 날, 디아나는 승마하며 묻은 먼지와 모래를 씻기 무섭게 그대로 잠들어 버렸다. 나중에 듣기로 할아버지는 그날 할머니에게 된통 혼났다고 했다.

"네게 제도 구경을 시켜 준다 해 놓고 집에만 있게 하는 게 미안했단다."

"아니에요. 괜찮아요. 승마도 배우러 다니잖아요."

"다른 데도 가 봐야지."

"다른 곳이요?"

"그래. 어디 가 보고 싶은 데는 없느냐?"

"으음."

그때 세니르가 자연스럽게 제안했다.

"엘—코르테는 어떨까요."

"나쁘진 않군."

고개를 끄덕인 할머니가 그녀에게 물었다.

"디아나, 엘—코르테에 가 본 적 있니?"

"아니요. 들어는 봤어요. 고급품들을 모아 파는 곳 아니에요?"

"맞다. 백화점이라고도 하지."

엘—코르테. 매번 아티시아 아가씨가 노래를 부르던 곳이었다.

"그럼, 거기서 네 옷과 구두를 맞추는 것도 나쁘지 않겠구나."

놀란 디아나가 손을 내저었다.

"앗, 전 엄마가 쓰던 것만으로도 충분해요."

매일매일 입어도 아직도 못 입은 옷들이 많았다. 하지만 할머니
는 단호하게 말했다.

"검소는 오흐리드의 미덕이 아니란다."

"……."

*　　*　　*

홀은 외출 준비로 부산스러웠다.

"아가씨, 이쪽이에요."

"미셸!"

디아나가 한쪽으로 쪼르르 달려갔다. 미셸이 그녀에게 화려한

장식이 달린 검은 가면을 건넸다. 이제는 꽤 익숙해진 가면이었다.

"아 참, 작은 도련님이 선물을 보내셨어요. 돌아와서 풀어 보세요."

"앗, 들었어요. 진주라고 하던데요."

"진주요?"

미셸이 작게 웃으며 말을 이었다.

"네리아랑 데이지가 보석이네 아니네 하면서 추측하던데 네리아 말이 맞았네요."

미셸이 들고 있던 망토를 둘러 주었다. 윤기 흐르는 도톰한 상아색 망토를 두른 디아나가 현관으로 나섰다.

계단으로 나오자 경장을 차려입은 기사 두 명이 있었다. 세라피나 경과 도미닉 경이었다. 디아나가 열심히 손을 흔들자 두 기사는 입가에 미소를 머금고 인사했다.

"출발 준비 마쳤습니다."

집사의 말에 세니르가 고개를 살짝 끄덕였다. 그녀에게 다가온 집사가 봉투를 공손히 내밀었다.

"백작님께서 아가씨께 드리라 하셨습니다."

평범한 미색 봉투를 열자 얇고 반질반질한 종이가 나왔다. 별다른 장식이 없는 직사각형의 종이에는 숫자와 도장이 찍혀 있었다.

"이게 뭐죠?"

"수표입니다."

"아, 헤르만이 집을 거래할 때 쓰는 걸 본 적……. 잠깐, 잠깐만요."

300리드? 그럼 공이 하나, 둘⋯⋯.

"1억2천 소르나?!"

디아나의 손이 가늘게 떨렸다. 바람 불면 날아갈 정도의 가벼운 이 종이가 1억2천 소르나라니!

집사가 공손하게 설명했다.

"백작님께서 이 수표를 모두 쓰고 돌아오라 하셨습니다."

정신을 차리니 어느새 달리는 마차 안이었다. 디아나가 흔들리는 눈으로 맞은편에 앉은 이를 마주 보았다.

"300리드를 어떻게 쓰죠? 가능해요? 하루 만에 쓰라는 게?"

그녀의 걱정에 세니르가 작게 웃음을 터트렸다.

"걱정하지 마세요. 정 힘드시면 다 쓰지 않고 돌아오셔도 백작님께서는 뭐라고 하지 않으실 겁니다."

"그, 그래요? 그렇겠죠?"

"예."

"후우우우."

디아나가 안도의 숨을 내쉬었다.

"그래도 열심히 노력은 해 보아야겠지요."

"네. 노력해 볼게요!"

다부지게 대답했는데 뭔가 기분이 오묘했다.

마차가 대로로 들어갔다. 창의 커튼을 걷으려던 디아나의 손을 세니르가 가로막았다.

"음?"

디아나가 의아하게 그를 보자 세니르가 곧은 손가락으로 가면을 가리켰다.

"가면부터 쓰셔야 합니다."

"아, 맞다."

디아나가 내려놓았던 가면을 들었다. 가면에 붙은 작은 깃털이 디아나의 움직임에 따라 흔들렸다.

이마에서부터 콧방울까지 가리는 가면은 연결된 끈을 뒤에서 묶는 형식이었다.

뒷부분의 끈을 스스로 묶어야 하는데, 생각보다 어려웠다.

'아, 미셸한테 해 달라고 할걸.'

자꾸만 머리칼과 끈이 엉켰다. 조심하며 겨우 묶어 고개를 들자 가면이 흘러내렸다. 너무 느슨하게 묶은 모양이었다. 입을 삐죽인 디아나가 끈을 풀어 냈다.

이를 지켜보던 세니르가 장갑을 벗으며 말했다.

"뒤돌아 앉으세요."

"엇, 괜찮아요. 혼자 할 수 있……."

세니르가 디아나의 옆으로 자리를 옮겼다. 디아나가 면구하게 웃으며 가면을 건넸다.

"미안해요. 부탁드릴게요."

세니르가 가까이 앉자 희미하게 좋은 향이 났다.

'향수? 비누?'

강한 향은 아니었다. 은은했다.

세니르가 머리카락을 그러모으는 것이 느껴졌다. 어찌나 조심하는지 목덜미에 손가락이 닿는 느낌조차 없었다.

"잠시만."

세니르가 쥐고 있던 머리칼을 건넸다. 가면의 위치를 조정한 세니르가 물었다.

"어떤가요?"

"조금만 왼쪽으로…… 네, 거기요. 지금 좋아요."

끈을 잡아당기는 힘이 살짝 느껴졌다. 뒤통수를 간질거리는 느낌이 조금 들더니 세니르가 다시 물었다.

"답답한가요?"

디아나가 고개를 옆으로 위아래로 흔들어 보았다. 너무 꽉 고정되어 아프지도, 느슨하여 흔들리지도 않았다.

"아뇨, 딱 좋아요!"

디아나가 몸을 바로 하는 사이에 세니르가 다시 반대편에 앉았다.

"고마워요."

"별말씀을요."

세니르가 내려놓았던 장갑을 끼며 말을 이었다.

"10분이면 도착할 겁니다."

세니르가 우아한 몸짓으로 커튼을 걷어 냈다.

"바로크 대로입니다. 하임바르텐 초대 황제의 미들네임을 딴 도로지요. 성문에서 일직선으로 황궁 성문까지 이어져 있습니다."

디아나가 가면을 한 번 더 바로 하고 창에 바짝 붙어 앉았다. 세니르는 달리는 마차 중간중간 건물이나 관련된 일화를 조금씩 말해 주었다.

"저 건물은 뭐예요?"

디아나가 드레스와 정장을 입은 다정한 연인이 들어가는 화려한 건물을 가리켰다.

"저기는 오페크 미술관입니다. 오흐리드 대부인께서 소유하고 있는 데죠"

"엄청나게 크네…… 네? 뭐요?"

물 흐르듯 나온 말 중에 턱 걸리는 부분이 있었다.

"오늘은 전시만 하고 있습니다. 달에 한 번 예술품 경매가 열리는데 대륙에서 가장 큰 경매장이기도 하지요."

"아니, 아뇨. 대부인께서 뭘 소유해요?"

"오흐리드는 예로부터 예술인들의 후원을 많이 해 왔습니다. 특히 대부인은 그림에 안목도 높으셔서 미술관도 열정적으로 운영하셨지요."

"허……."

예술인 후원이라니. 오흐리드에 오고 나서 웬만한 일에는 무뎌졌다고 느꼈는데.

"백작위를 현 백작님께 넘기고 나선 거의 실무에서 손을 놓으셨습니다만, 오페크 미술관은 계속 직접 신경 쓰셨습니다."

오페크 미술관이 오흐리드에 차지하는 위용은 남달랐다. 가문의 중심 권력이 누구에게 있는지 알리는 곳으로 초대 오흐리드 백작이 세운 이래 대대로 오흐리드가의 상징이었다.

세니르는 가벼운 진실만을 설명했다.

"현재는 운영만 백작 부군께서 맡고 계시죠."

"오…… 할아버지가 일도 하시는구나."

이 모든 사실을 모르는 디아나의 말에 세니르가 부지불식간 터진 웃음소리를 억눌렀다.

"응? 왜, 앗!"

디아나가 아차 싶어 자신의 입을 가렸다. 마음의 소리를 너무 생각 없이 말하고 말았다. 디아나가 눈을 데굴데굴 굴리며 눈치 보았다.

"그……스펜서 님도 꽤 바쁘십니다."

세니르가 웃음기 남은 목소리로 말했다.

"하지만, 공부하고 있으면 매번 와서 그만하고 놀자고 꾀어내시는걸요……."

거의 열 번 중 아홉 번은 놀자고 하니, 라고 생각하던 디아나가 깨달았다.

"잠깐, 할아버지는 '꽤' 바쁘시고 세니르랑 할머니는 '엄청나게' 바쁜 거죠?"

싱긋 웃은 세니르가 디아나의 시선을 피했다. 정답이네.

"기회가 되면 스펜서 님과 오페크 미술관에 함께 가 보시는 것도 좋을 겁니다."

"할아버지가…… 어? 저긴 오페라 하우스죠?"

상아색의 조각들이 기둥 단 위마다 놓여 있는, 화려하고 커다란 건물이 보였다. 현재는 공연 중이 아닌 듯 계단엔 붉은 카펫 대신 대리석 민낯이 보였다.

"하슬린 오페라 하우스입니다. 하임바르텐에서 가장 큰 오페라 하우스죠. 저곳에는 오흐리드 가문의 박스석이 있으니 언제든 보고 싶을 때 편하게 가시면 됩니다."

"박스석이 뭐예요?"

"오페라 하우스를 지을 때 투자를 한 가문에게 원하는 자리를 내어 줍니다. 보통 2층이나 3층을 받죠. 황실이 열다섯 석, 그리고 오흐리드가 다음으로 많은 열 석을 보유하고 있습니다."

"아, 경마장 관람실 같은 거네요?"

결국, 저기도 오흐리드의 지분이 있다는 말이었다. 디아나가 약간 질린 얼굴로 말했다.

"이러다 나중에 도로도 오흐리드에서 깔았다고 하겠네요."

"궁금하십니까?"

"……."

"저기가 엘—코르테입니다."

세니르가 도로 건너편에 눈에 띄는 건물을 가리켰다.

오페라 하우스가 대리석으로 만들어진 고전적인 양식의 건물이었다면 엘—코르테는 어디서도 본 적 없는 형식이었다.

크리스털 장식이 곳곳에 달린 건물 외벽은 투명했는데 그 유리창을 통해 안에 있는 사람들의 이따금 비쳤다.

절로 감탄사가 터졌다.

"건물이 정말 예쁘네요."

"밖에서는 안이 보이지만 안에선 밖이 보이지 않는 특수 처리가 되어 있습니다."

"뭔가…… 반대 아니에요?"

"건물 안 고객들은 시간이 흐르는 걸 모르도록 하고, 밖에서는 안을 동경하도록 설계한 겁니다."

"아—"

현재 엘—코르테는 대륙에 딱 두 곳뿐이었다.

15년 전 처음 엘—코르테가 세워질 때 콧대 높은 장인들은 자신들의 가게를 한곳에 모으는 걸 모욕적으로 여겼다.

하지만 지금은 분위기가 완전히 변하여 요즘은 엘—코르테에 들어가지 못한 가게가 오히려 장인으로 인정받지 못했다.

"어떻게 그렇게 잘 알아요? 혹시, 엘—코르테에도 오흐리드랑……."

디아나의 의심에 세니르가 당연하다는 듯 말했다.

"엘—코르테는 필리파 님이 세우셨으니까요."

"네? 누구요?"

필리파 소백작님이 구상하여 투자자를 모았고, 가장 큰 투자자인 오흐리드 백작님이…… 시일이 지나 명실상부한 최고의…… 줄줄 설명이 이어졌다.

"엄마가……."

디아나는 어지러움에 머리를 짚었다.

"꽤 많은 일을 하셨네요."

"지분을 정리한다면 아가씨가 상속받을 부분이 상당량 되실 겁니다."

"음. 그렇군요."

반은 무슨 소린지 못 알아들었다. 일단 하나 알 수 있는 것은 지금 엘―코르테는 할머니의 소유라는 것이었다.

마차가 풋맨의 안내를 따라 한곳에 멈췄다.

세니르는 마차에서 내리는 디아나가 잡을 수 있도록 손을 내밀며 말했다.

"엘―코르테에서는 레이디 디아나라고 부르겠습니다. 아직 정체를 드러낼 수 없으니 양해 부탁드립니다."

"얼마든지요."

사실 평소에도 아가씨보다는 이름을 불러 줬으면 했지만, 원래 디아나라고 부르던 호칭을 바꾼 거였으니 그만한 이유가 있으리라 생각했다.

'그래도 조금 아쉽다.'

세니르의 에스코트를 받으며 건물에 다가갔다.

입구에 다가가자 크리스털로 만들어진 열두 명의 아기 천사가 조각된 거대 분수가 보였다. 조각상에 반사된 빛이 디아나의 얼굴에 정면으로 닿았다.

"으, 눈부셔."

그녀의 말에 도미닉 경이 앞을 가로막았다. 도미닉 경의 몸집이 워낙 커서인지 그의 그림자에 디아나가 모두 들어갔다.

"감사해요."

"무얼요. 당연한걸요. 아가씨가 열하나셨죠? 너무 작으신 거 아닙니까?"

"……열셋이에요."

도미닉 경이 이크 신음하며 어깨를 움츠렸다. 세라피나 경이 어서 사과하라며 옆구리를 찔러 댔고 도미닉 경은 쩔쩔매며 그녀에게 사과했다.

'내가 그렇게 작나?'

작다고 생각해 본 적 없는데 최근 들어 몇 번을 들었는지 알 수가 없었다.

디아나가 손을 위로 쭉 뻗어 보았으나 도미닉 경의 그림자에서 나올 순 없었다.

'자, 작다.'

까치발도 소용없었다. 심지어 팔을 양쪽으로 뻗어도 고작 손만 도미닉 경의 그림자에서 나왔다.

원체 곰처럼 큰 도미닉 경이었지만 그래도 뭔가 조금 분했다.

이 모든 행동을 지켜보던 이들은 디아나가 입을 삐죽거리자 웃음을 참느라 정신이 없었다.

"아직 열셋이니까요. 금세 자라실 거예요."

세라피나가 위로하듯 말했다. 그러는 세라피나도 무척 큰 키였다. 심지어 세니르마저도 컸다.

"엄마가 컸으니까…… 저도 클 거예요."

"그럼요."

설마, 친부를 닮아 작은 거면 어쩌지? 갑자기 얼굴도 이름도 모르는 아버지의 키가 궁금했다. 살며 도움 준 적도 없는 친부 때문에 키가 작다면 많이 세상 억울할 것 같았다.

입구 광장은 이미 구매하고 나오거나 하러 들어가려는 사람들로 복잡했다. 그들 중 몇은 세니르를 보고 수군거렸다. 하지만 세니르는 놀라울 만큼 주변을 무시했다.

"사람들이 정말 많네요?"

"곧 연중 가장 큰 행사인 황실 무도회가 있으니까요. 지방 귀족 들까지 많이 몰려 더 복잡할 겁니다."

그때였다.

"……하잖아!"

디아나가 홱 고개를 들었다. 익숙한 목소리였다.

"레이디? 무슨 일이세요?"

검집을 쥔 세라피나가 물었다. 굳은 표정으로 주변을 살피던 디 아나는 찾던 사람을 발견하지 못했다.

'착각이겠지.'

디아나는 자신도 모르게 빳빳이 힘주었던 목덜미를 문질렀다.

"아뇨, 별일 아니에요. 잘못 들었나 봐요."

찝찝했던 느낌도 엘―코르테에 들어가자 그대로 사라졌다.

높고 커다란 기둥들. 반질반질한 상아색 바닥 위로 현란하게 빛 나는 크리스털 샹들리에가 비쳐 보였다.

화려하고 또 화려한, 상상을 넘어서는 모습이었다.

층층이 판매하고 있는 물품은 크게는 남성복 여성복으로, 작게 는 모자, 구두, 장신구 등으로 나뉘어 내로라하는 장인들의 이름을 걸어 놓았다.

승강기 안의 안내원이 도착했다고 알림과 동시에 문이 열렸다. 디아나는 가면이 잘 고정되어 있는지 매만진 후 발을 내디뎠다.

*　　*　　*

'……피곤해.'

디아나는 자신이 예쁘고 화사한 것을 좋아한다고 여겼다. 하지만 오늘로써 믿음이 깨졌다.

의상실을 열 군데쯤 방문하자 모든 제품이 비슷해 보였다.

열 벌 정도 되는 옷을 골랐는데, '이거 예쁘……'까지만 말해도 오흐리드 저택으로 보내졌다.

양가죽으로 최고급이라는 승마 부츠부터 승마복, 안장, 고삐, 장갑. 그나마 여기까지는 기억했다.

수십 개의 가죽을 만져 보며 원하는 대로 커스텀 하는 건 꽤 재밌기도 했다.

하지만 일곱 켤레의 신발을 구두 굽 높이부터 매는 끈의 종류까지 정하기 시작하자 슬슬 지치기 시작했고, 장갑부터는 그냥 장인이 만든 대로 구매하여 사이즈만 조정했다.

얼음이 가득 든 음료를 빨대로 젓는 디아나에게 세니르가 말했다.

"지쳤군요."

"솔직히 말하자면, 네. 너무 힘들어요. 세니르는 괜찮아요?"

"전 괜찮습니다."

현재 그들이 있는 곳은 소수만 들어올 수 있다는 라운지였다. 살짝 미소 지은 세니르가 말했다.

"힘드시면 물건을 가지고 올라오라고 하죠."

"가지고 올라와요?"

"예. 여기 자리에 앉아서 고를 수 있게 가지고 오는 거죠."

"으으."

"아직 포기하시면 안 됩니다. 백작님께서 쓰라고 주신 금액에 반도 아직 못쓰셨어요."

"으아아."

디아나가 테이블에 엎드리며 신음했다. 그때 라운지의 문이 열리고 누군가 들어왔다.

'응? 분명 세니르는 들어올 사람이 거의 없다고 했는데?'

고개를 든 디아나가 문가를 보았다. 뚜벅뚜벅 발걸음 소리가 다가와 그들 앞에 멈춰 섰다. 디아나가 눈을 깜빡였다.

"공사다망해 얼굴 보기 힘들다던 사람을 엘—코르테 라운지에서 보다니. 이거 웃기지도 않는군."

변성기에 들어선 목소리, 치켜 올라간 눈꼬리가 날카로운 느낌의 청년이었다. 꽤 잘생긴 외모였으나 세니르 앞에서 그 빛이 바랬다.

"심지어 혼자도 아니군?"

자리서 일어난 세니르가 그녀를 보호하듯 앞을 가로막고 고개 숙였다.

"에스테반 저하께 인사 올립니다."

신음이 터질 뻔한 것을 겨우 참아 냈다.

'황자!'

깜짝 놀란 디아나도 일어나 공손히 고개 숙였다.

"처음 보는 여식 같은데. 누구지?"

"백작님의 손님입니다."

"네게 답하라 한 적 없는데."

매끄러운 답을 오만한 어조가 받아쳤다. 에스테반이 그녀에게 살피려 했으나 세니르에게 가려져 잘 보이지 않았다.

"좀 비켜 보지. 그 웃기지도 않는 가면이나 벗어 보고."

이번에도 세니르가 답했다.

"가면은 백작님께서 쓰길 바라셨던 것으로, 벗는 건 곤란합니다."

"네가 답하라 한 적 없다 했을 텐데."

"……."

방금 먹은 주스가 얹힐 것 같은 분위기였다. 디아나가 세니르를 힐끗 보았다. 세니르가 고개를 살짝 저었다. 나서지 말란 뜻이었다.

"저하, 오흐리드 백작님의 손님입니다."

이를 아득 무는 소리가 들렸다.

"잘났군. 잘났어."

에스테반이 착 가라앉은 목소리로 말했다.

"내보내."

"잠시만 기다려 주십시오."

세니르가 디아나의 팔을 가볍게 잡았다. 무게감도 느껴지지 않을 정도였다. 디아나는 자신을 이끄는 세니르를 따라갔다.

문을 나오기 전 잠시 뒤돌아봤을 때 그들을 지켜보는 에스테반을 볼 수 있었다.

라운지 밖에는 난감한 기색의 세라피나 경과 도미닉 경이 보였다. 또한, 에스테반의 호위 기사로 보이는 자들도 있었다.

"죄송합니다. 저하께서 아무 말씀도 하지 말라 하셔 미리 알려 드릴 수가 없었습니다."

도미닉 경이 말했다. 황족이 권위로 밀고 들어오면 기사들로서는 어쩔 수 없었다. 세니르가 되었다는 듯 손짓했다.

"레이디 디아나, 엘―코르테를 조금 둘러보고 계십시오. 저하께서 제게 하실 말씀이 있는 듯하니, 이야기가 끝나면 찾아가겠습니다."

"둘러보는 건 상관없지만……."

엘―코르테는 아직 다 돌아보지도 못했으니까. 디아나가 걱정스럽게 세니르를 보았다.

"괜찮겠어요?"

"예?"

"저 때문에 곤란해지신 것 같아서요."

대체 누가 누굴 걱정한단 말인가. 하지만 디아나는 진심이었다. 발끝을 맴도는 미묘한 감정에 대답이 반 박자 늦게 나왔다.

"……물론, 걱정하지 않으셔도 됩니다."

세니르가 세라피나 경에게 눈짓했다.

"세라피나 경."

"맡겨 주십시오."

도미닉 경은 이곳에 남아 세니르를 기다리기로 했다. 디아나가 세라피나 경과 라운지 앞을 떠나는 걸 마저 지켜본 세니르는 다시 라운지로 돌아갔다.

*　　*　　*

소파에 방만한 자세로 앉아 있던 에스테반은 세니르를 향해 입을 열었다.

"이득이 없다면 웃지도 않는 네가 그렇게 지극정성이라니. 누가 보면 약혼녀라도 되는 줄 알겠군."

"용건이 어찌 되십니까."

늘 그랬다.

무슨 생각을 하는지 전혀 읽을 수 없는 가면 같은 얼굴이었다.

철저하게 오흐리드의 이득을 따라서만 움직이는 자. 오흐리드 백작이 어디서 이런 사람을 구해 왔는지 경탄할 따름이었다.

"네 약혼녀가 리투아니아와 너무 거리감 없더군."

황제가 지천명을 넘어가는 시점이었다. 장성한 자식들은 두 파로 나뉘었다.

전 황후의 소생인 2황자 로베르트와 현 황후의 자식인 4황자 지그프리트 파의 황위 다툼.

"리투아니아와 오발론 영애가 친밀한 사이라는 이유만으로도 지그프리트에게 이득인 걸 모르진 않겠지?"

에스테반은 로베르트 파였고 리투아니아는 지그프리트 파였다.

오발론 영애는 오흐리드에 입적될 예정이었다. 그런 오발론 영애가 리투아니아와 친밀함을 과시한다면 사람들은 바로 이렇게 생각하게 된다.

'다음 대 오흐리드 백작은 지그프리트 황자 파군!'

실권은 세니르가 가지고 있을 것이다. 실제적인 이득이 없더라도 사람들에게 그런 생각을 심는 것만으로도 지그프리트에겐 이익이었다.

"황위 계승에 관여하지 않는 게 오흐리드의 철칙 아니었나?"

에스테반이 고개를 삐딱하게 기울였다.

"약혼녀 관리 좀 하시지?"

"무얼 걱정하시는지는 알겠습니다."

"아는 녀석이 약혼녀가 천지 분간 못하고 나대는 걸 내버려……."

"에스테반 저하."

에스테반은 세니르가 자신의 말을 잘랐다는 사실에 순간 놀랐다. 그러나 그 놀람은 뒤따라온 말이 준 충격에 비교할 바 못 되었다.

"오흐리드 백작님이 오발론 영애를 정말 입적하실까요."

"……뭐?"

"제가 드릴 말씀은 여기까지입니다."

에스테반이 믿기지 않는 얼굴로 세니르를 보았다. 할 말이 무척 많아 보였으나 쉽사리 꺼내지 못하는 듯했다.

"용건이 끝나셨다면 이만 가 보겠습니다."

"아니, 잠깐. 하나 더."

"……."

"뤼덴에는 왜 갔나?"

뤼덴은 동쪽 항구로 서대륙에서 들어오는 배들이 정박하는 곳이기도 했고, 진주가 특산품으로 유명한 곳이기도 했다. 그리고 거기서 더 바깥 바다로 나가면 해적들의 본거지와 다름없는 커다란 섬이 있었다.

세니르가 자리에서 일어났다.

"물러가겠습니다."

"……."

에스테반은 있는 대로 미간을 구겼다.

모두 그가 원하는 대로 되었는데 왜 이렇게 당했다는 기분이 드는지 알 수 없었다.

"재수 없는 자식."

결국, 에스테반이 짜증스레 욕설을 뱉었다. 테이블을 쾅 걷어차자 찻잔이 나뒹굴었다. 그런데도 분이 풀리지 않았다.

저 뻣뻣한 태도. 고작해야 백작의 눈에 띈 평민 주제에 자신이 뭐라도 된다는 듯 고고한 행태.

황족인 그에게 저딴 태도인 놈은 저놈이 유일했다. 그리고 그의 형인 로베르트가 황제가 되더라도 저놈의 태도는 변하지 않을 것이 눈에 선했다.

"오흐리드 개자식들의 힘을 어떻게든 줄여야 하는데."

벌떡 일어선 에스테반이 라운지 문을 거칠게 열어젖혔다. 세니르와 그의 호위 기사는 이미 떠난 지 오래였다. 대기하던 보좌관과 호위 기사들이 에스테반을 보았다.

"용건은 끝났으니 돌아가자."

그대로 라운지를 나서려던 에스테반이 멈칫했다. 잊어버릴 뻔했다.

"아, 그리고 아까 라운지에서 나간 가면 쓴 애, 누군지 알아 와."

*　　　*　　　*

"아니, 무슨 장갑이 이렇게……."

순간 자신도 모르게 속마음이 나와 버렸다. 누군가 들은 사람이 없는지 슬며시 눈치를 보았다. 세라피나가 말했다.

"저밖에 들은 사람 없습니다."

"그거참…… 다행이네요."

디아나가 입술을 삐죽이자 세라피나가 웃음을 참았다.

매장에 들어오자 이것저것 설명해 주려는 직원이 부담스러워 물린 게 다행이었다.

디아나가 장갑을 하나 집어 들었다. 매끄러운 재질의 장갑 위에는 섬세한 레이스를 덧붙였고, 은사에 알알이 엮인 보석이 화려함을 더했다. 그러나 별로 눈에 들어오지 않았다.

"세니르는 괜찮을까요?"

"괜찮으실 겁니다."

세라피나는 단언했다. 사실 세라피나는 작은 도련님을 걱정해 본 적 없었다. 오히려 무섭다면 무서웠다.

사람답지 않아서.

"세라피나 경은 세니르를 오래 봤을 테니. 그래요. 괜찮겠죠."

선반을 토독토독 두드리던 디아나가 다시 진열장으로 시선을 돌렸다.

[마이스터 고티에의 올해 컬렉―]

디아나가 아래에 나온 설명을 읽을 때였다. 불쑥 손이 튀어나오더니 그녀가 살피던 장갑을 가져갔다.

"응?"

난데없는 상황에 디아나가 상대를 보았다. 그리고 그대로 딱딱하게 굳었다. 가면이 창백하게 질린 얼굴을 가려 다행이었다.

상대의 뒤편으로 찬찬히 다가온 부인이 말했다.

"장갑은 아까 샀잖니. 아티시아."

보르도 남작 부인과 아티시아 보르도였다.

디아나는 벌렁거리는 가슴 위로 손을 올렸다.

남작 부인의 뒤편의 하녀도 익숙한 얼굴이었다. 하지만 아티시아 옆에 허겁지겁 다가온 하녀는 처음 보는 얼굴이었다.

"정말 예쁘네요. 아가씨에게 가장 잘 어울리셔요."

아티시아 곁의 하녀가 디아나의 앞에 끼어들었다. 보다 못한 세라피나가 나섰다.

"영애, 먼저 보고 있던 분이 계십니다."

그러나 아티시아는 어쩌라는 표정으로 세라피나를 돌아보았다.

"그래서요?"

"……영애, 예의를 지키세요."

"아니, 살 거예요?"

"그건……."

"살 거냐고요."

세라피나가 멋대로 답할 수 없는 부분이었다. 하지만 디아나 또한 함부로 입을 열 수 없었다.

"사지도 않을 거 내가 좀 보겠다는데 그쪽이 뭐길래―"

거만한 표정의 아티시아가 디아나를 보고 멈칫했다.

'웬 가면? 그런데 어디서…… 본 듯한데?'

가면보다 더 시선을 잡는 건 눈동자였다.

선명한 주홍색 눈동자가 아티시아의 기분 나쁜 기억을 떠올리게 했다.

'디아나……? 걔랑 닮았는데?'

하지만 상대의 차림새를 쭉 살피던 아티시아가 고개를 저었다.

얼굴을 가린 고급스러운 가면이 화려하면서도 비밀스러운 느낌을 주는 게 지체 높은 귀족 아가씨가 몰래 유희를 나온 것 같은 모습이었다.

'아니야. 디아나일 리가 없지.'

심지어 외투를 고정한 선명한 노란색 토파즈 브로치는 토파즈의 크기만으로도 아티시아가 가진 가장 좋은 장신구보다 값어치 나가 보였다.

'그래. 디아나, 걔가 저 장신구 값이나 알지 모르겠다.'

하지만 완전히 부인하기엔 가면 아래 얼굴형, 아티시아가 부러워하던 붉은 입술, 체구마저도 너무 똑같았다.

완전히 자신만의 생각에 빠진 아티시아가 가면에 손을 뻗은 건 치기 어린 충동이었다.

부럽고 탐나는 차림새의 상대가 대체 누군지, 얼굴이나 봤으면 한다는 순간적인 욕구.

뻗어 나가는 아티시아의 손을 누군가 잡아챘다.

"지금 뭐 하시는 겁니까?"

소녀의 곁에 서 있던 붉은 머리의 기사였다.

"뭐예요? 이거 놔요!"

아티시아가 와락 인상을 찡그리며 손을 뿌리쳤다. 아니, 뿌리치려 했다.

그러나 당연히 떨어져 나가리라 생각한 손은 미동도 없었다. 아티시아가 깜짝 놀라 기사를 보았다.

"노, 놓으라니까요!"

"제 딸에게 무슨 짓이죠?"

그제야 보르도 남작 부인이 나섰다. 소란을 방관하던 모습은 온데간데없었다.

"대체 무슨 일이기에 이러시는 거죠?"

"수상한 몸짓을 하여 붙잡았습니다."

"수상한 몸짓?"

"아니야, 엄마! 난 그냥 저 가면이 답답해 보여서 벗겨 주려 했을 뿐이라고!"

기사가 어처구니없는 표정으로 아티시아를 보았다. 남작 부인 곁의 나이 든 하녀가 서둘러 나섰다.

"기사님, 놓아주십시오. 마님은 보르도 남작 부인이십니다. 그리고 기사님께서 붙잡고 있는 분은 마님의 따님이신 보르도 남작 영애이십니다."

확실한 신분이었다. 보르도 남작 부인은 자신의 신분을 안 기사가 당연히 물러나고 사과하리라 여겼다.

"설명을 듣기 전엔 그냥 넘어갈 수 없습니다."

그러나 기사는 달라지지 않은 태도로 말했다.

"이봐요. 이런 무례를 저지르고도……."

입술을 깨문 남작 부인이 초조하게 주변을 둘러보다가 마침 눈이 마주친 직원에게 소리쳤다.

"뭘 지켜만 보는 거야? 어서 말리지 못해?"

소란이 일어났을 때부터 어쩔 줄 모르던 직원이었다. 지목받은 직원이 눈을 한번 꽉 감았다가 조심스럽게 입을 열었다.

"저어 기사님."

세라피나가 싸늘한 얼굴로 직원을 보았다. 겁에 질린 직원이 진정하길 바란다는 듯이 말했다.

"노, 놓고 말씀하시는 것이……."

귀족 간의 다툼에 평민일 직원이 참견해 좋을 일 없었다.

하지만 남작 부인이 두 눈 새파랗게 노려보는데 가만히 있을 수도 없는 걸 알았다.

세라피나가 좋게 타일렀다.

"물러서지. 끼어들 일이 아니다."

그러나 아티시아는 아니었다. 아티시아가 직원에게 채근했다.

"이 미친 사람 좀 빨리 떼어 내요!"

"그게, 기사님 조금 고정하시고……."

"물러서라. 너도 눈이 있다면 똑똑히 봤을 텐데."

직원이 머뭇거리자 아티시아가 다시 소리쳤다.

"난 아무 짓도 안 했……! 아! 아파! 아파요!"

세라피나 경이 손에 힘을 주자 아티시아가 다시 비명을 질렀다.

겁에 질린 채 이러지도 저러지도 못하고 있던 아티시아의 하녀는 어디론가 뛰어갔다. 이를 흘끗 본 세라피나는 직원을 밀어냈다.

"물러서."

그녀의 움직임에 망토가 함께 올라가며 망토 안쪽에 달고 있던 가문 장식이 힐끗 보였다. 직원의 얼굴이 흙빛이 됐다.

"레이디, 어떻게 할까……."

디아나를 돌아보던 세라피나가 멈칫했다. 세라피나가 잡고 있던 손목을 팽개쳤다.

"꺅!"

"이게 무슨 짓이에요!"

아티시아가 비명을 지르며 주저앉았고, 넘어지는 딸을 붙잡은 남작 부인이 뾰족하게 소리쳤다.

"됐습니다. 이만 가시죠."

내뱉듯 말한 세라피나가 디아나를 망토로 감싸 안고 뒤돌아섰다.

"당신! 어딜 가요! 당장 사과하지 못해?"

"남작 부인, 그만 여기서 돌아가시는 게⋯⋯."

서둘러 다가온 직원이 아티시아를 부축할 때였다.

찰싹—

날카로운 소리가 났다. 망토 안의 디아나가 놀라며 고개를 빼꼼 내밀었다. 뺨을 감싼 직원이 고개를 들지 못했다.

"지금 누굴 말리는 거야?!"

보르도 남작 부인이었다. 손쓸 새도 없이 다시 날카로운 파공음이 울렸다. 그러고는 씩씩거리던 보르도 남작 부인이 아티시아를 일으켰다.

"엄마아아."

"내가 제도에선 조심하랬잖니."

보르도 남작 부인이 아티시아를 토닥였다. 그러고는 직원을 매섭게 노려보고 자리를 떠났다.

구경하듯 관심을 가졌던 시선들도 조금씩 멀어졌다.

모녀를 보고 이를 갈던 세라피나 경이 디아나를 보았다.

"괜찮으십니까?"

"네."

하얗게 질렸던 안색이 점차 돌아왔다. 디아나가 숨을 크게 들이쉬었다 내쉬었다.

"괜찮아요. 그보다⋯⋯."

디아나의 시선이 주저앉은 직원을 향했다. 반지를 끼고 때리기라도 했는지 빨갛게 달아오르기 시작한 뺨에 깊은 상처가 나 있었다. 꽤 큰 흉이 질 것 같았다. 상처에 맺힌 피가 뺨을 타고 바닥으로 툭 떨어졌다.

"괜찮으세요? 얼굴에 상처가…….."

다가가던 디아나는 발에 뭔가 치이는 느낌에 멈칫했다.

바닥을 내려다보자 장갑이 보였다.

손등을 장식하던 얇은 은사는 끊어져 있었고, 은사에 알알이 연결돼 있던 보석은 어디로 굴러가 버렸는지 보이지 않았다.

장갑을 집으려던 디아나를 막은 세라피나 경이 집어 들었다.

"음."

"세상에."

세라피나 경과 디아나가 신음했다.

옅은 푸른빛 장갑에는 짓밟힌 발자국이 선명했다. 세라피나 경이 고개를 절레절레 저었다.

"못쓰겠군요."

"이걸 어떡해요?"

"아마 저 직원이 배상해야 할 겁니다."

디아나가 직원을 돌아보았다. 고개를 숙인 직원은 장갑을 보곤 결국 울음을 터뜨렸다.

"잠깐 자리를 비웠을 뿐인데…….."

반가운 목소리에 디아나가 뒤를 돌아보았다.

"세니르!"

"그사이 무슨 일이 있었던 거죠."

서늘한 목소리였다.

* * *

학구적인 인상의 남성이 흠, 하고 침음성을 냈다.

"그러니까 에스테반 저하를 만나셨다고요?"

"네."

디아나가 고개를 끄덕였다.

"별로 좋은 경험은 아니셨겠네요. 성격이 좋으신 분은 아니니까요."

황족 모욕죄에 준하는 발언에 디아나가 둘밖에 없는 걸 알면서도 방 안을 둘러보았다. 디아나가 안도의 숨을 내쉬자, 그녀의 선생님인 콘라드가 소리 없이 웃었다.

"아는 사이세요?"

"안다고 해야 할지……. 수업을 한 적 있습니다."

콘라드 선생님이 안경을 추켜올리며 덧붙였다.

"공사다망하셔서 제대로 수업을 들으신 적은 없지만 말이죠."

"화, 황자님의 선생님이셨어요?"

"아니요. 제가 학술원에서 강의할 때 청강생으로 오셨습니다."

"아."

좋은 감정은 없어 보였다.

'뭐 나도 좋은 감정은 없으니까…… 동진가?'

속으로 실없이 웃은 디아나가 물었다.

"수업도 들을 수 없을 정도로 바쁘신가 보네요."

"학술원에 온 이유가 청강은 핑계였을 뿐, 자신의 세력을 늘리기 위해서였으니까요."

"세력이요?"

디아나의 질문에 콘라드 선생님이 책 때문에 한쪽으로 미뤄 두었던 찻잔을 들었다. 이야기가 길어지려 할 때 하시는 행동이었다.

디아나 또한 한쪽에 있던 초코칩이 박힌 쿠키 접시를 슬쩍 잡아당겼다.

"황제 폐하께 두 명의 황후가 계신 건 제가 말씀드렸었죠."

가장 처음에 배운 것이었다.

첫 황후 타티아나 로펜 하임바르덴에게는 일찍 운명을 달리한 1 황자를 제외하고 세 명의 자식이 있었다.

로베르트와 이란성 쌍둥이인 에스텔, 에스테반. 그렇게 세 명의 자식을 두고 고인이 되었다.

그리고 황제는 두 번째 황후를 들였는데, 현 황후 마르가리타 슈타트 하임바르덴이었다.

마르가리타 황후는 첫째 아들 지그프리트, 둘째 딸 리투아니아를 낳았다.

"그 두 황후의 자식들은 친모를 중심으로 뭉쳐 황위 다툼 중입니다. 전 황후 파는 로베르트 황자를 중심으로 현 황후 파는 마르가리타 황후를 중심으로요."

새삼 에스테반도 어릴 적 어머니를 잃은 사람이란 게 떠올랐다. 그 사실이 아주, 아주 약간의 동정심이 들도록 만들었다.

차를 한 번 마신 콘라드 선생님이 다시 입을 열었다.

"하지만 아가씨는 신경 쓰실 필요 없습니다."

"······그래도 돼요?"

"예. 황위 계승에는 관여하지 않는 것이 오흐리드의 철칙이니까요."

"아하. 다행이네요."

"그 철칙을 믿기 때문에 에스테반 저하가 불손하게 구는 것이기도 합니다만······."

"아하."

자신의 편도 다른 사람의 편도 되지 않을 테니 예의 없게 군다는 뜻이었다. 더 싫어졌다.

"레이디 디아나 또한 에스테반 전하께 꿀릴 게 없으니 하고 싶은 대로 하셔도 됩니다."

"꿀릴 게 없다니요?"

와삭 쿠키를 베어 문 디아나가 되물었다.

"하임바르덴 황가 조세의 3분의 1 정도는 오흐리드에서 내는 세금입니다."

디아나가 멈칫했다.

"그리고 또 3분의 1은 오흐리드와 직간접적으로 연관된 사업장과 상인들에게서 걷는 세금이고요."

콘라드 선생님이 계속 말을 이었다.

"대륙에서 가장 부자는 세계탑이고, 그다음이 오흐리드입니다. 세계탑이 열두 현자를 중심으로 한 마법사들의 연합 조직이니, 단일 가문으로는 오흐리드가 첫 번째겠군요."

디아나가 입에 물고 있던 과자가 툭 떨어졌다.

"공후작가가 되기에도 전혀 부족함 없지요."

"그런데 왜……."

"오흐리드에 한 가지 불가능, 아니 불가능이라기보다는 손대지 않는 것이 있습니다."

디아나가 떨어진 과자와 부스러기를 치우며 콘라드 선생님을 보았다.

"사병입니다. 오흐리드는 하임바르덴이 세워질 때부터 군사력 제한을 받아왔습니다."

"기사 말씀하시는 거예요?"

"예. 후작위 이상부터는 사병 제한이 느슨해집니다. 그러니 군사력 제재를 받는 오흐리드는 백작위 이상 받기 어렵지요. 뭐 용병을 고용하면 되지만 가문에 충성하는 기사들에 비교하긴 부족하죠."

"하지만 세라피나 경과 도미닉 경이 있잖아요?"

그 외의 다른 기사들도 있었다.

"소수니까요. 오흐리드 직속 기사는 몇 있습니다만 기사단을 구성하기는 어렵지요."

"그렇구나."

아니, '그렇구나'라고 넘길 만한 일이 아니었다. 세계에서 두 번째 부자, 아니 제일가는 부자라니? 정말로?

그때 콘라드 선생님이 고개를 갸웃하며 물었다.

"그런데 지금 레이디 디아나는 그보다 더 신경 쓰일 일이 있지 않나요?"

"더 신경 쓸 일이요?"

멈칫한 콘라드 선생님이 들었던 찻잔을 내려놓았다. 재밌는 일을 기대하는 얼굴이었다. 디아나가 눈을 가늘게 떴다.

"저런, 오늘 자 신문 안 보셨습니까."

"네. 오전에 숙제하느라 정신이 없어서요."

"역시, 태연하셨던 이유가 있군요."

어제 엘―코르테는 시작이었다. 좋지 못한 일이 있었지만 그렇다고 제도 구경을 그만두고 돌아올 정도는 아니었다.

로펠리타 언덕 거리를 걷고, 시계탑 꼭대기에 올라 노을도 구경했다. 테이슬로에도 방문했다. 두 번째 방문이지만 역시나 솜씨가 대단했다.

종일 돌아다니고 집에 오기 무섭게 씻지도 못하고 곯아떨어졌다. 간신히 일어나 아침에 부랴부랴 숙제를 끝낸 참이었다.

"레이디 디아나는 정말 보기 드문 성실한 학생이죠."

콘라드는 흡족하게 웃었다.

많은 귀족 아이들은 숙제하기 싫어 뺀질거리거나 자신의 하인이나 하녀에게 숙제를 대신시켜 놓고 자신이 했다 가져왔다. 필체만 봐도 알 수 있는데 끝까지 잡아떼거나 오히려 너 때문에 들켰다고 하인들에게 화를 내기 일쑤였다.

그런 이들을 가르치다 이렇게 최선을 다해 배우려고 하는 학생이라니. 선생으로서는 뿌듯할 수밖에 없었다.

콘라드가 종을 울려 하인을 불렀다.

"여기 피가로사 신문 있으면 가져다주게."

하인은 금세 신문을 가지고 왔다. 콘라드가 디아나에게 신문을 건네주었다.

"피가로사만이 아니라 트레임과 베타사 신문에도 비슷한 내용이 있더군요."

[오흐리드 후계자에게 에스코트 받던 소녀의 정체는? 그 소녀가 짓밟힌 장갑을 구매한 이유.]

언제 찍혔는지 모를 그녀의 사진이었다. 가면을 썼기에 그녀의 얼굴은 드러나 있지 않았지만…….

[오흐리드의 후계자가 오랜 외유를 끝내고 제도로 돌아와. 가장 먼저 한 일은 가면 쓴 소녀의 에스코트.

오흐리드 후계자와 소녀에 대해 취재하던 도중 독특한 제보가 들어왔다.

그녀의 가면을 벗기려던 귀족 영애가 있었으며, 이를 제지당하자 직원의 뺨을 때리고 상품을 짓밟고 떠난 것이다.

짓밟힌 제품은 마이스터 고티에의 올 가을 컬렉션으로 가격이……

직원이 보상해야 할 처지였으나 소녀가 장갑을 구매하겠다며 모든 값을 치르고……]

"이게 뭐예요?"

기사는 무척 자세했다.

"누가 절 찍은 거예요?"

전혀 몰랐다. 언제부터 따라다닌 거지?

"어찌 되었든 좋은 레이디 디아나는 좋은 평판을 얻게 되었군요. 축하드립니다."

이게 축하받을 일인가? 디아나는 묘한 표정을 지었다.

"후에 레이디 디아나가 데뷔하게 된다면 도움이 될 겁니다."

"……그래요?"

선행을 베푼 레이디의 정체를 궁금해하는 자들이 있는가 하면, 패악을 부린 자의 정체를 궁금해하는 이들도 많았다.

그리고 그 귀족의 정체는 기다렸다는 듯이 후속 기사들로 밝혀졌다. 보르도 남작 부인과 남작 영애.

사람들은 흥분했다. 도저히 욕보일 수 없을 정도로 권세 높은 가문도 아니었으니, 물 만난 물고기처럼 조롱하고 모욕하길 서슴지 않았다.

만약 이 사건이 터지고 모녀가 자중하는 기색이 있더라면 금세 가라앉았을 수도 있었다.

하지만 아티시아 보르도는 그러지 않았다. 그래 본 적이 없다는 말이 맞을 터였다.

아티시아는 그녀를 뒷말하다 걸린 하녀를 하인을 시켜 폭행하도록 했다. 그리고 그 일은 또 신문을 통해 밝혀졌다.

고상한 성품으로 소문이 자자한 귀부인들도 하인이나 하녀에게 실제로 하는 행동은 그와 정반대인 경우가 아주 비일비재했다.

즉, 저런 일들이 귀족 사이에서는 새삼스럽지 않다는 뜻이었다.

하지만 서로 알면서 눈감아 주는 사실들이 신문을 통해 발가벗

겨지는 건 달랐다.

포악하다 손가락질받으며 가십거리가 되는 건 귀족으로서 매우 치욕스러운 일이었다.

보르도 남작가의 명예는 땅에 떨어졌고 그들과 교류를 하던 이들은 괜스레 자신들의 이름마저 거론될까 봐 거리를 뒀다.

그리고 이 모든 사실을 디아나는 알 수 없었다. 알 가치가 없는 일이었기 때문이다.

Chapter 5.

—2년 후.

사람들의 접근을 막은 오흐리드의 후원은 오흐리드의 다른 정원들 사이에서 홀로 동떨어진 느낌이었다.

경쟁하듯 자란 나무들과 가지치기하지 않아 제멋대로 솟아난 관목들이 얽힌 정원은 깊은 숲 같은 느낌을 풍겼다. 그 아름드리나무 사이에 단아한 가제보가 있었다.

원래는 다른 저택들과 크게 다르지 않던 정원이었다.

하지만 오흐리드 백작은 멀쩡한 후원을 뒤엎을 것을 지시했다. 대리석을 세우고 커다란 옥으로 장식한 가제보를 만들도록 했다.

이는 오로지 사랑하는 손녀를 위한 선물이었다. 정원에서 노는 걸 즐기며 숲이 좋다고 했던 손녀의 취향을 반영한 것이기도 했다.

정작 디아나는 정원이 갑자기 바뀐 이유를 몰랐지만 말이다.

"아가씨. 아가씨."

디아나는 따뜻하고 푹신한 털 사이로 머리를 묻었다. 그러나 푸근한 베개가 갑자기 움직이며 쑥 빠져나갔다.

"악!"

추락하는 기분에 깜짝 놀라 일어났다. 바닥을 짚은 디아나의 머리칼이 기다랗게 늘어졌다. 디아나가 어리벙벙하게 주변을 둘러보았다.

"어머! 아가씨 괜찮으세요?"

"뭐, 아, 무슨 일……."

범인은 하늘이였다. 디아나는 꼬리를 살랑거리는 베개를 불만스럽게 바라보았다.

"다른 방법으로 깨울 수도 있잖아."

하늘이는 흥 하고 콧김을 뿜더니 어슬렁어슬렁 저택으로 향했다.

디아나가 길게 하품을 하며 기지개를 켰다. 가슴팍을 장식한 짙은 청록색 리본이 흔들거렸다.

"왜 이렇게 자도 자도 졸리죠."

"아가씨 잠이 많아지셨네요."

디아나가 미셸의 말에 고개를 끄덕이며 눈을 비볐다.

오흐리드 저택에 오고 나서 시간은 빠르게 흘러갔다. 벌써 두 번의 겨울을 보냈고, 이제 세 번째 겨울이 다가왔다.

하늘이는 엄청나게 자랐고, 디아나는 조금 자랐다. 여전히 제 나이로 보이기는 어린 외모였지만, 오흐리드 저택에 처음 왔을 때 비하면 훨씬 좋아진 모습이었다.

"아가씨, 백작님이 찾으셔요."

"할머님이?"

디아나가 고개를 갸웃 기울였다.

"무슨 일로요?"

"제게 말씀해 주시진 않으셨어요. 소세 준비를 해 드릴까요?"

디아나가 자신도 모르게 침을 흘렸나 입가도 슬쩍 닦아 보았다.

"잠들었던 티 많이 나요?"

"그건 아니지만, 아직 졸리신 거 같아서요."

"그럼 괜찮아요. 걷다 보면 깨겠죠."

미셸과 함께 후원을 걸어 나갔다. 저택에 가까워지자 디아나가 계단 아래에 서 있는 사람을 향해 쪼르르 달려갔다.

"할머니!"

"조심히 뛰거라."

"왜 나와 계세요?"

"너와 산책이라도 하려 했다. 방해가 아니라면 말이지."

"당연히 아니죠!"

밝게 웃은 그녀가 할머니의 팔짱을 꼈다. 그리고 할머니가 편하도록 익숙하게 받쳤다. 반대편 손으로 지팡이를 짚고 디아나에게 기댄 할머니가 천천히 발을 떼었다.

"후원을 좀 더 넓힐까 생각 중이다."

"여기서 더요? 그럼 너무 후원이 커지지 않을까요."

"상관없다. 어차피 현재 별관엔 아무도 없으니까. 별관과 나눈 담벼락을 헐고 정원을 합칠까 생각 중이다."

"그럼 별관은 어떻게 되는 건데요? 별관은 정원이 없어지잖아요."

재잘거리는 디아나의 목소리가 정원에 퍼졌다.

"네가 후원을 마음에 들어 하잖느냐."

대수롭지 않은 할머니의 말에 디아나의 귓가가 확 붉어졌다.

"아니면 혹시 마음에 들지 않더냐?"

"아, 아뇨. 마음에 들죠! 정말 좋아요!"

"그래. 그럼 되었다. 그렇게 진행하라고 해야겠구나."

결론 나 버렸다. 디아나가 배시시 웃었다.

"그러면 공사는 언제부터 하실 예정이에요?"

"마음 같아선 당장 진행하고 싶지만 아무래도 올 겨울에나 진행할 수 있겠지."

디아나는 느리게 할머니를 나무 그늘이 있는 방향으로 이끌었다. 가을 초입에 들어섰지만, 아직 볕이 따가웠다.

할머니가 다시 입을 열었다.

"내일 본관으로 롬벨 후작 부인이 방문할 거란다."

"본관에요?"

"그래."

"신기하네요."

"하긴 네가 오고 나선 처음이지?"

"네. 처음이에요."

오흐리드 저택은 두 개의 철창을 통해 총 세 개의 건물로 나뉘었다. 각각 서관, 본관, 별관으로 칭했다.

첫 담벼락 안에 들어서면 서관이 있었는데 외부 손님을 접대하거나 고용인들이 머무는 곳이었다. 대부분 손님은 이 서관에서 만났다.

본관은 두 번째 담벼락 안이었다. 외부인의 출입이 거의 단절되다시피 한 본관에는 그녀와 할머니, 할아버지, 대부인, 세니르가 살았다.

"그럼 어떡하죠? 저는 방에 있으면 될까요?"

아직 대외적으로 그녀에 대해서는 밝히지 않았으니까 모습을 보이지 않는 게—

그때 할머니가 딱딱한 얼굴로 그녀에게 말했다.

"여기는 네 집이다. 왜 네가 숨어야 하지?"

"아…… 그, 렇지요?"

"그래."

내 집. 왠지 가슴에 따뜻한 기운이 퍼지는 느낌이었다. 히죽히죽 웃는 디아나를 바라본 할머니가 다시 말을 이었다.

"네 데뷔를 준비할 생각이다."

*　　　*　　　*

롬벨 후작 부인의 기분은 매우 저조했다. 앞에 놓인 찻잔에는 손도 대지 않았다.

롬벨 후작 부인과 오흐리드 백작은 비슷한 나이였다. 그러나 활동 반경이 달랐다. 친밀한 사이는 절대 아니었다. 하지만 친밀하지 않아도 들려오는 소식은 많았다.

딸을 잃고 후계자가 사라진 오흐리드 백작의 영향력은 점차 줄어들었다.

사람들은 자연스럽게 오발론 남작에게 모여들었다. 오흐리드 백작이 사망한다면 작위는 오발론 남작의 것이니까.

오흐리드 백작은 이제 끝났다. 모두 그렇게 생각할 때였다. 오흐리드 백작이 웬 정체 모를 평민을 후계자로 내세웠다. 제국법상 가능하긴 했다. 입적만 한다면 오발론 남작보다 후계권이 앞이었다.

다만 아무도 그런 적이 없었다. 오흐리드 백작은 세니르를 후계로 내정한 후 저택에 칩거했다. 처음에는 모두 잠깐 쉬다 돌아올 거로 생각했다. 그러나 모습을 보이지 않는 기간이 길어졌다. 백작의 건강에 무슨 문제가 있는 게 아니냐는 소문도 돌았다.

그런 백작이 만남을 청했을 땐 롬벨 후작 부인도 놀랄 수밖에 없었다.

백작은 사람들의 눈을 피해 방문했고, 롬벨 후작 부인은 하녀를 모두 물리고 백작과 단둘이 마주했다.

「한 달 뒤에 내 생일 연회를 열 생각이오.」

롬벨 후작 부인은 놀라운 말에도 흔들림 없이 찻잔을 들었다. 한 점의 흠도 잡을 수 없을 만큼 우아한 손길이었지만 속은 풍랑이 일었다.

오흐리드 백작이 생일 연회를 연다고? 금시초문이었다. 백작이 마지막으로 연회를 연 것이 언제인지도 기억나지 않았다.

「고작 연회에 관한 이야기를 하자고 백작이 예까지 온 건 아닐 테죠.」

오흐리드 백작이 희미하게 웃었다. 롬벨 후작 부인은 조금 놀랐다. 그 웃음에서 다정한 기색을 읽었기 때문이었다.

「얼굴을 보일 아이가 있소.」

그러고 보니, 백작이 웃는 걸 본 적 있던가?

「그 아이를 좀 부탁하오.」

그 충격에 답이 약간 늦고 말았다. 롬벨 후작 부인의 눈매가 매서워졌다.

「……내가 아무나 가르치지 않는다는 걸 잘 알지 않나요?」
「그러니 그대에게 부탁하는 거요.」
「만약에 내가 거절한다면?」

「거절, 못 할 걸세.」

「……」

그렇게 오흐리드 백작가에 오게 되었다. 이 상황이 무척 불유쾌했다.

롬벨 후작 부인은 한때 사교계의 거물이었고 은퇴한 지금도 대모로 영향력을 행사했다. 그런 그녀에게 배움을 청하며 줄을 대려는 귀족은 수도 없었다.

가르친다는 것은 단순히 배움만이 아니었다. 사교계의 뒷배가 된다는 뜻이었다. 거래처럼 함부로 주고받는 자리가 아니었다.

그런데 이렇게 반쯤 협박을 받다시피 했다. 드높은 자존심에 금가는 것이 당연했다.

더 볼 것 없이 거절이었다.

최소한의 도리만 할 생각이었다. 오흐리드 백작이 트집 잡지 못할 정도만.

기다리던 노크 소리가 들렸다.

롬벨 후작 부인이 턱을 꼿꼿하게 들었다. 문이 열리는 소리가 들렸다. 이어지는 발걸음 소리가 가벼웠다. 롬벨 후작 부인이 찻잔을 내려놓은 후 반 박자 늦게 몸을 돌렸다.

그리고 들어온 소녀를 본 순간 그대로 굳을 수밖에 없었다.

"안녕하세요. 디아나라고 합니다. 만나 뵈어 영광이에요."

"……"

롬벨 후작 부인은 곧바로 답하지 못했다.

사교계를 주름잡으며 수많은 상황을 겪었다. 하지만 이렇게 오래 침묵한 적이 없었다.

 '……나도 이제 나이가 들었나 보군.'

 이제는 기억 속에 묻었던 이름이 떠올랐다.

 필리파 오흐리드.

 순식간에 모든 퍼즐이 맞춰졌다.

 '이걸 진작 눈치채지 못하다니.'

 오흐리드 저택을 들락날락하는 가면 쓴 소녀. 매번 독특한 행보를 보였다. 관심을 가지지 않아도 귀에 들어오는 소문이 있었다. 최근 롬벨 후작 부인마저 놀라게 한 것은, 악명 높은 노히바덴산 푸른 갈기의 말을 길들였다는 말이었다.

 말을 타고 달리는 소녀를 찍은 사진은 피가로사에 단독으로 엄청난 가격에 팔렸고, 그 기자는 사진 한 장으로 인생 역전을 했다는 말이 있었다.

 오흐리드 백작이 그녀에게 손녀를 부탁한 이유. 모를 수 없었다. 롬벨 후작 부인이 뒷배로 있는 영애에게 함부로 입방아를 찧을 사람은 없을 테니.

 "안탈레스 롬벨입니다."

 이 거래는 롬벨 후작가에게 막대한 이득을 가져올 걸 알았다.

 "할머님께 말씀 들었어요. 무척 배울 것이 많은 분이라고 하시더라고요."

 "할머님이라면?"

 "아, 오흐리드 백작님이요."

오흐리드 백작을 스스럼없이 할머니라고 말하는 소녀의 얼굴에선 한 점의 으스댐도 없었다. 그저 가족에게 향하는 친애의 빛만이 짙었다.

"그렇다면 디아나 오흐리드가 되겠군요."

롬벨 후작 부인이 날카롭게 말했다.

"자신을 소개할 때는 성을 밝히는 것이 서로 간의 실수를 줄이기 위해 좋답니다."

평소 성품대로 자연스레 뱉은 것이었다. 과연 오만한 오흐리드가 이를 받아들일 리가…….

"네. 유념할게요."

그러나 소녀는 새로운 사실을 깨닫게 해 주어 감사하다며 고개 숙였다.

"……."

대부인부터 현 백작, 그리고 필리파 오흐리드.

안탈레스 롬벨은 오흐리드 가문의 삼대를 마주했다. 모두가 거만하기 그지없는 이들이었다. 오발론 남작은 교만할 정도였다. 심지어 세니르마저도 오만했다.

후작 부인의 머릿속에 오흐리드 백작의 다정했던 웃음이 절로 떠올랐다.

"레이디 디아나의 교육을 맡았으니, 앞으로는 롬벨 후작 부인이라고 부르면 된답니다."

롬벨 후작 부인은 자신의 패배를 인정했다.

　　　　*　　　*　　　*

　사각사각—

　펜이 종이를 긁는 소리는 언제나 듣기 좋다고 생각했다. 할머니
가 사인을 끝내면 디아나가 건네받은 초대장을 읽어 확인한 후 이
름에 맞는 봉투에 넣었다. 테이블엔 초대장이 산처럼 쌓여 있었다.

　"이걸 모두 할머니가 쓰신 거예요?"

　눈썹을 살짝 치켜들었던 할머니가 멈췄던 손을 다시 움직였다.

　"원래 예의에 맞게 하려면 내가 직접 써야 하지만…… 난 대필자
를 썼다. 필체가 같은 사람 하나 마련해서."

　"그래도 되나요?"

　"일일이 쓸 시간 같은 건 없다."

　단호한 목소리였다.

　"대외 업무는 이제 대부분 세니르가 처리하지만 가문 일까지 세
니르가 처리하긴 아직 이르니 어쩔 수 없지."

　세니르만큼은 아닌 것 같지만 할머니도 매우 바빴다. 그녀가 할
머니를 보러 가고 싶을 때 어디 계신지 물을 필요가 없을 정도였다.
집무실로 찾아가기만 하면 되니까.

　"생일 연회인데 실제 생신인 날이 아니라 아쉬워요."

　"어쩔 수 없지. 황실 무도회가 열릴 땐 연회를 열지 않는 것이 암
묵적이니까."

　하임바르덴 황실을 존중하는 의미에서였다.

　"어차피 명목상 생일 축하연일 뿐이니까. 네 데뷔가 더 중요하단

다. 날짜야 아무래도 상관없지."

데뷔. 이렇게 초대장을 봐도 실감이 나질 않았다.

"힘들진 않지?"

"당연하죠."

초대장을 쭉 읽은 디아나가 봉투에 초대장을 넣었다. 심지어 할머니가 사인하는 순서대로 봉투도 이미 정리된 상태였다.

할머니가 그녀에게 도와달라고 한 일이었지만 솔직히 돕는다고 보기엔 모호했다.

'오히려…… 귀족들과 오흐리드가 무슨 관계인지 알려 주기 위해서 부르신 것 같아.'

할머니가 가끔 디아나에게 부탁하는 일들은 대부분 이런 식이었다. 무언가를 알려 주기 위한 것들.

'열심히 해야지.'

초대장을 확인하던 디아나가 멈칫했다.

"롬벨 후작 부인께 보내는 거네요?"

"그건 따로 챙겨 놓거라."

디아나가 롬벨 후작 부인에게, 라고 쓰인 봉투에 초대장을 집어넣자 할머니가 다시 받아 갔다.

"이 초대장은 네가 만났을 때 직접 전하거라."

"아, 그러고 보니 오늘 오전에 후작 부인께서 제가 데뷔하고 나면 티타임에 초대한다고 하셨어요."

"롬벨 후작 부인이?"

"네. 제 또래들을 소개해 주신대요."

잠시 고민하는 듯하던 할머니가 고개를 끄덕였다.

"네가 원하는 대로 하려무나."

서랍을 연 할머니가 초록색 밀랍을 꺼냈다. 마도구로 밀랍에 불을 붙이자 빠르게 녹아내렸다.

"할머니. 그리고 저 초대장을 보내고픈 사람이 몇 있어서요. 그 사람들에게 초대장을 보내도 될까요?"

"누구길래?"

"테시오르랑 헤르만이요."

떨어트린 밀랍에 인장을 찍으려던 할머니가 멈칫했다.

테시오르 파브레. 학술원에 있는 그녀의 친구와는 계속 편지를 나누었다. 가벼운 근황도 얘기했다. 할머니를 찾아 함께 살게 되었다는 정도로.

할머니가 오흐리드 백작이라는 사실은 설명하지 못했다. 이번에 할머니의 생신 연회를 데뷔탕트로 가지게 되니 그 전에 미리 설명할 생각이었다.

'엄청 뭐라고 하는 거 아냐?'

살짝 겁났다. 지금까지 제대로 말하지 않은 것만으로도 양심이 따끔거렸다.

"파브레 영식이야 상관없지만, 헤르만 레체프는……."

그리고 그녀의 후견인인 헤르만 레체프.

헤르만은 돌아오지 않았다. 무슨 문제가 생겼나 걱정하던 것도 하루, 이틀, 한 달, 두 달. 그렇게 1년이 지나니 인정할 수밖에 없었다.

헤르만은 그녀를 버렸다.

죽거나 크게 다쳐서 연락이 오지 않는 건 아니라 했다. 마법사는 강하다고, 또한 문제가 생겼다면 수소문하는 할머니께 소식이 들어오지 않을 리가 없다고 했다.

즉, 헤르만은 그냥 숨어 버렸단 뜻이었다.

아헨에 남겨 두었던 편지는 그 자리에 그대로 먼지만 쌓였다.

'거짓말쟁이.'

돌아온다고 했으면서. 디아나는 씁쓸한 심경을 감추며 말했다.

"……그래도 일단 초대장만이라도 가져다 놓으려고요."

그때 누군가 문을 다급하게 두드렸다. 할머니의 집무실에 요란을 부리는 사람은 이 저택에 한 명뿐이었다. 할머니가 한숨을 내쉬었다.

"들어오시오."

"디아나!"

"할아버지?"

달려온 할아버지가 디아나를 안고 뱅글뱅글 돌았다.

"무슨 일이오?"

기다리다 못한 할머니가 입을 열고서야 "아차." 하더니 디아나를 안은 손을 풀었다. 할머니께 다가간 할아버지가 속닥속닥 귓속말하자 할머니가 그녀를 돌아보았다.

할머니의 표정만으로는 무슨 일인지 전혀 알 수 없었다. 할머니가 만년필을 내려놓았다.

"오늘은 여기까지 하자꾸나."

"아직 많이 남았는걸요?"

답은 할아버지 쪽에서 나왔다.

"네가 어제 외출하고 싶다고 했잖니? 지금 가자꾸나."

"진짜요? 오늘 나가는 거예요?"

"그럼! 내가 언제 놀러 가기로 한 걸 잊어버린 적 있던?"

디아나와 할아버지가 서로 손을 부여잡고 좋다는 듯 흔들었다. 그 모습에 할머니가 고개를 절레절레 저었다. 할아버지가 디아나를 이끌고 나가며 손을 흔들었다.

"그럼 갔다 오겠소."

"다녀오시오."

"다녀오겠습니다!"

까르르까르르거리던 둘이 나가자 집무실은 적막에 휩싸였다. 언제 소란스러웠냐는 듯 고요했다. 원래의 모습이었다. 디아나가 오기 전까지 지긋지긋할 정도로 고정되었던 모습.

백작은 남은 편지들을 정리하고 지팡이를 들었다. 책상을 짚고 느리게 일어난 백작 또한 집무실을 나왔다.

"백작님."

집무실 앞에 집사가 기다리고 있었다.

"어머님은?"

"깨어계십니다. 노먼 선생께서 방금 진찰을 끝내고 가셨습니다."

백작의 걸음이 저택의 안쪽으로 향했다. 계단 바로 왼쪽의 커다란 방에 앞에 서자 그 앞을 지키던 하녀가 공손히 인사했다. 하녀가 열어 준 문 안으로 들어섰다.

방 안엔 약 냄새가 짙었다. 커다란 창으로 바짝 마른 볕이 한가득 들어왔지만, 병마의 기색을 몰아내긴 부족했다.

"클레멘트냐?"

"예. 접니다."

"드미트리가…… 콜록콜록."

몇 번 기침을 한 대부인이 숨을 고르며 말했다.

"드미트리가 왔는가 보군."

"예."

드미트리 오발론. 한때 드미트리 오흐리드라고 불리던 클레멘트의 남동생이었다.

"연회 이야기가 새어나간 모양이구나."

"어쩔 수 없지요."

품이 많이 드는 일이었다. 아는 사람이 많을수록 새어나가기 쉬웠다. 어차피 꼭꼭 숨기는 비밀도 아니었다. 중요한 건 연회가 아니라 연회의 목적이었으니까.

그리고 드미트리는 무슨 꿍꿍인지 알아보기 위해 득달같이 달려왔다.

"디아나는?"

"스펜서와 함께 외출했습니다."

"그래. 마주쳐 좋을 건 없지."

대부인이 잠시 숨을 고르고 물었다.

"헤르만 레체프는?"

"동대륙에서 흔적이 끊겼습니다."

갑자기 나온 이름이었지만 백작은 즉답했다.

"추적을 모두 따돌렸다고 합니다."

"……쓸모없는 재주는 많구나."

현자라는 이름이 헛것은 아니었다.

"노히바덴 대공은?"

"별다른 움직임은 없습니다."

"묘하군."

헤르만 레체프가 노히바덴 대공을 찾으러 동대륙으로 간 것을 안 백작은 동대륙에서 오는 뱃길이 모두 끊기도록 공작했다.

대단한 능력을 지닌 현자나 정령과 계약한 대공이라 한들 하늘을 날아 바다를 건널 수는 없으니까.

겨울에서 초봄까지는 바람이 반대로 불어 돌아오는 뱃길이 막혔다. 이에 대공은 한여름이 되어서 돌아왔다. 하지만 제도에 발붙일 틈도 없었다. 대공은 곧바로 서부로 향했다.

서부가 마물로 쑥대밭이 되었기 때문이다.

대공가는 원래 마물의 움직임을 파악하다 그 수가 늘어나는 것이 보이면 미리 토벌에 나섰다. 그들이 한번 줄여 놓은 수의 마물은 북부와 서부의 경계를 넘지 못했다.

하지만 대공이 의도치 않게 영지를 두 해 동안 비웠다. 토벌은 없었다. 마물의 수는 늘어났고 그대로 몰려 내려왔다.

마물에 경험이 많은 정예 중 정예인 노히바덴 기사단이 지키는 북부는 대공이 없더라도 이를 잘 막았다.

하지만 서부는 아니었다.

북부에서 이미 한번 처리한 마물만을 상대하던 서부였다. 해이한 기강으로 늘 그렇듯 건성으로 대비하며 군자금을 빼돌리는 데 열중했다. 서부는 그대로 무너졌다.

서부 평야의 반이 타올랐고 물가는 치솟았다. 그중에 특히 밀 가격이 하늘 높은 줄 모르고 올랐다. 고향을 잃은 실향민들과 물가를 감당하지 못한 이들은 빈민이 되었다.

그리고 이 모든 일은 오흐리드가 있는 제도와는 상관없었다.

똑똑—

문이 열리고 하녀가 쟁반을 들고 다가왔다. 찻잔은 총 세 개였다. 대부인과 백작, 그리고 오발론 남작의 것. 항상 이렇게 세 잔을 준비하지만 셋이 함께 차를 마신 적은 없었다.

그 찻잔을 본 대부인이 씁쓸한 얼굴을 했다.

"마음에 안 들어도 네 동생이다. 너무 박대하진 말거라."

장녀인 클레멘트는 태어났을 때부터 후계자로 길러졌다. 남동생인 드미트리와는 나이 차가 꽤 났다.

늦둥이라 오냐오냐 기른 것이 문제였을까? 드미트리는 당연히 자신이 가져야 할 후계자 자리를 누님이 뺏어 갔다 여겼다. 남보다 못한 관계였다.

하지만 대부인에게는 아무리 못났더라도 자식이었다. 차마 버릴 수는 없었다.

헛된 꿈을 꾸지 못하게 오흐리드가의 계승권을 빼앗고, 가문에서 내보냈다. 하지만 그 외의 원하는 건 할 수 있도록 풍족하게 지원했다.

하지만 이후 필리파의 실종으로 오흐리드 백작가는 후계를 잃었다. 대부인은 클레멘트가 세니르를 후계자로 내세웠을 때 세니르와 카밀로가 약혼하도록 손도 썼다.

당시 디아나의 존재를 모르기에 저지른 일이었지만, 이로 인해 오흐리드 백작가에 분란의 싹을 틔운 것이나 다름없었다. 이제라도 뽑아야 했다.

"카밀로와 세니르의 약혼을 파기해야겠다."

백작이 눈을 가늘게 떴다. 오발론 남작이 쉽사리 찬성하진 않을 터였다. 예정된 싸움이었다.

"디아나는 세니르를 어찌 생각하나?"

"꽤 잘 따릅니다."

"흐음."

내키지 않는 낯이었다. 백작이 대부인의 모습을 주의를 기울여 살폈다.

"어머니."

"굳이 세니르일 필요가……. 콜록, 콜록, 콜록."

이번에는 기침이 꽤 격했다. 백작이 종을 들었다. 흔들려는 백작의 손을 대부인이 부여잡았다. 잠시 시간이 지나자 기침이 멈추었다.

"콜록, 큼. 그 이야기는 나중에 이어 하고, 후…….."

대부인이 피로한 낯으로 입가를 가린 손수건을 내렸다.

"네 연회 날 나도 참석하겠다."

백작이 미간을 찌푸렸다.

"내 몸은 내가 안다. 잠깐은 괜찮을 거다."

"어머니, 굳이 나서실 필요 없습니다. 누구도 디아나를 부인할 수 없을 겁니다."

"안다."

대부인이 희미하게 웃었다.

"하지만 내가 나서는 게 제일 모양이 좋아."

"……."

백작이 대부인을 응시했다. 절대 건강하다고 볼 수 없었다. 하지만—

"알겠습니다."

대부인이 직접 인정하는 모습을 보이는 게 가장 반발이 적었다.

"내가 필리파에게 하는 사죄다."

한 점 후회 없이 살았다 여긴 인생이었다. 그러나 누운 시간이 길어질수록 자꾸만 삶을 돌아보게 되었다.

자신은 이리 후회 없지만, 클레멘트는? 대부인은 확신할 수 없었다.

"그리고 변호사를 부르자꾸나."

백작이 대부인을 가만히 보았다.

"유언장을 고쳐야겠다."

— 똑똑

문밖에서 집사의 목소리가 들렸다.

"오발론 남작님께서 오셨습니다."

　　　　＊　　　＊　　　＊

그 시각 디아나는 오흐리드의 뒷문으로 향했다. 미리 대기하고 있는 마차의 외형은 평범했다. 그러나 마차 내부는 외형과 전혀 달랐고, 그 안에는 할아버지의 비서가 먼저 앉아 있었다.

"레너드? 오랜만이네요."

"……오랜만에 뵙습니다."

죽어 가는 얼굴이었다. 레너드 눈매에 그늘이 짙은 것이 며칠 밤은 샌 모습이었다.

"괜찮으세요?"

"아가씨……."

레너드가 감동한 얼굴로 그녀를 보았다.

"연회 준비 때문에 바쁘죠."

"저를 걱정해 주시는 건 역시 아가씨밖에 없군요."

레너드가 우는 소리를 냈다. 디아나가 어색하게 웃으면서 할아버지에게 바짝 붙어 앉았다. 할아버지가 흠, 흠, 만족스러운 헛기침을 했다.

"거, 쓸데없는 소리 하지 말지?"

할아버지가 레너드를 타박했다. 작게 웃은 디아나가 할아버지의 손등을 다독였다. 할아버지가 곧바로 물었다.

"그래서 생각해 둔 것 있어?"

"사실 잘 모르겠어요."

"어려운 문제긴 하지."

레너드만이 그들의 대화에 영문을 모르는 눈치였다.

"두 분 무슨 말씀 중이신 겁니까?"

할아버지가 헛기침하며 수염을 쓰다듬었다. 마치 그런 질문을 해 주길 기다린 것 같았다.

"그러니까 말이야. 디아나가!"

그리고 으스대며 말하기 시작했다.

"응? 내 귀여운 손녀딸이!"

뺨이 달아오른 디아나가 그러지 말라는 듯 할아버지의 손목을 흔들었지만, 할아버지는 뿌듯해하는 얼굴을 숨기지 않았다.

"클레멘트의 생일 선물을 주고 싶다고 말하더구나!"

레너드가 눈을 껌뻑였다.

"백작님께 선물이요?"

"네. 할머니 생신 선물을 할아버지랑 고민하고 있었어요. 어떤 선물을 해야 좋아하실지 몰라서요."

"어려운 문제네요."

재작년에는 그녀가 저택으로 들어온 시기와 맞물렸고, 작년에는 너무 조용했기에 생신인지도 모르고 지나갔다.

서관은 밀려드는 선물로 정신이 없었다는데 본관은 정말 아무 변화도 없었다. 일손이 모자라 도우러 갔던 그녀의 하녀들이 돌아온 다음에야 할머니 생신이었단 사실을 알았다. 약간 충격이었다.

할아버지 생신 때에는 이와 정반대였다. 할아버지는 석 달 전부터 자신의 생일이니 놀러 가야 한다고 노래를 불렀고 보름 정도 사람이 드문 오흐리드의 별장에서 지냈었다.

"첫 선물이니까 좋은 걸 드리고 싶은데, 고민이에요. 할머니는 부족한 게 없으실 테니까요."

디아나가 우울한 낯을 했다. 레너드가 재빠르게 달랬다.

"아가씨가 마련한 선물이라면 뭐든 좋아하실 겁니다."

그때 할아버지가 그녀를 부르며 눈을 빛냈다.

"디아나."

그 모습에 레너드가 걱정스러운 얼굴을 했다.

"내게 좋은 생각이 있다."

*　　*　　*

디아나가 허름한 마차에서 내렸다. 고개를 들자 두 블럭 거리에 있는 엘―코르테가 보였다.

"어휴, 이거 생각보다 답답하군요."

"아가씨는 괜찮으십니까?"

가면을 쓴 기사가 끈을 매만졌다.

"전 익숙해서 이젠 가끔 쓴 것도 까먹어요."

디아나의 가면도 그들과 같았다. 평소 사용하던 것이 아닌 길거리에서 파는 흔하디흔한 모양이었다.

유일하게 가면을 쓰지 않은 레너드가 재촉했다.

"스펜서 님께서 벌어 준 시간이 얼마 되지 않습니다. 저는 여기서 마차를 잡고 있을 테니 어서 엘―코르테로 가시죠. 너무 오래 고르시면 안 됩니다."

기사 둘과 디아나, 이렇게 셋이 발걸음을 재촉했다.

그리고 그들의 뒤를 조용히 미행하는 이들이 있었다.

평소라면 눈치챘겠지만, 가면에 신경이 팔린 기사들은 알아채지 못했다.

디아나가 기사들만 대동하고 엘―코르테에 온 것은 할아버지의 아이디어였다.

　「클레멘트에게는 어떤 비싼 선물이어도 평범할 뿐이지.」

　「역시 그렇죠.」

　「그러니 답은 깜짝 선물이다.」

계획은 이랬다.

그녀와 할아버지가 마장에서 말을 타는 척한다. 그리고 디아나는 레너드와 호위 기사들과 함께 마장을 빠져나간다. 그리고 길거리 마차를 잡아탄 후에 엘―코르테에서 선물을 사고 돌아오는 것이었다.

　「하지만 가면을 쓰고 다니면 눈에 띄지 않을까요?」

　「요즘 엘―코르테에선 가면을 쓰고 쇼핑하는 것이 유행이란다.」

　「별게 다 유행을 하네요.」

　「네가 유행을 시켰어…… 아니, 그건 넘어가고 어쨌든, 네가 엘―코르테에 간 걸 알면 클레멘트는 바로 눈치챌 거다.」

그러니 최대한 비밀로 하고 할머니에게 짠! 하고 선물을 드리며 놀래 드리는 것이 목적이었다. 어떤 비싼 것이어도 할머니에겐 평범한 선물 중 하나일 뿐이니 놀라움을 주자는 것이었다.

할아버지가 벌어 준 시간 내에 다시 마장에 돌아가야 해 선물을 고르는 시간이 촉박한 걸 뺀다면 꽤 좋은 계획처럼 여겨졌다.

그러니까, 앞장서던 기사가 멈칫하며 돌아보기 전까지.

"경 먼저 가십시오."

"무슨 일이에요?"

"누가 따라오고 있습니다."

긴장한 목소리였다.

"미행이요?"

디아나가 목소리를 죽였다.

"엘―코르테를 나올 때부터 느꼈습니다만 확실하진 않습니다."

"젠장."

뒤늦게 기척을 느낀 기사가 욕설을 내뱉었다.

"여긴 제가 맡겠습니다. 경, 아가씨를 부탁합니다. 셋 하면 뛰십시오."

"아가씨, 저 골목까지 뛰실 수 있겠습니까?"

"네."

"그럼 숫자를 세겠습니다. 하나, 둘, ―셋!"

반사적으로 달렸다.

두 블록 거리 뒷골목의 마차까지는 금세였다.

무료하게 기다리던 레너드가 그들이 오는 모습을 보고 펄쩍 뛰어올랐다. 레너드가 다급하게 물었다.

"대체 무슨 일이죠?"

"미행당했습니다."

"뭐요? 그렇게 조심해서 나왔는데? 어떤 자인지 보았습니까?"

"잠깐 돌아보았을 때 느낌으로는 기자 같았습니다."

그 짧은 새에도 알아볼 수 있다니 놀라웠다. 다소 안도한 레너드가 짜증스럽게 머리를 넘겼다.

"지긋지긋한 것들. 어떻게 알고 쫓아온 거지?"

"기자를 잡으면 알 수 있을 겁니다. 일단 아가씨를 소란에 얽히게 할 수 없어 빠져 나왔습니다."

"백작님께 외유를 비밀로 하는 건 들키겠군요. 죄송합니다, 아가씨."

"괜찮아요. 어쩔 수 없죠."

"일단 스펜서 님께 돌아가죠."

확실히 이상했다. 할머니께도 비밀로 하고 나온 건데 어떻게 따라온 걸까? 엘―코르테에서 알아봤다고 하기엔 의심스러웠다. 가면 쓴 수많은 사람 사이에서? 그녀를 알아봤다고?

그때였다.

"살려 주세요!"

안쪽 골목이었다. 찢어지는 비명이 뒤따랐다. 레너드와 기사가 마주 보더니 재빠르게 마차에 올라탔다. 레너드가 마차 문을 쾅 소리 나도록 닫았다. 허름한 마차가 문짝이 부서지지 않는지 걱정될 정도로 크게 흔들렸다.

"출발하세요."

디아나가 깜짝 놀랐다. 여기서 그냥 출발한다고? 그러나 레너드
가 마부를 향해 매섭게 말했다.

"어서 출발하지 않고 뭐 하시는 겁니까?"

"잠깐만요 레너드! 저쪽에서 비명 소리가 들렸어요!"

그녀의 말이 끝나기 무섭게 다시 도와달라는 외침이 들렸다.

레너드는 눈 하나 깜짝하지 않고 마부를 향해 말했다.

"어서 출발하세요."

"안 돼요!"

눈치 보던 마부가 어깨를 으쓱하고 출발했다.

"이, 무슨!"

디아나가 몸을 들썩거렸다. 창문으로 고개를 내밀려는 그녀를
리카르도 경이 막았다.

"저희는 아가씨의 안위를 우선으로 지킵니다."

"뒷골목에서는 드물지 않은 일입니다."

뒤이어 레너드가 말했다.

"아가씨. 만약 아가씨에게 무슨 일이 생긴다면 백작님과 부군께
서 무척 슬퍼하실 겁니다."

디아나의 움직임이 멈췄다.

"특히 부군, 스펜서 님께서 슬퍼하시겠죠."

"……."

"자신이 함께했는데 이런 일이 벌어졌다고 자책하셔도 상관없으
십니까?"

마차가 순식간에 대로로 진입했다. 대로는 평화로웠다. 바쁘게 지나치는 사람들은 저 골목에서 무슨 일이 벌어졌는지 전혀 모를 터였다.

그녀는 기사도 아니고, 정의의 수호자도 아니다. 그저 지나가다 비명을 들었을 뿐이다. 엮이지 않는 편이 좋았다.

그렇지 않아도 그녀가 오흐리드에서 머무는 걸 가지고 말이 많았다. 며칠 뒤엔 데뷔탕트였다. 소란은 좋지 않았다.

그녀만 입을 다물면, 그녀만 모른 척한다면.

하지만…….

'정말 이래도 돼?'

그녀도 몇 년 전 이와 비슷한 일을 겪었다.

오랫동안 떠오르지 않았던 이름이 떠올랐다. 헤르만. 헤르만 레체프, 그녀를 버리고 떠난 어머니의 친우.

만약 헤르만이 그곳을 지나가지 않았더라면 어떻게 되었을까.

도와달라는 그녀의 말을 헤르만이 무시했다면? 그가 오지 않았다면? 할머니? 할아버지? 이렇게 함께 지내지 못했다.

'이건 아니야.'

이래선 안 됐다.

"마차 돌려요."

"아가씨?"

"당장 돌려요."

"안 됩니다. 아가씨, 위험합니다."

"나는 살려 달란 소리를 무시한 겁쟁이가 될 생각, 없어요."

"아가씨, 스펜서 님께서⋯⋯."

"할아버지의 이름으로 협박하지 말아요!"

이를 악문 디아나가 선명한 주홍색 눈동자로 레너드를 노려보았다.

"마차 돌려요. 아니면 날 내려 주든지요."

*　　　*　　　*

로트먼은 삼류 가십지 기자였다. 정확히는 기자라고 말하기도 뭐한 협잡꾼.

그저 적당히 건수를 잡아 악의적으로 기사를 쓰거나, 협박으로 돈을 뜯어내는 일을 주업으로 삼았다.

그리고 슬슬 그런 삶에 회의감을 느끼고 있었다. 자신의 짓을 후회해서? 전혀 아니었다.

'큰 건수만 하나 잡으면⋯⋯.'

한탕 크게 할 건수를 원했다. 이렇게 찔끔찔끔 벌어서야 언제 인생 역전을 하는가.

그런 그에게 의뢰가 들어왔다.

현재 가장 큰 관심을 받는 일명 오흐리드의 공주라고 불리는 소녀. 그 소녀의 민낯을 찍을 기회를 마련해 준다고.

뭐든 찍어다 준다면 그 뒤는 자신이 알아서 하겠다고 했다. 엄청난 돈도 덤이었다.

평소라면 언감생심 접근할 생각도 못 했다.

오흐리드라니. 재수 없게 걸렸다간 다신 하임바르덴 제국에 발 붙이고 살 수 없었다.

하지만 이번 뒷배는 꽤, 아니 무척 믿을 만했다.

'싸움 중 가장 재밌는 건 가족 싸움이지.'

대귀족의 유산 싸움만큼 흥미로운 개싸움도 없었다.

"개자식! 너 때문에 망했잖아!"

자신의 동료이자 경쟁자였던 다른 기자가 잡혔다. 득달같이 달려든 호위가 기자의 멱살을 잡고 카메라를 뺏어 냈다.

로트먼은 동료가 잡힌 사이 재빠르게 소녀를 쫓았다.

멍청하게 붙잡힌 놈 구해 주자고 자신마저 기회를 놓칠 순 없었다. 마차에서 내려 골목으로 뛰어가는 소녀를 쫓았다.

"살려 주세요!"

찰칵찰칵 셔터를 쉴 새 없이 눌렀다. 좋은 사진이 나왔다. 도움을 요청하는 여인의 가녀린 비명을 무시하고 꽁지 빠져라 도망가는 그림이.

소란에 휩싸여 가면이라도 벗겨졌다면 더할 나위 없이 좋았겠지만, 이걸로도 의뢰자가 원하는 사진은 충분히—

그런데 그때 로트먼의 카메라를 누군가 덥석 집어갔다. 로트먼이 벌떡 뒤를 돌아보았다.

"뭐, 뭐야?!"

그러곤 놀라 뒷걸음질 치다 엉덩방아를 찧었다. 아플 텐데도 쩍 벌어진 입을 다물 생각조차 못 했다.

* * *

디아나는 마차를 돌리게 했다. 그리고 그들을 맞이하는 건 완전히 예상외의 상황이었다.

"저, 저, 저 더는 못 갈 것 같은데……요…….."

"그게 무슨 소립니까!"

"더는 못갑니다!"

버럭 외친 마부가 고삐를 놓고 줄행랑을 쳐 버렸다.

뒤이어 들렸다. 누군가의 욕설과 고함, 그리고 둔탁한 타격음. 싸우나? 혹은 이미 늦은 건가?

"무슨 일이 벌어진 거죠?"

그녀의 물음에 기사가 나섰다.

"살펴보고 오겠습니다."

마차에 나서 검을 뽑기가 무섭게 누군가 앞을 가로막았다.

음침한 골목에 녹아들 듯 짙은 색상의 로브를 뒤집어쓴 수상쩍은 모습이었다.

"허읍"

레너드가 숨을 들이켰다.

예사롭지 않은 기색의 사내는 커다랗고 위협적인 체구도 눈에 띄었지만, 그보다 빼어난 용모가 먼저 시선을 사로잡았다.

세니르가 화사한 느낌의 미남이라면 이쪽은 짙은 눈썹에 날카로운 눈매에서 야성미를 풀풀 풍기는 쪽이었다.

사내가 마차 안을 훑었다.

"왜 돌아왔지?"

"어, 어떻게 여기에."

아는 사인가? 레너드가 크게 충격받은 듯 말했다.

"……더는 다가오지 마십시오."

기사가 사내에게 검을 겨눴다. 이를 본 사내가 피식 웃었다.

"내게 검을 겨누다니. 죽고 싶나?"

사내는 맨손이었지만 기세에서부터 밀렸다. 레너드가 떨리는 목소리로 소리쳤다.

"오흐리드 백작님과 돌아서시겠다는 겁니까?"

사내가 낮게 웃었다. 늪에 가라앉는 느낌의 웃음소리였다.

"언제는 사이좋았던 것처럼 말하는군?"

순식간에 벌어진 일이었다. 사내가 맨손으로 검을 잡았고 퍽—하는 타격 소리와 함께 기사가 쓰러졌다. 레너드까지 순식간이었다.

"무슨 짓이에요!"

디아나가 뒤늦게 소리쳤다.

사내가 빼앗은 검의 손잡이를 고쳐 쥐었다. 그녀가 몸을 움츠리자 사내의 움직임이 우뚝 멈췄다.

"……."

사내가 그녀를 거의 노려보듯 쏘아보았다. 숨 막히는 짧은 시간 후, 사내가 검 손잡이를 높게 들더니 그대로—

고막이 찢길 것 같은 소리에 반사적으로 귀를 막았다. 얼얼한 귀를 문지르며 눈을 가늘게 뜨자 검이 바닥에 반 이상이 박혀 들어갔다.

절로 눈이 휘둥그레졌다. 분명 돌로 된 바닥이었는데? 이게 가능한 거야?

"안 죽여."

"네?"

"그냥 기절시켰을 뿐이다."

그게 무슨…… 디아나가 서둘러 내려와 레너드의 코 아래에 손가락을 대자 숨이 느껴졌다. 기사 역시 마찬가지였다.

안도의 숨을 내쉬었다. 고개를 들자 눈이 마주쳤다. 깊이를 가늠하기 힘든 눈동자의 사내가 느리게 입을 열었다.

"왜 돌아왔지?"

"네?"

"비명 소리를 듣고도 떠나지 않았나."

"그걸 어떻게……."

어리둥절하게 답할 때 번뜩 미행당했다는 사실을 떠올렸다. 설마?

"우릴 미행하고 있었어요?"

목소리가 절로 날카로워졌다.

"셋이었다."

"셋이요?"

"나, 기자, 함정을 판 자."

기자? 함정? 그러니까 우릴 미행한 사람이 셋이라고?

"이거 놓지 못해?! 이건 언론 탄압이야!"

돌아선 사내가 손짓하자 그동안 있는지도 몰랐던 자가 뛰어와 무언가를 건넸다. 사내가 그걸 휙 던졌다.

"비명 소리는 함정이었다. 기사를 떼어 내 널 혼자 있게 하거나, 사건에 휘말리게 하는 것이 목표였지. 사진 기자가 숨어 있더군."

반쯤 부서져 있는 사진기가 그녀 앞에 멈췄다.

"함정이라고요?"

"그래."

"그럼 그 비명은."

"가짜였다. 극단 연기자를 고용했더군."

"하."

허탈함에 힘이 빠졌다. 디아나의 어깨가 축 늘어졌다.

"쓸모없는 짓을 했군."

불난 집에 부채질하는 것도 아니고, 디아나가 억울함에 쏘아보려는 찰나 사내가 말을 이었다.

"하지만 그래. 이쪽이 옳지."

사내의 입꼬리가 슬쩍 호선을 그렸다. 만족스럽다는 듯이.

"이 일은 내가 조사하도록 하지."

"……네?"

사내의 미소를 멍하니 보던 디아나가 뒤늦게 되물었다.

"이대로 치안대에 넘기면 흐지부지 묻힐 거다. 범죄를 저지른 건 아니니까."

"왜 저를 도와주시는 거예요?"

사내는 그녀를 도와줄 이유가 없지 않은가. 그리고—

"그쪽은 왜 절 미행한 거죠?"

그녀를 도와준다지만, 미행이나 하는 자를 어떻게 믿는단 말인가.

사내가 몸을 숙이더니 그대로 한쪽 무릎을 바닥에 대었다.

"답답하군."

사내가 손을 뻗었고, 뭘 하려느냐 물으려는 순간 그녀가 쓴 가면이 벗겨졌다.

"이, 무슨 짓이에요!"

얼굴을 가리기에는, 이미 늦었다. 사내는 그녀의 얼굴을 바라보는 데 여념이 없었다.

"여기를 찡그리는 버릇은 똑같구나. 아, 또 찡그렸군."

멈칫한 디아나가 사내를 의심스럽게 보았다.

"……절 아세요?"

"그래."

고개를 비스듬히 튼 사내가 얼굴을 한번 쓸어내렸다. 그리고 번뇌에 찬 것 같은 깊은 한숨을 쉬었다.

"테세비츠 베일 노히바덴. 내 이름이다."

디아나가 눈을 크게 떴다.

"노히바덴 대공님……이시라고요?"

그가 긍정하듯 고개를 까딱했다. 디아나가 양손으로 놀란 입을 가렸다.

전혀 어울리지 않았다.

드래곤을 죽여 저주를 받았다는 둥, 살인귀 가문이라는 둥, 무시무시한 소문들과 연관성이…….

'아니, 무섭다는 말은 맞는 것 같고.'

커다란 키와 너른 어깨, 단단해 보이는 몸. 그늘졌지만 날카로운 눈매와 일자로 굳게 다문 입매에서는 상대를 겁에 질리게 만드는 위압감이 느껴졌다.

이런 사람이 대체 왜 나를 미행한…….

"그리고 네 아버지다."

"……네?"

머릿속이 이해를 거부하고 있었다. 그저 눈만 깜빡였다.

"물론 쉽게 믿을 순 없겠지. 이해한다."

"…….."

"나도 처음엔 믿기지 않았으니까."

"아니……. 무슨 소리를……."

아버지라니? 말문이 막혔다. 저자가 미친 게 아닐까?

"원래는 이런 식으로 나타날 생각은 없었다. 준비를 마치고 알리려 했는데……."

그때 노히바덴 대공이 뒤를 돌아보았다. 느리게 몸을 일으켰다.

"벌써 왔군."

대공이 손을 뻗어 그녀의 어깨를 짚었다.

"일단 같이 가지. 설명은 천천히……."

디아나가 대공의 손을 파드득 떨쳤다. 대공의 얼굴이 딱딱하게 굳었다.

"제가, 제가 왜요?"

디아나는 고개를 저으며 뒷걸음질 쳤다.

"아버지라고요?"

15년이었다.

"웃기는, 웃기는 소리 하지 마요."

아버지란 존재에 대해 하나도 모른 채 15년. 앞으로도 없을 거라 믿어 의심한 적 없는 존재.

이제야 가족을 찾았다고 여겼는데. 이제야 그녀가 단단한 땅 위에 발을 딛고 살 수 있었는데.

"전 없어요. 아버지라니 그런…….."

디아나는 자신이 어떤 얼굴을 하고 있는지 알 수 없었다. 그녀는 그저 부인했다.

"그런 거 없어요."

저 멀리 희미하게 들리던 말발굽 소리가 점차 가까워졌다. 그녀를 데리러 온 자들이었다.

Chapter 6.

　가을 황실 무도회는 하임바르덴 제2대 황후가 제국 귀족의 화합을 위해 건국절 축제 기간에 맞춰 개최한 것이 최초였다.

　그리고 이제는 전통 있는 연례행사가 되었다. 미혼의 영애와 영윤들의 데뷔 무대이자 만남의 장소가 되었다.

　"올해도 참석하지 않으려는가 봅니다."

　"벌써 몇 해째죠?"

　"참석한 횟수를 세어 보는 게 빠를 텐데요, 뭘."

　그리고 가을 황실 무도회는 거의 끝물이었다.

　"대공 정도 되시는 분이 그 나이 되도록 부인도 후계도 없다니."

　누군가 끔찍하다는 듯 고개를 절레절레 저었다.

　"쓸데없는 일에 기력을 쏟고 다니니 그렇지요. 대체 언제 적 소백작이란 말입니까."

노골적인 말에 귀부인들이 슬쩍 주변을 훑었다. 오흐리드 백작이 참석할 리는 없지만, 괜스레 조심하게 되었다.

소백작에 관한 이야기를 꺼낸 귀부인은 거침없이 말을 이어 나갔다.

"대공님도 이제는 정말 아내를 들이고 후사를 보아야지요. 그렇지 않나요, 황후 폐하?"

목적이 있기 때문이었다.

"그렇지. 황실의 웃어른으로서 슬슬 두고 보기가 힘들군."

자애로운 황후의 모습은 슬하에 장성한 자식이 둘이나 있는 걸 믿기 힘들 정도로 고왔다.

"그렇지 않아도 손이 귀한 대공가인데. 폐하께서도 후계 문제에 걱정이 많네."

그리고 그 자리에 반강제로 붙들려 있던 에스테반은 역겨운 표정을 겨우 참아 냈다.

"결혼 적령기의 괜찮은 가문 영애들을 골라 기별을 넣었네만 도통 제도에 내려올 생각조차 없으니…… . 올해도 제도에 온다는 말이 없더군."

황후가 안타깝다는 듯 읊조렸다.

그리고 이제껏 에스테반을 불러 놓고 모른 척하던 황후가 드디어 황자를 돌아보았다.

"오, 에스테반. 왔으면 말을 하지 그랬느냐."

"부르셨다고 들었습니다만."

네가 불러 놓고 무시한 거 아니냐는 말이었지만 황후는 호호 웃을 뿐이었다.

"그래, 에스테반. 내 널 부른 이유는 너도 슬슬 짝을 찾아야 하지 않나 싶어서란다."

"천천히 생각 중입니다."

"어머니로서 걱정되어 그런단다."

순간 그의 턱 끝에 힘이 바짝 들어갔다. 그러나 황후였다. 보는 눈도 많았고, 이곳은 황후의 주변인들만 모여 있었다.

"걱정 끼치지 않도록 하겠습니다."

"그렇게 말하지만 말고 내 좋은 가문을……."

황후가 말을 멈췄다.

"황후 폐하."

황후의 시녀였다. 시녀는 에스테반에게 건성으로 인사했다.

황후 앞이라고 뵈는 것도 없는 모양이었다. 시녀가 황후에게 무언가를 귀엣말했고 황후의 얼굴이 굳었다. 에스테반이 눈을 가늘게 떴다.

'뭐야?'

황후가 자리에서 일어났다.

"잠시, 쉬다 오지."

"황후 폐하?"

귀부인들 또한 의외인지 황후를 불렀다. 그러나 황후는 화급히 자리를 떠났다.

"저도 이만."

에스테반은 해방을 만끽하며 귀부인들 사이를 헤쳐 나왔다.

지나가는 시종의 쟁반에서 잔을 골라 들었다. 단숨에 비우곤 한 잔을 더 집어 들었다. 이제야 속이 좀 트인 기분이었다.

그의 친형인 로베르트는 자신의 계파 귀족과 얘기하느라 바빠 보였고, 지그프리트는 웬 영애와 춤을 추더니 벌써 정원으로 나갔는지 코빼기도 보이지 않았다.

'스트릴 자작 영애였나……'

이름도 얼굴도 잘 기억나지 않지만, 외모는 예쁠 것이다. 지그프리트가 데리고 갔으니.

약혼자도 있는 놈이 무도회가 열리는 매일매일 파트너를 바꿔가며 실종되는 꼬락서니가 한심하기 그지없었다.

제국을 위해서라도 저딴 놈보단 그의 형이 황제가 되어야 했다.

에스테반은 홀 중앙 근처에서 춤추는 자신의 쌍둥이 누이인 에스텔을 보았다. 한참을 그렇게 바라보기만 하며 잔에 담긴 술을 마셨다.

잔이 거의 바닥을 보일 때야 남매는 눈이 마주쳤다.

그가 손짓하자 에스텔이 살짝 미간을 찌푸렸다. 에스테반은 남은 술을 입에 털어 넣으며 뒤도 돌아보지 않은 채 홀을 나왔다.

"한참 재밌게 춤추고 있었는데 왜 오라 가라…… 아, 술 냄새."

에스텔이 짜증스럽게 손을 내저었다.

"겨우 두 잔 가지고 예민 떨지 마라. 황후한테 불려 갔다 왔으니까."

에스텔이 구역질난다는 표정을 지었다.

"뭐래?"

"결혼 상대 찾아 준단다."

"뭐? 미친 거 아니야? 황후, 황후 하니까 진짜 어머니 노릇이라도 하려고?"

에스테반이 손을 내저으며 주제를 환기했다.

"그보다 내가 알아보라고 한 건 어떻게 됐어?"

"됐겠어? 너도 알잖아. 롬벨 후작 부인이 얼마나 입이 무거운지."

롬벨 후작 부인은 현재 오흐리드 백작이 본채를 들락날락하는 유일한 인물이었다.

"그냥 오흐리드 백작 생일 축하 연회 준비 도와주는 거래."

아직 초대장이 발송되진 않았다. 하지만 이미 알음알음 소문이 퍼졌다. 무려 15년 만의 칩거를 푼 오흐리드 백작의 연회였다. 소문이 퍼지지 않기가 어려웠다.

"말도 안 되는 소리. 오흐리드 백작이 사람이 없어서 생판 연도 없는 롬벨 후작 부인의 손을 빌려? 둘이 예부터 교류라도 있었으면 몰라."

"롬벨 후작 부인이 사교계에서 이름이 높긴 하잖아?"

황후와 황후의 사람들을 제외하면 모두 그 이야기뿐이었다.

오흐리드 백작이 연회를 연 이유를 추측해 보고, 초대장을 받지 못할 것 같은 이들은 어떻게 같이 연회에 초대될 방법이 없을지 얘기하기 바빴다.

"아니야. 분명 뭔가 숨기는 게 있어."

"그렇다고 해도……."

그때 에스테반의 수하가 황급히 찾아왔다. 그 모습에 기시감을 느꼈다. 좀 전에 황후의 시녀가 다급하게 황후에게 귀엣말하던 모습이 절로 겹쳐졌다.

"무슨 일이야."

에스테반의 물음에 수하가 목소리를 낮춰 고했다.

"노히바덴 대공과 오흐리드가의 기사들이 충돌했다고 합니다."

"……뭐라고?"

너무 뜬금없는 말이라 이해가 되지 않을 정도였다.

"대공이 제도에 있어?"

"예. 방금 확인되었습니다."

"언제, 대체 언제 들어왔는데?"

"그건 아직 알아보는 중입니다."

에스테반이 벌컥 화를 내려다 멈췄다.

방금 나눴던 황후와의 대화가 기억났기 때문이다. 황후조차 대공이 올해에도 제도에 내려올 생각을 안 한다고 말하지 않았나.

그 말은 사람들의 눈을 피해 몰래 내려왔다는 뜻과 일맥상통했다.

멈칫한 에스테반 대신 에스텔이 수하에게 물었다.

"근데 왜 오자마자 오흐리드 백작이랑 싸워?"

"그 또한 확인 중입니다. 다만 오흐리드 백작 부군이 중심에 있었다고 합니다."

"백작이 아니라 백작 부군이?"

그나마 오흐리드가에서 노히바덴 대공과 덜 나쁜 사이가 아니었나?

그때 또 누군가가 다가왔다. 이번에는 에스텔의 시녀였다.

"오흐리드 백작이 생일 연회 초대장을 보냈습니다."

"지금?"

시녀가 쟁반에 놓인 편지를 공손히 내밀었다.

"굳이 이걸 지금 확인하라고 가져와야겠어?"

"이를 배달한 심부름꾼이 최대한 빨리 확인하길 조언하기에, 도로 가져갈까요?"

에스텔이 페이퍼 나이프로 초대장을 뜯었다.

"아, 짜증나. 순 제멋대로라니까. 오흐리드면 다야? 알아낸 연회 날짜까진 아직 꽤 남았는데……."

투덜거리던 에스텔이 말을 멈추고 눈을 부릅떴다. 에스테반이 눈살을 찌푸렸다.

"뭔데?"

"……내일이래."

"뭐가?"

"오흐리드 백작의 연회가 내일이래."

에스텔과 에스테반이 서로를 마주 봤다.

*　　*　　*

오흐리드의 연회 초대장이 일정보다 빠르게 발송되었다. 그날 밤이 되기 전에 모든 초대장이 도착하였고, 이를 열어 본 이들은 두 눈을 의심했다.

정중하게 쓰인 초대장이었다. 하지만 날짜는 정중치 못했다. 개인 사정으로 갑작스레 연회 날을 당기게 되었으니, 참석하지 않아도 유념치 않는다고 쓰여 있었다.

하지만 '참석하지 않으시더라도' 부분을 신경 쓰는 자는 아무도 없었다.

제도는 발칵 뒤집혔다. 아직 황실 무도회가 열리고 있었다. 무도회에서 밤새 떠들며 웃고 마시며 춤추다 자정이 넘어 돌아온 이들도 있었다.

어떤 이는 초대장을 펼쳐 보지도 못한 채 잠이 들었고, 초대장을 본 자들은 기절할 듯 놀라며 노회한 백작의 생신 연회에 맞을 드레스를 준비하라며 하녀들을 닦달했다.

그 시각 디아나는 침대에서 뒤척였다.

'잠이 안 와.'

디아나가 이불을 끌어안았다.

'친부라고?'

갑자기 아버지라고 나타난 사람.

그녀에게 질 나쁜 짓을 하려던 이들에 대해선 물어볼 정신도 없었다. 기억나는 건 대공의 어두웠던 눈빛.

진중했던, 거짓을 말하는 것 같지 않던 낮은 목소리.

그녀를 억지로 끌고 가기에 충분한 시간이었다. 그녀가 뿌리쳤다지만 다시 뻗으면 충분히 데려갈 수 있었다.

하지만 대공은 그러지 않았다. 그녀가 뿌리친 손을 가만히 내려다

볼 뿐이었다. 그리고 할아버지와 함께 가는 그녀도 내버려 두었다.

'진짜일까?'

디아나가 깊게 한숨을 내쉬었다. 일단 진짜인지 거짓인지를 두고 보더라도 그녀는 이제야 안정된 자리를 찾았다. 오흐리드라는 이름으로 데뷔탕트 직전이었다.

그런데 이제 와 친부라니? 이제 와서? 친부를 찾았다는 기쁨보단 당혹이 앞섰다. 왜 하필? 왜 지금!

차라리 그녀가 그렇게 친부가 나타났으면 하길 바랄 때, 밤마다 베개를 적시며 잠들 때. 그때였다면 아마 그녀는 뒤도 돌아보지 않고 믿었을 터였다.

믿고 싶었을 테니까. 뭐라도 붙잡고 싶었을 테니까. 하지만 지금은…….

'늦었어.'

그리고 의심이 피어올랐다.

'거짓말이 아닐까?'

'하지만 나한테 거짓말을 해서 무슨 이득이 있지?'

'대공님이 친부면 할머니와 할아버지가 모를 수가 있나?'

'하지만 친부가 아니라면 날 도와줄 이유가 있나?'

'하지만 친부라면 왜 내 존재를 몰랐지?'

'나에 대해 어떻게 알았지?'

'왜…….'

생각이 꼬리를 물고 이어졌다. 벌써 누운 지 한참이었다. 디아나가 뒤척이자 머리맡의 하늘이가 자세를 바꿔 누웠다.

커다란 침대였는데 하늘이가 올라가 있으니 그냥 보통크기 같았다.

디아나가 깊게 한숨을 내쉬었다.

'……이러다 밤새는 거 아니야?'

내일은 중요한 날이었다. 갑작스럽게 당겨진 연회, 데뷔탕트.

'빨리 자야 하는데.'

첫 데뷔인데 퀭한 얼굴로 연회에 나갈 순 없지 않은가. 억지로 머리를 비웠다. 네리아도 숙면이 중요하다고 몇 번이나 당부했다.

'……'

'……'

'……'

'……잠이 안 와!'

결국, 일어났다. 베개를 안고 귀신처럼 머리를 숙이고 앉았다.

한참을 그렇게 앉아 있던 디아나는 침대를 엉금엉금 기어갔다. 바닥에 놓여 있던 슬리퍼를 꿰어 신었다.

'산책이라도 좀 해야지.'

그래야 머리에 상념을 조금이라도 털어 내고 잘 수 있을 것 같았다. 이대로는 잠은커녕 생각만 하다 밤을 새울 것 같았다.

그녀의 움직임에 하늘이도 잠이 깬 모양이었다.

"자고 있어. 잠깐 나갔다 올게."

디아나가 하늘이를 쓰다듬었다. 그러나 길게 하품을 한 하늘이는 디아나를 따라 침대에서 내려왔다. 커다란 몸임에도 날렵한 움직임이었다.

"응? 따라올 거야?"

하늘이가 앞발을 내리고 엉덩이를 치켜들며 기지개를 켰다. 디아나는 그런 하늘이를 마구잡이로 쓰다듬었다.

"그래, 같이 가자."

널찍한 침실에서 나와 거실 겸 개인 응접실을 가로질러 방문을 열었다.

복도는 조용했다. 조등을 낮춘 마법등이 적절한 거리를 두어 어두웠지만 걷기 불편하진 않았다.

2층 회랑엔 밤바람이 기분 좋게 불어왔다. 종아리에 하늘이의 흔들리는 꼬리털이 간질간질하게 닿았다가 멀어지길 반복했다.

디아나는 저택의 중앙 정원으로 나왔다. 졸졸 흐르는 분수 소리를 감상하며 밤하늘을 보았다. 별은 잘 안 보였지만 구름에 가려진 달은 보였다.

'아무도 없네.'

신기할 정도로 한 사람도 마주치지 않았다.

모두 연회 준비 때문에 서관으로 향했는지 불이 켜진 창도 한 곳뿐이었다.

'세상에, 아직도 일하고 있는 거야?'

세니르가 업무를 할 때 머무는 방이었다.

커튼 너머로 빛이 비치는 방을 가만히 바라보던 디아나가 걸터앉았던 분수대에서 달랑 내려왔다. 불 켜진 창으로 천천히 다가갔다.

커다란 창문은 굳게 닫혀 있었고, 두터운 커튼도 드리워져 있었다. 토대가 높은 저택이어서 1층이라지만 높이는 1.5층 정도였다.

그녀의 눈높이로는 창문 안이 보이지도 않았다. 기웃거리던 디아나가 그냥 돌아갈까 할 때였다.

창문이 벌컥 열렸다. 놀란 디아나가 눈을 동그랗게 뜸과 동시에 하늘이가 이를 드러냈다.

"……아가씨?"

예리하던 눈빛이 당황에 흔들렸다.

"아, 어, 세니르."

디아나가 어색하게 손을 흔들었다. 세니르가 창문을 열었던 손에 얼굴을 묻으며 신음했다.

"화났……어요?"

왠지 그런 느낌이었다.

"지금 무슨 일이 벌어질 뻔한 줄 아십니까?"

중얼거리던 세니르가 얼굴을 묻었던 손을 내리며 한숨을 쉬었다.

처음 만났을 때 청년이라 생각한 건 완전 착각이었다.

디아나가 오흐리드 저택에 온 이후로도 세니르는 더 자라며 성숙해졌다.

그렇다고 그의 외견의 아름다움이 덜해진 것은 아니었다. 오히려 훨씬 더 우아하고 화사해졌다. 지금처럼 달빛 아래 모습은 조각같기도 했다.

세니르가 그녀의 뒤편을 훑었다.

"이 시간에 무슨 일인가요? 미셸은요?"

"그, 그게……."

그녀가 말을 흐리며 시선을 피했다. 눈썹을 치켜든 세니르의 눈이 점차 엄정하게 변했다.

"혼자 돌아다니신 겁니까?"

"으음."

"이 야밤에요?"

"으으음."

"그런 차림새로요?"

"으으으음."

누워 있다 왔다는 걸 온 힘을 다해 티 내는 부스스한 머리, 무릎까지 오는 연하늘색 실크 잠옷, 맨발에 슬리퍼까지.

"세니르. 그……게."

세니르의 추궁에 점차 울상으로 변해 가던 디아나가 얌전히 두 손을 모으고 세니르를 올려다보았다.

"비밀로 해 주면 안 될까요오?"

미셸이나 할머니의 귀에 들어가면 한참 잔소리를 들을 일이었다.

작게 한숨을 쉰 세니르가 머리 아프다는 듯 백금발을 쓸어 넘겼.

깊은 밤이어서인지 늘 단정하던 세니르의 머리칼도 조금은 흐트러져 있었다.

"오다가 마주친 사람은 없었나요?"

"네. 오늘은 저택이 조용하던걸요."

디아나가 잘 봐달라는 듯 어색하게 입꼬리를 올렸다.

"그러니까 세니르만 비밀로 해 주면 아무도 몰라요."

"……."

무슨 생각을 하는지 세니르가 조용해졌다. 디아나는 직감적으로 세니르가 갈등하는 걸 알 수 있었다. 이럴 땐 굳혀야 했다.

"잠이 잘 안 와서 그랬어요."

디아나는 불쌍한 척 눈꼬리를 축 내렸다.

"……."

세니르가 한숨을 쉬며 고개를 살짝 돌렸다. 승낙의 의미였다. 디아나는 바로 헤헤 웃었다. 세니르가 고개를 살짝 저었다.

"잠시만 기다리세요."

창문을 열어 놓은 세니르가 다시 방 안쪽으로 들어갔다. 금세 모습이 보이지 않게 되었다. 디아나는 고개를 쭉 내밀고 그걸로도 모자라 깡충깡충 뛰며 세니르가 무얼 하는지 보려 했다.

'에이, 안 보이네.'

그때 하늘이가 그녀의 치맛자락을 물어 당겼다.

"왜?"

하늘이가 등을 내밀었다.

"타라고?"

하늘이가 꼬리를 살랑살랑 흔들었다. 디아나가 또래와 비교해 작은 탓도 있지만, 하늘이도 웬만한 늑대만큼 거대했기에 올라타도 전혀 무리가 없었다.

"하긴 올라가면 잘 보이겠다."

디아나가 하늘이 위에 앉았을 때였다. 짐승과 인간이 아무리 서로 통한다고 해도 의사소통의 오류는 있을 수밖에 없었다.

하늘이가 뒤로 조금 물러났다.

"하늘……!"

그러곤 그대로 달려가 창문으로 뛰어들었다. 크게 소리 지를 수도 없었다. 디아나는 그저 목 끝에 걸친 숨과 함께 하늘이의 털을 꽉 붙잡았다.

크게 위아래로 흔들렸다. 디아나가 눈을 떴을 땐 세니르의 방에 들어와 있었다. 세니르가 놀란 얼굴로 그녀를 보았다.

"저는 그냥 뭐 하는지 구경하려고 한 거거든요……. 그런데 하늘이가……."

짐승을 변명으로 삼는 모습이 구차할까? 그러나 고민과 달리 디아나는 열렬히 자신의 무죄를 주장했다. 담요를 들고 오던 세니르가 두통이 인다는 듯 머리를 짚었다.

"……다른 방은 그런 식으로 들어가지 마십시오."

그러고는 들고 있던 담요를 펼쳤다. 그녀의 키는 족히 넘는 커다란 담요였다. 담요가 어깨에 내려앉자 가끔 맡았던 세니르의 향이 짙어졌다.

"날이 쌀쌀합니다."

"고마워요."

디아나가 담요가 흘러내리지 않게 잡았다.

"이 시간까지 일하고 있던 거예요?"

세니르가 웃음으로 답을 때웠다.

"몸 생각하면서 해요."

"걱정할 정도는 아닙니다."

디아나는 방 안을 두리번거렸다.

오흐리드의 상징인 흰색의 기둥과 초록색 커튼, 덩굴무늬 벽지와 책장에 가득한 책들, 금박이 된 하얀 가구들.

오흐리드의 다른 방들처럼 고아한 느낌이었다. 하지만 곧 이상함을 발견했다.

'생활감이 없네.'

누군가 머무는 방 같지 않았다. 세니르가 외부로 나가지 않는 한, 가장 많은 시간을 보내는 방일 텐데 기이할 정도였다.

그나마 흐트러진 거라곤 책상 위의 서류뿐이었다. 세니르가 그녀가 들어온 창을 닫았다.

"세니르 침실은 위층이죠?"

"예. 하지만, 가끔은 집무를 보는 이곳 곁방 침실에서 자기도 합니다."

세니르가 침실 방향을 가리키고는 창가 근처의 협탁으로 향했다. 그 위에서 금속 재질의 무언가에 불빛이 잠깐 반사됐다.

'뭐지?'

그러나 금세 세니르의 몸에 가려졌다. 검은 천으로 물건을 감싼 세니르가 책상으로 향했다. 서랍을 열었다가 닫는 소리가 뒤따랐다.

"잠이 오질 않으신다고요?"

"네."

약간 힘없이 웃었다. 그리고 세니르가 의외의 제안을 했다.

"차라도 한 잔 드시고 가시겠어요?"

"어……. 일하던 중 아니었어요?"

"숙면에 도움을 주는 차가 있습니다."

"그래요?"

고민하던 디아나가 한쪽에 놓인 장의자에 앉았다.

"그럼 한 잔만."

하늘이가 의자 뒤편에 드러누웠다.

세니르가 익숙하게 서랍장에서 찻잔을 꺼냈다.

그러고 보니 세니르가 내린 차는 오랜만이었다. 보기 좋지만, 세니르가 워낙 바빴어야지. 턱을 괴고 멍하니 세니르를 응시했다.

'늦은 밤이라 그런가.'

평소처럼 숨 막힐 정도로 단정한 차림새는 아니었다. 조끼에 목 끝까지 채운 단추는 그대로였지만 크라바트를 풀고 있었다.

항상 완벽한 모습만 보다 보니 크라바트를 푼 것만으로도 신기했다.

세니르의 외견에 잠깐 시선이 팔린 새, 세니르가 찻주전자를 들고 왔다. 김이 펄펄 나는 차가 찻잔 안을 가득 채웠다. 허브와 약초가 섞인 편안한 향이 확 퍼졌다.

적당히 식히고 한 모금 머금은 디아나가 움찔 고개를 들었다.

'쌉쌀하고…… 미끈미끈?'

향과 달리 맛은 매우 독특했다. 아주…… 아주, 독특했다. 디아나가 미묘한 얼굴로 찻잔을 내려 보았다.

"저도 불면증이 올 때 마시곤 하죠."

"그…… 고마워요."

마지막 허브향이 아니었다면 차가 아닌 약을 속여 먹인 게 아닐까 싶은 맛이었다.

"불면증이 있어요?"

"약간요."

"힘들겠네요."

"괜찮습니다. 잠이 안 오면 일을 하면 되니까요."

그게 뭐야……. 디아나가 질린 얼굴을 했다. 세니르가 작게 웃으며 주전자를 다시 기구 위에 올려놓았다.

"그건 뭐예요?"

"물을 끓게 해 주는 겁니다."

"와."

디아나가 감탄하며 마법 기구를 살폈다.

"불이 보이질 않는데 신기하네요."

"여기 받침대 부분이 뜨거워집니다. 조심, 손대시면 안 됩니다."

세니르가 그녀의 손을 부드럽게 막아섰다.

"이 시각에는 하녀를 부르기 귀찮아서요."

"그건 그렇죠."

하녀를 부르고 용건을 말하고 주방에서 불을 피워 물을 끓이고 그걸 다시 가져오고…… 상상으로도 불편했다.

"편해 보이는데, 저도 방에 하나 둘 수 있을까요?"

새로운 문물을 접한 디아나의 반짝이는 눈과 달리 세니르는 내키지 않아 보이는 반응이었다.

"그건 조금 위험하군요."

"왜요? 조작법이 어려워요? 아, 아니면 비싸요?"

세니르가 작게 웃었다.

"그게 아무리 비싸더라도 가격은 문제없을 겁니다. 아가씨가 원한다면요."

디아나가 민망함에 찻물을 마셨다가 반사적으로 인상을 찌푸렸다.

"가격이 문제가 아니라, 뜨거운 물을 다루는 일이니까요."

"저 주방 보조도 해서 불 많이 다뤄 봤어요. 이 정도야 오히려 쉬운데요."

"아가씨가 화상이라도 입으면 사용인들이 직장을 잃을 겁니다."

"으음."

매우 유효한 이야기였다.

'그렇지 않아도 오늘 레너드가 엄청나게 고생했지⋯⋯.'

다행히 잘리지는 않았다.

문득 오늘 있었던 일을 한번 떠올리자 상념들이 연속적으로 연결됐다.

"⋯⋯."

"⋯⋯."

그런 디아나를 세니르는 말없이 기다렸다.

"세니르."

찻잔을 쥔 디아나는 고개를 들었다.

세니르가 말하라는 듯 그녀를 보았다. 흘러내린 앞머리가 그의 단단한 이마 위로 사르륵 흐트러졌다.

"어머니와 노히바덴 대공님이요."

황금을 녹여 부은 듯한 금색 눈동자에 빛이 일렁이듯 반사되었다.

"무슨 사이셨어요?"

디아나가 찻잔을 꽉 쥐었다.

"노히바덴 대공님이 제⋯⋯."

그러나 쉽사리 말을 마칠 수 없었다. 뱉어 본 적 없는 단어가 혀 끝에 걸렸다.

"아버지일 수도 있을까요?"

더듬거리듯 질문을 완성했다. 세니르는 별다른 내색을 보이지 않았다. 그저 차분히 되물었다.

"노히바덴 대공님이 그렇게 말씀하시던가요?"

디아나가 보일 듯 말 듯 고개를 끄덕였다.

"저도 그 당시 있던 사람은 아니기에 확실한 건 알지 못합니다."

"하지만, 물어볼 곳이 없어서요."

할머니와 할아버지는 그녀를 사랑하는 만큼 그녀의 어머니도 사랑했다.

그래서일까, 어머니를 떠올릴 때마다 힘들어하셨다.

그런 할머니와 할아버지께 어머니에 관해 묻기 힘들었다. 특히 어머니가 오흐리드가에서 자취를 감춘 시기와 연관된 것들은 더욱.

그리고 예전에, 질문한 적 있었다.

할머니가 그녀에게 친부에 대해 아느냐 물었고, 그녀는 모른다고 답했다. 할머니 또한 친부는 알지 못한다 하였고.

만약, 만약에. 할머니가 노히바덴 대공님이 친부인 걸 알았다면? 그녀에게 거짓말을 한 것인가?

꾹꾹 눌러 밟았지만, 의심은 꿋꿋하게 고개를 들어 올렸다. 그래서 차마 물어볼 수 없었다. 의심하는 것 자체로 죄책감이 들었다. 그녀에게 얼마나 잘 대해 줬던가.

수많은 생각에 잠을 이룰 수가 없었다.

잠시 침묵하던 세니르가 다시 입을 열었다.

"소백작님은 노히바덴 대공님과 연인 사이였습니다."

디아나가 쥐고 있던 찻잔의 물이 넘칠 듯 흔들렸다.

"하지만 헤어지셨죠."

그녀가 들고 있던 찻잔을 세니르가 가져가 테이블에 내려놓았다. 테이블 위로 옮겨진 찻잔의 파문이 가라앉는 걸 지켜보았다.

"그럼 결국에, 가능성이 크다는 거네요."

"그렇지요."

"확실하지는 않고요."

"그렇습니다."

그런데 왜 대공은 확실하다는 듯이 말했지? 무언가 알고 있는 것이 있나?

"친부가 궁금하십니까?"

디아나의 눈동자가 허공을 짚으며 과거를 떠올렸다.

"예전에, 아주 예전에는 정말 궁금했는데…….."

어머니가 돌아가셨을 때, 헤르만을 만나기 전 아니 그 이후라도 오흐리드 저택에 들어오기 전에는 궁금했었던 것 같았다.

하지만 그녀에게 절실하게 필요로 할 땐 곁에 없던 사람이었다. 그리고 지금은 이렇게 그녀의 가족을, 그녀를 사랑해 주는 사람들을 만났다.

"⋯⋯잘 모르겠어요."

이제는 친아버지야 어찌 되든 상관없다─ 정도가 정확하리라.

"찾은 걸 기뻐해야겠죠?"

그런데 왜 이렇게 가슴이 답답한지. 알 수 없었다.

"저도 뭐라 말씀드리기가 힘들군요."

디아나가 고개를 기울였다.

"저는 부모가 없는 처지니까요."

"아."

디아나의 얼굴이 사색이 되었다. 어쩔 줄 모르던 디아나가 고개를 푹 숙였다.

"미안해요."

"괜찮습니다. 말씀드린 적 없으니까요."

하지만, 알았다. 워낙 유명한 일이라 모를 수가 없었다. 출신도 모르는 고아를 오흐리드 백작이 후계자로 끌어 올린 이야기는 사람들의 흥미를 자극했고 심심할 때마다 이야깃거리로 끌려 나왔으니까.

"제게도 친부라고 주장한 사람이 있긴 했습니다."

"정말요?"

그런데 왜 부모가 없다고⋯⋯.

"백작님이 돈을 좀 쥐어 주자 사라지더군요."

"⋯⋯."

세니르는 아무렇지도 않다는 듯 가볍게 미소 지었다. 하지만 그 속을 누가 알까.

디아나가 허벅지 위에 놓인 자신의 손을 꽉 쥐었다.

"예전에 서고에서 봤는데, 친부가 사생아의 친권을……."

"사생아라니요?"

세니르가 그녀의 말을 자르고 물었다. 냉엄한 분기에 디아나가 눈을 깜빡였다.

"아가씨께 누가 그런 소리를 합니까?"

그런 말을 한 사람이 있다면 가만두지 않을 기색이었다.

"어…… 아뇨. 그, 그냥 제가…… 혼자 생각했는데요."

존재하지 않는 이를 향해 어긋난 분노였다. 디아나가 서둘러 진화했다.

"아가씨."

세니르의 목소리가 한층 낮아졌다. 디아나가 세니르의 시선을 피했다. 그러나 결국 그의 따가운 눈빛에 못이긴 디아나가 일단 내뱉었다.

"……잘못했어요."

세니르는 당연하다는 듯 고개를 끄덕였다.

"부군께서 아가씨가 그렇게 생각한 걸 아시면 정말 쓰러지실 겁니다."

"네에."

디아나가 얌전히 답했다.

'하지만 사생아 맞잖아…….'

혼난 건 억울하지만 왠지 가슴에 뿌듯한 감정이 차올랐다. 디아나 또한 그녀를 사랑해 주는 할머니와 할아버지 앞에서는 사생아라는 말을 결코 꺼내지 못했을 터였다. 그들이 슬퍼할 테니까.

세니르 앞에서도 조심해야…….

그때 둑이 터지듯, 깨달음 같은 생각이 들었다. 아버지를 당장 찾게 되든 무슨 상관이지? 그녀의 가족은 여기 있었다.

할머니, 할아버지, 세니르, 미셸, 세라피나, 레너드.

그녀를 받아들여 주고 사랑해 주는 이들이었다. 정작 디아나 자신은 괜찮은데도 혹여나 상처받을까 걱정하며 그녀를 낮추는 단어마저 차마 꺼낼 수 없는 이곳이었다.

대공이 정말 그녀의 친부라 해도, 믿을 수 없지만, 진짜 친부라면 그냥 자신을 존재케 한 생물학적인 아버지에 대해 알게 된 것뿐이었다.

"세니르 고마워요!"

벌떡 일어난 디아나가 세니르를 끌어안았다. 그녀의 갑작스러운 행동에 세니르가 굳었다.

"아가씨?"

"세니르, 제가 진짜 좋아해요."

"……."

세니르가 있어서 정말 다행이었다. 만약 그가 없었다면 말할 곳 없이 끙끙 앓기만 했겠지. 몸을 떼자 미간을 잔뜩 찌푸린 세니르가 그녀를 보았다.

"아가씨. 행실을 조금……."

마음에 안 든다는 표정에 웃음이 나왔다. 세니르가 시선을 돌리며 한숨을 쉬었다. 그 모습에 또다시 웃음이 터졌다.

"세니르도 말하기 힘든 게 있으면 저한테 말해요!"

디아나가 이제는 미지근해진 찻잔을 들었다. 크게 한 모금 마시자 역시 그 미묘한 맛이 올라왔다.

"으윽. 맛없어."

저도 모르게 내뱉고 흠칫 놀라 세니르를 보았다. 늦은 시각에 손수 내려 준 차인데, 너무했나? 눈을 깜빡이던 디아나가 어색하게 웃었다.

디아나가 남은 차를 단번에 바닥까지 털어 넣었다. 디아나의 목울대가 크게 한번 움직였다. 그 모습은 먹기 싫은 약을 마시는 모습과 닮아 있었다. 찻잔이 깨끗하게 비워졌다.

"다 마셨어요."

"고생하셨습니다."

큰일을 치르셨다는 듯한 답에 디아나가 눈을 흘겼다.

"세니르는 이 차 맛있어요?"

"먹을 만하더군요."

"말도 안 돼."

미각 이상한 거 아니야?

"배웅해 드리겠습니다."

"괜찮아요. 바쁘잖아요. 지금까지 잠도 못 자고 일하고 있었는데, 그럴 필요 없어요."

디아나가 손을 내저었다. 세니르는 단호하게 답했다.

"글쎄요. 아가씨를 홀로 보내면 제가 더 신경 쓰여 집중하지 못할 것 같군요."

"큼."

좀 더 정원을 돌아다니다 들어가려던 디아나가 뜨끔했다.

"부디 배웅할 수 있도록 부탁드립니다."

"……걱정되면 어쩔 수 없죠."

최대한 태연하게 답했다. 더 돌아다니는 건 그만둬야 할 것 같았다.

'다음엔 세니르 방에 접근하지 말아야지. 내가 기웃거리는 건 어떻게 안 거야?'

디아나가 손바닥으로 입을 가리고 작게 하품했다.

'아, 이제 조금 졸린 것 같기도?'

차의 효과인가? 아니, 그보다는 그녀의 머릿속을 점령하던 고민이 해결돼서인 것 같았다.

"그럼 잠시만 계십시오. 처리하던 것만 마저 정리하고 바로 가죠."

"네."

그리고 아주 잠시였다. 세니르는 보안이 필요한 서류들만 따로 정리해 서랍에 넣고 잠갔다. 그리고 남은 서류를 모으며 고개를 들었다. 그리고 눈을 의심했다.

"아가씨?"

"……"

소파에 고개를 비스듬히 기댄 디아나는 눈을 감고 색색 숨을 내쉬고 있었다.

"설마 주무십니까?"

"……"

일어난 세니르가 소파로 다가갔다. 손을 눈앞에 흔들어 보았으나 미동도 없었다.

"잠이 안 온다고 하셨던 것 같은데."

팔짱을 낀 세니르가 그렇게 한참을 내려다보았다. 디아나가 들숨 날숨에 맞춰 뺨에 걸린 머리칼이 얕게 흔들렸다.

팔짱을 푼 세니르가 손을 뻗었다. 검지로 뺨의 머리칼을 걷어 주었다. 미동도 없었다. 뺨을 감싼 후 엄지로 문질러 보았다. 아직 애티가 남은 뺨은 부드러웠다. 여전히 디아나는 자신을 만지는지도 모르는 듯했다.

"들어 주신다니 말씀하죠."

그래서였을까, 평소라면 절대 꺼내지 않았을 말을 하고 싶어졌다. 왜 그런 기분이 들었는지 그도 알 수 없었다. 약간의 유희일지도 몰랐다.

"거짓말을 했습니다."

세니르가 빙그레 웃었다.

"사실 제 부모님은 살해당했답니다."

*　　*　　*

한참 달게 자고 있을 때였다.

"으음."

간질간질. 뭔가가 자꾸만 단잠을 방해했다. 손을 휘젓자 무언가 퍽하고 걸렸다. 하늘이의 다리였다.

"하지 마아아. 하늘 절……가."

뺨이 눌려 말이 제대로 나오지 않았다.

"······씨, 아가씨!"

"아가씨 일어나셔야 해요."

디아나가 눈을 가늘게 떴다.

"으움. 더 잘래."

잠투정을 할 때 나오는 반말은 디아나의 버릇 중 하나였다. 그때 하늘이가 또 뺨을 핥았다. 몸집도 커다래져서 이제는 혓바닥도 커다랬다.

"아이, 절루 안 가?"

디아나가 폭신한 하늘이의 몸을 밀어냈다.

"아가씨 오늘 연회 준비하셔야죠!"

정신이 조금 들었다. 무릎걸음으로 걸어 나온 디아나가 침대 가리개를 걷었다.

"미셸? 안나도 있네요?"

디아나가 길게 하품했다.

"아가씨가 너무 대답이 없으셔서요. 많이 피곤하셨나 봐요."

"아, 네에."

뭔가 잊어버린 게 있는 것 같은 느낌이 들었다.

"지금이 몇 시죠?"

"아직 아홉시 반 조금 넘었어요."

"이런. 식사 시간 지났네."

"아가씨! 여유 부리실 때가 아니에요. 이제 빨리 씻으셔야 해요."

"으응?"

거기까지가 마지막 여유로움이었다. 욕실로 끌려간 이후로는 정신이 하나도 없었다.

연회는 해 질 녘부터가 아니었나?

온갖 몸에 좋은 걸 넣은 탕에서 목욕하고 또 뭔가를 팔다리에 치덕치덕 바르고 누워 있다 씻어 냈다. 그러곤 세 사람이 달라붙어 꽃향기가 나는 오일을 바르며 온몸을 마사지했다.

욕실에서 나왔을 땐 온몸에서 향기가 폴폴 날 정도였다. 팔다리는 물론 진짜 발바닥까지 반질반질 광택이 났다. 본인 몸이지만 신기할 정도였다.

그러고도 끝이 아니었다. 제인이 요거트 냄새가 나는 크림같은 제형이 담긴 그릇을 가지고 왔다. 약간 겁에 질린 디아나가 물었다.

"끝난 거 아니었어요?"

"끝이라뇨? 아직 한—참 남았답니다."

"윽."

디아나가 미간을 찌푸리자 팩을 묻힌 붓을 얼굴에 가져다 대던 제인이 가볍게 말했다.

"움직이시면 안 돼요—"

뒤에선 네리아가 머리에도 꽃향기가 나는 무언가를 바르기 시작했다.

'배고프다.'

이쯤 되니 아침을 거른 후유증이 나타나고 있었다. 코앞을 왔다 갔다 거리는 붓을 핥아먹고 싶은 욕구가 들었다.

한참 뒤 윤기 흐르는 디아나의 얼굴을 매의 눈으로 살피던 제인이 화장 도구가 든 네모난 함을 열었다.

"아가씨는 아직 피부가 좋고 어리시니까 분은 살짝만 하고 눈썹이랑 생기를 위해 입술만 발라 볼까요?"

"제인. 잠깐 연지 바르기 전에⋯⋯."

미셸이 쟁반 위에 올려진 금속 돔 모양의 덮개를 치웠다. 작은 파이였다. 디아나의 눈이 동그래졌다. 하나 집은 미셸이 디아나의 입으로 파이를 넣어 주었다.

바삭한 페스트리 안에는 달콤한 라즈베리 잼을, 위에는 와그작 부서지는 머랭을 덮은 한입 크기의 파이였다.

"아침 못 드셨으니까. 여기 차까지 드시면 발라 드려."

디아나는 파이를 오물오물 씹었다. 미셸이 입가에 흐르지 않도록 조심스럽게 찻잔도 받쳐 주었다. 크림이 잔뜩 발라져 마사지를 받는 손을 쓸 수 없었기에 이렇게 받아먹는 수밖에 없었다.

"잘 드시네요. 하나 더 드시겠어요?"

"네!"

마치 뺏어 가기라도 할까 봐 걱정되는 것처럼 급하게 답했다. 작게 웃은 미셸이 또 파이를 쏙 넣어 주었다.

'새끼 새가 모이 받아먹는 기분 같네.'

또 열심히 오물오물 씹었다. 디아나가 파이를 다 먹고 어느 정도 허기가 가시자마자 화장을 시작했다. 분명 말은 '간단하게', '금방', 이라고 했는데 왠지 끝이 나질 않았다.

드레스를 입고 머리를 또다시 빗어 내리고 장신구를 다는 데도 지금까지 소요한 시간이 또 걸렸다.

'슬슬 다시 배고프네. 그런데 자꾸 뭘 잊어버린 것 같단 말이야?'

뭔가 신경을 건드렸다. 데뷔의 긴장감, 혹은 배고픔인가 싶었지만 이쯤 되니 그게 아닌 것 같았다. 뭔가를 잊어버리고 있는 것 같은⋯⋯

"—가씨? 아가씨!"

잠깐 생각에 빠졌던 디아나가 퍼뜩 정신을 차렸다.

"미셸? 불렀어요? 무슨 일이에요?"

"화장이 다 끝났으니 거울을 보시겠냐고 물었어요."

"아, 아아. 네. 보여 줘요."

"걱정되세요?"

"오늘이 사람들 앞에 공식적으로 서는 첫날이니 긴장하실 만도 하죠."

"아뇨, 그게 아니라⋯⋯."

그리고 거울 앞에 선 디아나는 하려던 말을 그대로 잃어버렸다.

"와⋯⋯."

뿌듯한 얼굴로 지켜보던 하녀들은 디아나가 충분히 감탄할 수 있도록 기다려 주었다.

"세상에⋯⋯."

디아나는 거울에 얼굴을 바짝 붙여 보았다. 평소에도 정말 열심히 꾸며 주었기에 오늘이라고 뭐 크게 다를까 했는데, 그런 생각을 했다는 것에 죄책감이 들 정도였다.

"마음에 드세요?"

"진짜⋯⋯ 대단해요."

디아나가 푸른 치맛자락을 들고 몸을 이리저리 틀어 보았다. 오묘한 빛깔의 푸른 천이 그녀의 움직임을 따라 신비로운 빛을 뿜냈다.

할머니의 생신 연회인 만큼 화려함을 강조한 드레스는 아니었다. 단아하면서도 왠지 모르게 눈을 뗄 수 없는 드레스는 디아나에게 맞춘 것처럼 어울렸다.

착용한 장신구들은 모두 의미가 깊은 것들이었다. 디아나는 싱긋 웃어 보였다. 거울 속 그녀가 움직이는 모습이 현실감 없을 정도였다.

"다들 정말 고마워요."

뺨이 발갛게 상기된 디아나가 환하게 웃었다.

"그럼 연회가 시작하기 전에 잠시 차와 다과라도 드시겠어요? 연회장에도 마련돼 있지만 드시기 힘드실……."

그러던 그때 갑자기 희미한 노크 소리가 들렸다.

"다른 사람 불렀어?"

"아니? 나는 안 불렀어."

"누구지? 아직 연회 시작하려면 시간 꽤 남았잖아."

하녀들의 재잘거림을 뒤로하고 미셸이 방을 나섰다. 디아나가 귀를 쫑긋 세웠다. 곧 미셸의 목소리가 들렸다.

"작은 도련님께 인사드립니다."

그 순간 번뜩 잊고 있던 생각이 떠올랐다.

'나 언제 방에 돌아왔지?'

기억이 전혀 없었다. 그러니까, 잠이 안 와서 산책갔다가 세니르의 서재에 들르고 차를 마시고…….

'미쳤어, 디아나!'

디아나가 반사적으로 머리를 감싸 쥐려 하자 네리아가 화들짝 놀라며 붙잡았다.

"안돼요! 아가씨! 머리 망가져요!"

'설마…… 설마, 설마! 세니르가 데려다준 건가?!'

디아나가 눈알을 데구루루 굴렸다. 미셸에게 물어볼까? 하지만 미셸도 모르는 일이면 밤에 몰래 나갔다가 세니르 일하는 방에서 잠든 사실이…….

미셸이 다시 방으로 들어오자 제인이 쪼르르 달려가 물었다.

"무슨 일이래요?"

세니르는 바깥방, 거실이자 응접실 같은 곳에 머무는 소리가 느껴졌다.

"아가씨. 작은 도련님께서 뵙고 싶으시답니다."

설마 어제 무슨 일이 있었나? 심장이 쿵 바닥에 떨어지는 느낌이었다.

서둘러 응접실로 향하자, 세니르는 의자 앞에 앉지 않고 서 있었다.

"세니, ……르?"

이름을 부르던 디아나가 멈칫했다.

세니르는 예복을 차려입고 있었다. 연회 준비를 모두 마친 듯했다. 그래서인지 어젯밤에 보았음에도 새롭게 느껴질 정도였다.

'와, 이건 뭐, 세니르도 새벽부터 준비한 것 같은데?'

번쩍번쩍 빛이나 바라보기가 힘들 정도였다.

"오늘 정말 아름다우십니다."

"세니르도요."

세니르가 눈가를 살짝 접으며 웃었다. 왠지 현실감이 없었기에 쑥스럽지도 않았다.

"그런데 어쩐 일이에요?"

"잠시 시간을 내주실 수 있나요."

"시간이요?"

디아나가 뒤를 돌아보았다. 나가 봐도 되냐 물으려던 디아나가 멈칫했다.

안나, 네리아, 데이지, 제인 넷 모두 창백한 낯으로 바닥만 바라보고 있었다.

"준비는 모두 끝났습니다. 구두만 신으시면 됩니다."

미셸만이 유일하게 아무렇지 않아 보였다.

소파에 앉아 있던 세니르가 몸을 일으켰다.

"구두를."

미셸이 안으로 들어가 한 상자를 들고 왔다. 상자를 열자 다이아몬드를 알알이 엮은 장식이 반짝이는 구두가 보였다. 시착을 위해 몇 번 보았음에도 그 화려함에는 넋을 놓게 되었다.

이를 세니르가 꺼내 들었다. 그리고 그녀 앞에 한쪽 무릎을 꿇고 앉았다.

"어! 혼자 신을 수 있는……."

그녀가 말을 마치기 전에 세니르가 그녀의 발목을 살짝 잡아 살짝 들었다. 슬리퍼를 벗긴 세니르가 구두를 신겼다.

양쪽 발이 다 바닥을 딛고서야 디아나는 자신이 숨을 참고 있던 걸 깨달았다.

"······고마워요."

"그럼 가죠."

디아나가 세니르의 내민 손에 자신의 손을 얹었다.

"어디 가는 거예요?"

"가면 아실 겁니다."

뭐길래 그러지. 디아나가 의심스럽게 세니르를 보았다. 그 시선을 가볍게 넘기며 세니르가 그녀를 부드럽게 에스코트했다.

"고대하던 날인데 기분은 좀 어떤가요."

"약간 긴장되지만 좋아요."

"잘하실 겁니다."

창으로 들어오는 볕이 좋았다. 날도 좋았고, 기분도 좋고. 이제 실수만 안 하면 완벽했다. 어제 잠을 잘 자서인지 몸도 개운······.

"아!"

그때 다시 한번 잊고 있던 사실이 번뜩 떠올랐다.

그녀의 탄성에 세니르가 우아하게 드리운 속눈썹을 깜빡였다. 디아나가 다급하게 물었다.

"저 어제 어떻게 돌아갔어요?"

세니르가 입꼬리가 슬며시 올라갔다.

"이제 기억나셨습니까?"

"으, 정신이 없어서 잊어버리고 있었어요."

"계단 조심하세요."

계단을 조심스레 내려가느라 잠시 말이 끊겼다.

"혹시 세니르가 데려다줬어요?"

잠든 사람을 옮기려면 분명 안아 들거나 업어 들거나…….

"너무 가벼우시더군요."

으아악. 비명을 지르고 싶었다. 디아나는 세니르의 팔에 올려놓지 않은 쪽 손에 얼굴을 묻었다. 머리맡에서 작은 웃음소리가 들렸다.

잠시 후, 그녀를 이끌던 세니르가 멈춰 서며 말했다.

"다 왔습니다."

겨우 고개를 든 디아나는 장소를 확인하곤 의아하게 물었다.

"응접실에는 무슨 일이에요?"

빙그레 웃은 세니르가 문손잡이를 잡았다.

달칵—

문이 열린 응접실 안에는 붉은 머리를 지닌 소년이 있었다. 아니 그보다는 한창 자라는 나이로 보였다. 여행용 로브를 입은 소년의 외견이 퍽 익숙했다.

그 소년 또한 흡뜬 눈으로 그녀를 바라보았다. 서로의 시선이 맞부딪쳤다.

"……."

"……."

소년의 얼굴이 점차 벌겋게 달아올랐고 디아나의 눈이 빠르게 깜빡였다.

먼저 입을 연 쪽은 디아나였다.

"설마……테시오르 파브레?"

그녀의 말에 소년이 번뜩 정신을 차린 듯했다.

"너! 너! 너어어!"

소년이 벌떡 일어났다. 디아나가 주춤 물러났다.

"너 내가 얼마나 걱정했는데!"

벌떡 일어난 소년이 달려왔다. 놀란 디아나가 세니르의 뒤로 숨었다. 많이 자랐지만 어릴 적 함께 공부하던 시절의 얼굴이 남아 있었다.

"진짜 테시오르?"

"그래!"

"아, 아니 여길 어떻게……."

"초대장만 달랑 보내면 다냐? 어?"

그들 사이에 껴 있던 세니르가 손을 쭉 뻗어 테시오르의 앞을 가로막았다.

"파브레 영식."

테시오르가 움찔 놀랐다.

"앉아서 얘기하시는 게 어떨까요? 아가씨도요."

웃는 얼굴이지만 거부할 수 없는 힘이 있었다.

디아나가 테시오르의 강렬한 시선을 느끼며 방 안으로 들어갔다. 소파에 앉을 때까지 그 시선은 거둬질 줄 몰랐다. 세니르가 두 분이 편히 얘기하라며 방을 나왔다.

"오흐리드라고…… 오흐리드. 오흐리드! 하!"

테시오르가 찬물을 단번에 들이마셨다.

"아니, 그 찾았다는 할머니가 오흐리드 백작님이셨어?!"

테이블에 쾅 유리잔을 내려놓은 테시오르가 그녀를 지그시 노려보았다.

"그…… 미안."

디아나가 먼저 사과했다.

"왜 말 안 했어?"

"할머니가 되도록 비밀로 하라고 해서 말할 수가 없었어."

성을 낸 테시오르가 주전자에서 다시 물을 따랐다.

"어쩐지, 갑자기 고급 편지지를 쓰더라. 글씨도 교정되고."

"내 필기체 어때? 나 연습 많이 했어."

"지금 그거 얘기할 때야?"

테시오르가 다시 유리잔에 입술을 댔다 내려놓았다.

"와, 그럼 애프릴 아주머니가 필리파 오흐리드……."

테시오르가 감탄했다. 어릴 적이라 확실하지 않지만, 그때도 식견이 넓다는 느낌은 들었었다.

"그런데 테시오르, 넌 어떻게 온 거야?"

"네가 초대장 보냈잖아?"

"아니, 그러니까 내가 보내긴 했지, 했는데. 당연히 못 올 줄 알고 보냈거든."

디아나가 지금도 두근거리는 심장 위에 손을 올렸다.

"뭐라고?"

테시오르가 뭔가 못마땅한 듯 눈썹을 꿈틀거렸다.

"네 초대장 때문에 내가 얼마나……. 됐고 아까 그 네 옆에 있던 사람이 도와줬어."

"세니르?"

테시오르가 고개를 끄덕였다.

"넌 그냥 '세니르'라고 부르는 거야?"

테시오르가 떠보듯 물었다.

"응. 세니르라고 부르는데."

"음, 저……분이 잘 대해 주시던?"

"응! 완전 착하고 다정해서."

"뭐?"

테시오르가 눈을 가늘게 떴다. 디아나가 고개를 갸웃 기울였다.

"왜? 세니르가 너한테 뭐라고 했어?"

테시오르가 고개를 저었다.

"아니, 그건 아니고. 뭐, 다행이네."

디아나는 오흐리드 백작의 유일한 손녀였다. 오흐리드 후계자로
서는 당연히 불편하게 여기리라 생각했는데, 다행이었다. 괴롭히거
나 그러진 않는 모양이었다.

디아나 말처럼 단순히 착하기만 한 사람은 아니겠지만.

"하여튼 저분이 게이트 비용이랑 이동에 필요한 것들 도와줘서
왔어."

"아니, 그래도 아직 학기 중 아냐? 설마 몰래 온 거야? 그거 잘못
하면 퇴학……."

"외출증 끊어서 왔지."

테시오르가 디아나의 말을 잘랐다.

"외출증? 그런 게 있어?"

"응. 그런 게 있더라고."

테시오르도 어처구니없는 얼굴을 했다. 학술원에 몇 년째 지내

던 그도 있는지 몰랐던 제도였으니까.

본래 외출증은 거의 사장된 제도였다. 학술원이 있는 도시 내에서 언제든지 자유 외출이 가능했다. 그런데 굳이 외출증을 끊겠다고 요구하는 건 학기 중에 도시를 벗어나겠다는 뜻이었다.

학술원이 인정받는 이유는 그곳에서 수학하는 이들의 안전이 절대적으로 보장되어서였다.

만약 도시를 벗어났다가 사고라도 당한다면? 학술원의 명성에 타격이 클 것이 뻔했다. 당연히 외출증은 발급해 주지 않았다.

방학, 혹은 학술원을 그만두는 것 외에는 합법적으로 도시를 나올 방법은 없다고 여겼다.

'나도 그렇게 생각했고.'

테시오르는 외출증을 발급받던 날을 떠올렸다.

초대장과 함께 오흐리드 가문에서 사람이 방문했다. 그들은 학기 중이라 초대는 감사하지만 갈 수 없다는 테시오르의 말에 별로 개의치 않고 외출증 이야기를 꺼냈다.

어디서 이상한 걸 듣고 왔다고 생각했다. 학술원장을 뵈러 가잔 말에도 헛수고라는 생각만 들었다.

하지만 막상 학술원장을 뵜을 때, 학술원장은 싱글벙글 좋아 죽는 표정이었다. 지금까지 이런 학생이 있었는지도 몰랐을 텐데, 처음 입학했을 때부터 지켜봤다는 듯이 절친한 척했다. 들러붙는 학술원장이라니 떨떠름하기 그지없었다.

"오흐리드 가문이 대단하긴 하더라."

"왜 무슨 일인데?"

"나 졸업할 때쯤 완공되겠네."

"뭐가 완공돼?"

테시오르는 어깨를 으쓱하고 말을 돌렸다.

"그보다 어떻게 지냈는지 좀 얘기해 봐."

"어디서부터 설명을 해야 할지……."

디아나가 난감한 기색을 했다.

"마법사를 만나서 유산을 받았다는 건 편지로 들었어."

디아나의 낯이 흐려졌다. 헤르만에게도 초대장을 보냈다. 하지만 올 거라 기대하고 보낸 건 아니었다. 그냥, 마지막으로 마음을 정리하는 것에 가까웠다.

"왜 그래?"

"아니야. 내가 헤르만 만난 것까지 얘기했었나 싶어서."

순간 테시오르가 움찔 놀랐다. 테시오르가 다급하게 되물었다.

"뭐라고, 너 방금 뭐라고 했어?"

디아나가 영문을 모르고 답했다.

"응? 거기까지 얘기했나 싶다고 했는데 왜?"

"아니. 그거 말고!"

"뭐? ……헤르만?"

별로 꺼내고 싶은 이름이 아니라 디아나의 목소리가 잠겼다.

"설마…… 네가 말하는 게 헤르만 레체프 님은 아니지?"

테시오르가 헤르만의 풀네임을 어떻게 아는 거지?

"맞는데?"

테시오르가 입을 쩍 벌렸다.

"현자님이잖아!"

"현자님?"

"그래! 헤르만 레체프. 열두 현자 중 한 명이잖아."

디아나가 눈을 깜빡였다.

세계탑의 열두 현자. 그 존재는 유명했다. 세계탑에 들어간 마법사들의 가장 높은 경지. 마법사들의 대표였다.

시골 영지에 있었고 마법사와는 연관도 없던 디아나도 세계탑의 열두 현자라는 존재는 알았다.

"무슨 소리야, 헤르만이 현자님이라니?"

"너 몰랐어?"

"하지만 엄청 젊고……."

"젊겠지! 최연소로 현자 자리에 올라가신 분인데!"

"아니 잠깐만……."

디아나가 머리를 짚었다.

"진짜?"

"그래!"

다시 생각해 보면 헤르만과 잠깐 지낼 때 마주쳤던 사람들은 모두 공손했다. 그것이 마법사여서 그런 거라 생각했다.

하지만 그가 어디 가서 자신이 마법사라고 밝힌 적이 있던가? 생각해 보면 딱히 없었다. 누구나 먼저 그를 알아봤다. 그만큼 유명한 이유가 그가 현자여서라면 이해가 갔다.

그리고 정말 현자라면 헤르만은 일부러 말을 하지 않았다고 볼 수 있다.

'아니. 헤르만은 그렇다 쳐도……'

디아나는 오흐리드 저택에 온 이후로도 꽤 오래 헤르만의 연락을 기다렸다. 헤르만을 찾는다고 주변에 말하고도 다녔다.

세계탑에 대해서도 배웠고, 현자에 관해서도 배웠다. 그 와중에 헤르만이 세계탑의 현자라는 사실을 전혀 모를 수 있나?

어디서든 이야기를 들을 수밖에 없지 않나? 의도적으로 말을 조심한 것이 아니라면…….

순식간에 창백해진 그녀의 표정에 테시오르가 오히려 당황했다.

"정말 몰랐어?"

"열두 현자가 있는 건 알았는데. 여기 와서 세계탑 의장이 누군지도 배웠는데 몰랐어……."

"아니. 보통 '현자 헤르만 레체프 님' 하고 부를 텐데 몰랐다고?"

테시오르가 정말 이상하다는 듯이 물었다.

"……그러게."

너무 수상했다.

"됐어."

하지만 무슨 상관인가. 그녀를 버리고 간 사람인데.

"별로 얘기하고 싶지 않아. 다른 얘기 하자."

*　　　*　　　*

테시오르는 연회에 참석할 수 없었다. 외출증을 끊었지만, 외박은 불가능했기에 자정이 되기 전에 학술원에 도착해야 했다. 그러려면 지금 출발해야 했다.

"와 줘서 고마워. 잘 가."

"나야말로. 초대해 줘서 고맙다. 이렇게 얼굴을 보네."

씨익 웃은 테시오르가 화사한 디아나의 얼굴을 보고 말했다.

"괜한 걱정이었네."

"뭐가?"

"잘 지내는 거 같다고."

테시오르가 뒷문으로 빠져나가기 위해 대기 중인 마차에 올랐다. 하인이 마차 문을 닫자마자 테시오르가 창문을 열었다.

정말 출발할 것 같은 마차의 모습을 보자 콧등이 찡해졌다.

"너 울어?"

"안 울어. 조용히 해."

피식피식 재수 없게 웃던 테시오르가 말했다.

"나중에 심심하면 학술원이나 놀러와."

"응."

"연회도 힘내고."

"응."

뒷문 주변을 살피고 온 고용인이 가도 된다며 마부에게 신호했다. 채찍 소리가 울렸다. 마차 바퀴가 느리게 움직이기 시작할 때였다.

"잠깐, 잠깐만요!"

"아가씨 위험합니다!"

사색이 된 하인을 달고 디아나가 달려왔다. 마부가 다급히 고삐를 당겼다.

"위험하잖아!"

테시오르가 벌컥 문을 열었다. 달려온 디아나가 열린 문을 부여잡았다. 숨을 가다듬은 디아나가 왠지 모르게 절실한 눈으로 테시오르를 보았다.

"테시오르. 혹시……. 혹시 헤르만에 대해 들은 거 있어?"

테시오르가 눈썹을 치켜들었다.

"헤르만이……."

말을 흐리던 디아나가 다잡고 물었다.

"원래 3개월 뒤에 돌아온다고 했었는데 돌아오질 않으셔서. 혹시 무슨 일이 있나 싶어서."

"잘 모르겠어. 꽤 오래 모습이 안 보인다고 지나가듯 듣기는 했는데. 알아봐 줘?"

"……아니. 괜찮아."

디아나가 고개를 저었다. 그러나 테시오르가 마차 문을 닫기 전 다시 입을 열었다. 생각과 다르게 말이 튀어 나갔다.

"알아봐 줄 수 있어?"

테시오르가 있는 학술원은 세계탑과 가까웠고, 공동 연구를 통한 교류도 활발했으며 교수로 온 세계탑의 마법사도 많았다. 정보라면 테시오르가 얻기 훨씬 쉬울지 몰랐다.

"어려울 거 없지. 한번 알아볼게."

"……고마워."

테시오르가 그녀의 머리를 쓰다듬으려다 멈칫했다.

"너무 꾸며서 건들 수가 없네. 오늘 진짜 예쁘다. 완전 깜짝 놀랐어."

"그걸 이제 와서 말해?"

테시오르가 킥킥 웃고 손을 흔들었다.

"다음에 봐."

"응."

"가자마자 편지할게."

"응. 이제 빨리 가."

그녀가 문을 닫고 물러서자 마차 바퀴가 다시 움직이기 시작했다. 마차가 뒷문이 있는 방향으로 빠져나가는 걸 끝까지 지켜본 디아나가 다시 몸을 돌렸다.

"파브레 백작가에 저렇게 장성한 영식이 계신지 몰랐네요."

"연회에도 참석하시면 좋았을 텐데요."

미셸과 네리아가 그녀를 기다리고 있었다. 이제 정말 연회가 시작될 시간이었다. 디아나가 미셸과 네리아를 멍하니 보았다.

다들 헤르만이 현자라는 걸 알고 있었을까? 그리고 그녀에게 숨긴 걸까? 그런데 그 사실이 얼마나 중요하다고 그녀에게 비밀로 한단 말인가. 의문투성이였다.

"아가씨?"

"……그러게요. 테시오르도 참석했으면 좋았을 텐데."

하지만 모든 의문을 뒤로 밀어냈다. 일단 곧 있을 연회에 집중해야 했다.

"안에서 작은 도련님과 부군께서 기다리고 계세요."

저택의 문을 열고 홀로 들어가자 할아버지와 세니르가 바로 보였다.

"디아나."

"할아버지!"

할아버지는 짙은 빛깔의 예복을 입고 있었는데, 이는 곁의 밝은 빛깔의 예복을 입고 있는 세니르와 대비되어 있었다.

할아버지가 그녀에게 어서 오라는 듯 손을 내밀었다.

"오늘 정말 예쁘구나."

디아나가 환하게 웃었다. 넓은 1층 홀을 쪼르르 달려가던 그녀의 발이 마침 바로 앞에서 꼬였다.

"디아나!"

놀란 할아버지의 목소리가 들리고 누군가 그녀를 붙잡아 주었다. 돌아보지 않아도 누군지 알 것 같았다.

"아가씨, 조심하십시오."

세니르의 말에 디아나가 웃었다.

"조심해야지!"

할아버지가 타박했다.

"할아버지 오늘 진짜 멋있으세요."

할아버지가 뿌듯한 얼굴로 콧수염을 매만졌다.

"할머니는요?"

"대부인과 함께 먼저 갔다."

증조할머니와 먼저 가신 모양이었다.

"우리도 이제 갈 시간이다."

　　　　　*　　　*　　　*

　갑작스러운 날짜에도 연회 홀은 이른 시간부터 인산인해였다. 오흐리드 가문이 걸어 잠갔던 빗장을 15년 만에 풀었다. 참석한 이들은 연회가 열린 이유를 그리고 예정된 날을 바꾼 이유를 궁금해했다.

　오흐리드가 초청한 것은 귀족만이 아니었다. 선별된 기자들과 오랫동안 후원하던 문학가, 화가, 음악가들도 함께 초청했다.

　몇몇은 귀족들과 어울리지 못하였으나 또 어떤 이들은 그들과 자연스럽게 어울리며 친목을 도모했다.

　"황실 무도회 중일 때는 연회를 열지 않는 것이 일반적인데, 오흐리드라 그런지 자만심이 대단하네요."

　"뭐 아예 없던 일은 아니지 않습니까."

　"하긴 마르가리타 님이 전 황후 폐하께서 살아 계셨을 때 매해 보란 듯이 여러 명목으로 개인 연회를 열었잖아요?"

　"그런 황후 폐하가 똑같은 일을 겪으시네요."

　황실 무도회 개최는 보통 가장 웃어른이 도맡아 했다. 이번 황실 무도회 또한 마르가리타 황후가 준비한 것이었다.

　"그러게요. 한 소리 하기엔 황후 폐하께서도 낯이 없으시겠어요."

　"맞아요. 폐하께서도 마르가리타 님 연회에 참석하셨고요."

　"당시 저희 어머님 말씀을 들어 보니 두 연회 중 어디를 참가해야 할지 아주 매일매일 골머리 좀 썩었다고 하던데요."

　이들도 고심 끝에 오흐리드 백작가에 참석했다.

　"어머, 역시 오발론 영애도 왔네요."

그들은 카밀로도 같은 선택을 했다는 것에 안도했다.

"아무리 마르가리타 황후와 친밀하더라도 오흐리드 백작의 생일 연회까지 무시할 순 없겠죠."

카밀로는 점잖은 드레스를 입고 있었다. 매일 같이 갈아입으며 자신이 무도회의 꽃이라고 주장하는 것 같았던 화려한 드레스가 아니었다.

"어머, 그래도 오흐리드 백작의 생일 축하연이라고 자제했네요."

"여기서 눈에 띄어서 뭘 하겠어요. 요즘 오발론 영애에게 향한 관심도 예전 같지는 않잖아요? 오늘 오흐리드 영식의 에스코트도 받지 못한 걸 봐요. 오흐리드 공주님이 계시니 찬밥 신세인 거죠."

"공주는 무슨 정체도 모르는데요."

"어찌 되었든, 저는 마음에는 드네요."

잘난 척 심하던 카밀로의 콧대가 꺾인 걸 내심 고소해하는 이들도 많았다.

"그러고 보니 그 소녀는 연회에 참석할까요?"

"그러게요. 대체 정체가 뭘까요?"

한편 이 대화의 주인공인 카밀로 오발론은 초조한 마음을 억누르느라 주변을 살필 겨를이 없었다.

무언가 일이 잘못된 것이 분명한데 어떻게 어디서 틀어졌는지 알 수 없었다.

'홀에 입장하기 전에 물어보려 했는데.'

세니르와의 만남을 거절당했다. 연회 준비 때문에 시간이 없다며 홀에 입장해서 보자고 했다.

어처구니가 없었다. 거절이라니? 세니르의 달라진 태도는 최근 왠지 모르게 든 의심을 확신하게 해 주었다.

'어딘가 이상해.'

혹시 들킨 건가? 아니야. 그럴 리 없어. 카밀로는 애써 마음을 진정시켰다.

그런 카밀로의 곁에는 거드름을 피우는 오발론 남작이 함께 있었다. 보통 세니르가 에스코트를 맡았지만, 이 또한 평소와 다른 점이었다.

"오흐리드 저택을 살펴보신다는 건 어찌 되셨어요?"

오발론 남작이 혀를 찼다.

"쥐새끼처럼 빼돌렸더구나. 어머님도 연회에 대해선 알려 주질 않으니⋯⋯."

결국, 남작도 모른다는 답이었다. 카밀로는 다시 입술을 질끈 물었다. 한차례 소란이 벌어지고 리투아니아 하임바르덴이 입장했다.

카밀로는 오흐리드 백작의 조카이니 그렇다 칠 수 있었다. 하지만 모후인 마르가리타 황후의 황실 무도회도 뒤로 하고 온 리투아니아의 모습은 황후도 오흐리드 백작의 기행을 예의주시하고 있음을 나타냈다.

"아버지, 저 리투아니아 저하께 가 볼게요."

"알았다."

오발론 남작 또한 거드름을 피우며 연회에 참석한 고관대작들에게로 향했다.

그러나 카밀로보다 먼저 리투아니아에게 다가온 이가 있었다. 2황자 로베르트였다. 로베르트 곁에는 에스텔, 에스테반이 함께 있었다.

카밀로가 다가갔을 때는 늘 그랬듯이 소소한 말다툼 중이었다.

"리투아니아, 나는 그런 의미가 아니었다."

난감해하는 로베르트와 한마디씩 덧붙여 불을 지피는 에스텔과 에스테반.

"손위 오라버니에게 버릇없는 건 누굴 닮았는지."

"아무렴 출신은 못 속이지."

마르가리타 황후는 이름도 들어 본 적 없을 작은 남작가 소생이었다. 그나마도 할아버지가 남작이고 작위가 할아버지의 남동생에게로 넘어가 한 대만 더 지나면 귀족의 계보에서도 지워졌을 신분.

오로지 황제의 총애 하나로 황후의 자리에 올랐다. 원래대로라면 황후는커녕, 이런 자리에 초대도 되지 못했다.

그 낮은 신분은 황후의 약점이었고, 공작 영애였던 친모를 둔 에스텔과 에스테반 남매는 이를 꼬집기를 주저치 않았다.

에스텔이 가장 먼저 카밀로를 보았다. 그녀가 황족의 예를 갖춰 인사했다.

"일어나요. 카밀로."

리투아니아가 환영했다. 카밀로가 리투아니아 곁에 몸을 바로 세웠다.

"이렇게 모두 오흐리드 연회에 오시다니. 영광이네요."

"어머, 누가 보면 오발론 영애가 연회 주최자인 줄 알겠어요."

에스텔이 새침하게 말했다.

"곧 제 양부모가 되실 분의 생신 연회이니, 제가 환영하는 것이 맞죠."

"일단 되고 말하죠. 오발론 영애. 먼저 설레발치지 마시고."

날카롭게 치켜뜬 카밀로의 눈이 에스텔을 노려보았다. 에스텔은 부채를 살랑거리며 네가 카밀로를 내려다보았다. 로베르트가 이마를 짚었고 에스테반은 당장 박수라도 칠 모양새였다.

"에스텔 누이. 너무하시네요. 카밀로가 틀린 말을 한 것도 아니잖아요?"

리투아니아가 카밀로의 편을 들었다. 이에 에스텔이 코웃음을 치고 쏘아붙이려 할 때 입구에 소란이 일었다.

오흐리드 백작이었다. 웅성거림이 뚝 그쳤다. 시선이 한곳으로 모여들었다.

"오흐리드 백작…… 칩거한…… 멀쩡……."

"대부인이시잖아요? 건강이 좋지 않다고……."

잠깐의 정적 이후로 웅성거림이 배로 커졌다.

오흐리드 백작은 느긋한 걸음으로 들어왔다. 백작의 곁에는 휠체어에 앉은 대부인과 백작 부군, 세니르 그리고 처음 보는 소녀가 있었다.

"그런데 옆의 소녀는 누구길래 함께하죠?"

"그 있잖아요. 오흐리드 공주……!"

카밀로의 안색이 하얗게 질렸다.

딱딱―

지팡이가 대리석 바닥을 울리는 날카로운 소리가 웅성거림 사이를 꿰뚫었다.

"급히 마련한 자리임에도 걸음 해 준 분들께 감사의 인사를 전합니다. 오흐리드의 이름으로 모두 환영합니다."

백작의 연회사는 매우 짧았다. 그들은 별다를 것 없는 평범한 연회사 대신 다른 곳에 정신이 팔렸다.

대부인과 세니르 사이에 서 있는 작달막한 소녀.

옆머리부터 땋아 뒤에서 반만 묶어 내린 머리에는 오흐리드 가문의 상징인 새 모양의 장신구를 달고 있었다.

백금으로 된 부리엔 에메랄드로 만든 잎사귀를 물고 루비 눈동자를 지닌 새는 다이아몬드로 장식된 날개를 펼치고 있었다.

팔랑팔랑 기다란 속눈썹 아래 눈동자는 선명한 주황색이었다. 옅은 화장을 한 그 얼굴은 누군가를 축소해 놓은 것만 같았다.

"……필리파 오흐리드."

모르는 사람은 질문했고 기억하는 이는 탄식했다.

"오흐리드 소백작?"

"죽은 거 아니었어요?"

"실종이었어요."

"사라진 지 10년이 넘었는데……."

"필리파 오흐리드의 딸? 그럼 오흐리드 백작의 친손녀예요?"

다소 긴장한 것처럼 보이는 소녀는 대부인에게 뭐라 소곤거렸다. 모두가 숨을 들이켰다.

대부인은 아주 다정한 웃음으로 소녀에게 답했다. 오흐리드 백작이 귀엽다는 듯이 아이의 귓가에 머리카락을 넘겨주었다.

"세상에……."

경악에 찬 감탄사가 흘러나왔다. 그리고 개중 눈썰미 좋은 자들은 소녀가 찬 목걸이를 보고 소곤거렸다.

"저 목걸이……."

소녀는 가느다란 목에 무거워 보일 정도로 알이 큰 목걸이를 하고 있었다.

석양의 노을을 담은 빛깔의 파파리챠 사파이어.

"오흐리드 소백작이 데뷔탕트 때 착용한 목걸이 아니에요?"

소백작의 눈동자 색을 쏙 닮은, 소백작이 가장 아꼈던 보석.

소백작이 소유했을 때 그물처럼 주변을 촘촘히 장식했던 다이아몬드 장식이 없어져 알아보는 데 시간이 걸렸다. 하지만 저렇게 큰 파파리챠 사파이어가 또 있을 수 없었다.

필리파 오흐리드의 상징. 사람들의 시선이 확신을 담아 소녀를 보았다.

〈다음 권에 계속〉